ナイルの聖母

NOTRE-DAME DU NIL

SCHOLASTIQUE MUKASONGA

スコラスティック・ムカソンガ

大西愛子／訳

講談社

CONTENTS

ナイルの聖母

装幀
アルビレオ
装画
いとう瞳

ナイル《ノートルダム・デュ・ニル》の聖母

「ナイルの聖母学園《リセ・ノートルダム・デュ・ニル》ほど良い学校はありません。これほど高い場所に建っている学校もありません。なにしろ標高二千五百メートルですから」と白人の教師たちが誇らしげに言う。「二千四百九十三メートルです」地理の教師スール・リドウィヌが訂正する。「こんなに天に近いのですもの」と両手を合わせて修道院長がつぶやく。

学年度の始まりは雨季にあたるため、リセはしばしば雲の中になる。ときどき、でも滅多《めった》にないことだが、晴れ間が現れる。するとはるか下の方に大きな湖が青い光の水溜《みずたま》りのように見えるのだ。

このリセは女子のためのものだ。男子たちは下の都会に残る。このリセは彼女たちのために建てられた。高く、遠く、彼女たちを都会の悪や誘惑から守るために。というのもリセのお嬢さまがたには良縁が待っているのだ。そこにいたるまで彼女たちは処女のままでいなくてはならない。少なくともその前に妊娠などは絶対にしないように。処女ならそれに越したことはない。結婚というのはまじめな話だ。リセの寄宿生たちは全員、大臣、高位の軍人、ビジネスマン、裕福な商人たちの娘だ。その娘たちの結婚となると、それはもう政治だ。令嬢たちもそのことを誇りに思っている。自分たちの価値を十分わかっている。美貌《びぼう》だけに価値がある時代はもうはるか昔のこと。結納品《ゆいのうひん》として一族は伝統的な牛やビールの瓶《びん》だけでなく、トランクいっぱいの札束《さつたば》や、ベルゴレーズ銀行のナイロビ、あるいはブリュッセルの支店にたっぷりと預金が入った口座が付いてくる。娘たちのおかげで一族はどんどん豊かになり、勢力を増して、その影響力を広げることができる。ナイルの聖母学園のお嬢さまがたは自分たちの価値を十分知っているのだ。

リセはナイル川のすぐそばにある。もちろんナイル川の源泉の近くという意味だ。そこに行くためには山の尾根をたどる岩場の道を利用する。道の先には小さな空き地があり、そこには滅多に来ないが、稀《まれ》にここまでやってきた観光客のランドローバーが駐車していたりする。そこに標識が立っている。「ナイルの源泉　この先二百メートル」と。そこから細い急な坂道をさらに進むと、ふたつの岩の間に石ころが溜《た》まっていて、そこから細い筋のような川が湧《わ》き出ている。源泉の水はまずセメントで固められた小さな池に溜まり、そこから小さな滝となって落ち、谷間の岩肌を埋め尽くす草やシダの中に消えてすぐに見えなくなってしまう。源泉の右手にはピラミッドが建てられた。そこには「ナイルの源泉、コック・ミッション、一九二四年」と刻まれている。ピラミッドはさほど高くない。リセの生徒たちでも容易に摩耗してしまったてっぺんに手が届く。なんでも幸運を招くのだそうだ。でも学生たちがここに来るのはピラミッドのためではない。遠足で来ているわけでもない。彼女たちが来るのは巡礼のためだ。

ナイルの聖母像は泉を見下ろす大きな岩の間に立っている。完全な洞窟《どうくつ》にはなっていない。聖母像はトタン屋根の東屋《あずまや》に設置されている。台座には「ナイルの聖母、一九五三年」と刻まれている。この像を建てることを決めたのは使徒座代理猊下《げいか》だ。かつてこの国の王は王の中の王、救世主キリストにこの国を捧《ささ》げる許しを教皇から授かった。それで猊下はナイルを聖母に捧げようとしたのだった。

今でも聖母像の除幕式のことは記憶に残っている。もうほとんど身体《からだ》が不自由になっている料理担当のスール・キジトはそこにいた。彼女は毎年必ず新入生たちにその話をする。そう、あれはすばらしい式典だった。クリスマスに首都の教会で行われるような、あるいは独立記念日にスタジアムで行われる、そんな式典だった。

総督代理は代わりの者をよこしただけだったが、州行政官はちゃんと出席していた。彼のまわりには十人の護衛の兵士がいたが、そのうちのひとりはラッパを持ち、もうひとりはベルギーの旗を持っていた。領長《シェフリ》や小領長《スーシェフリ》もいて、それもこの地域の人たちだけではなく近隣地域の長たちも来ていたのだ。彼らは全員妻と娘たちを連れてきていた。彼女たちは高く結い上げられた髪にビーズをちりばめていた。彼らはまた勇ましいライオンのように鬣《たてがみ》を振って踊る舞踏団、そしてなによりもイニャンボと呼ばれる長い角の牛の群れを、その角に花輪をつけて連れてきていた。農民たちの一団が坂を埋めていた。首都の白人たちは泉に繋《つな》がる悪路に挑もうとはしなかった。ただひとり姿が見えたのは州行政官の隣に座っていたコーヒー農園のフォントナイユ氏で、彼はご近所のよしみでやってきていたのだった。季節は乾季だった。空は晴れ渡っていた。丘のてっぺんに埃《ほこり》はなかった。

長い時間待たされた。そしてようやく尾根の小道に黒い一筋が見えてきた。そこから祈りと聖歌の声が囁《ささや》きのように聞こえた。少しずつ、はっきりと見えてきた。使徒座代理の司教はその司教冠《ミトラ》と杖《つえ》ですぐにわかる。まるで「教え」の時間に見せられる御絵の東方の三博士のひとりのようだ。その後に宣教師たちが続く。彼らは当時の白人がみんなかぶっていた入植者の日《ひ》除《よ》け帽《ぼう》をかぶっていたが、長いひげを生《は》やし、白い長い法衣《ほうえ》を着て、大きなロザリオをかけていた。レジオ・マリエの子どもたちの一団が黄色い花の花びらで道を埋めていた。そしてその後に聖母がやってきた。半ズボンと白シャツの四人の神学生が担ぐ竹の板で組まれた輿《こし》の上に載せられていた。輿は花嫁を新しい家族のもとに、あるいは死者を最後の住処《すみか》に運ぶものだ。しかし聖母の姿は見ることができなかった。聖母は青と白の布に包まれていたのだ。その後ろに「地元の聖職者」たちがひしめき合っていた。そして教会の「お教室」に通う子どもたちがその幟《のぼり》と教皇の黄色と白の旗につづいてばらばらになって続く。彼らは教官たちがこん棒で制しているのをものともせず道から外れて斜面のほうにはしゃぎながら散らばっていった。

行列は源泉が湧き出る小さな谷間に到着した。布に覆《おお》われた聖母の輿は小川の近くに置かれた。州行政官が司教の前に進み出て、軍人のように敬礼をした。ふたりが一言二言ことばを交《か》わしている間に行列の人々は源泉と小さな壇の上に載せられた像を囲んだ。司教とふたりの宣教師が壇の階段五段を上がった。司教は観衆に祝福を与え、像のほうに向きなおり、ラテン語で祈りをとなえ、ふたりの神父が応じた。司教の合図で二人の側近のうちの一人がパッと像の布を取り払った。ラッパが鳴り、旗が傾けられた。観衆の中を長いざわめきが走った。女たちの甲高《かんだか》い歓喜の声が谷間に鳴り響き、踊り手たちは足首の鈴を鳴らした。布の下から姿を現した聖母は確かに布教団の教会で見られるルルドのマリアそっくりだった。同じ青いベール、同じ群青《ぐんじょう》色の帯、おなじ黄色味を帯びた服。しかしナイルの聖母は黒かった。その顔は黒かった。その手は黒かった。その足は黒かった。ナイルの聖母は黒人の女性だった。アフリカ人、もしかしたらルワンダ人女性かもしれない。「イシスだ」とフォントナイユ氏が声を上げた。

「イシスが戻ってきた」

聖水棒を力強く振って、司教は聖母像を祝福し、源泉を祝福し、観衆を祝福した。彼は説教を行った。すべては理解できなかった。司教は聖母の話をした。今後この地ではナイルの聖母と呼ぶことになる聖母の話だ。司教は言った。

「この聖水の雫《しずく》がここから湧き出るナイルの水に混じり、合流してくるいくつもの川の流れとともに大河となり、いくつもの湖を渡り、沼々を渡り、滝になって落ち、砂漠の砂をものともせず、かつての修道士たちの独居房を隅々《すみずみ》まで満たし、最後にスフィンクスの足元にまで届いて驚かせるでしょう。まさにこの聖水の雫が、ナイルの聖母の聖寵《せいちょう》により、全アフリカに洗礼を授けて、それによりキリスト教徒となったアフリカがこのさまよえる世界を救うことになりましょう。わたしには見える。あらゆる国々の民がここに巡礼に来るのが、ナイルの聖母をあがめにわれらの山々に来るのが見えるのです」

次に領長のカイタレが壇の前に進み出て、彼の愛牛ルタムをルワンダの新たな女王に捧げた。彼は牛を讃《たた》え、マリアを讃え、両者のおかげで乳と蜜《みつ》が豊富に出るようになるだろうと言った。女たちの歓喜と鈴の音がこの良き前兆の捧げものを讃えた。

数日後、教会の工夫たちがやってきて泉の上のふたつの岩の間に台を造った。像がそこに置かれ、トタン板の天蓋《てんがい》で護《まも》られるようになった。それからだいぶ後になって、そこから二キロメートル離れたところにリセを建てたのだ。ちょうど独立の頃のことだった。

泉の聖水について、司教はルルドの聖水のように奇蹟《きせき》をおこすことを願っていたかもしれない。しかしそうはならなかった。ただひとり、病《やまい》を治すのか、毒を盛るのかよくわからないカガボという男だけがひょうたん形の黒い小さな水差しに泉の水を汲《く》みに来ていた。彼はその中に怪しげな形の根や粉末状にした蛇の抜け殻、死産で生まれた子どもの頭髪、娘たちの初潮の最初の血を乾燥させたものなどを浸す。治すため、死なすため、それは時と場合による。

長い間、ナイルの聖母像の除幕式の写真は修道院長に面会を申し込んだ生徒たちの親や訪問者たちの控《ひか》えの間となっている長い廊下の壁に飾られていた。今では一枚しか残っていない。司教が聖母像に祝福を与えている写真だ。ほかの写真については、まわりよりもわずかに明るい色の四角形だけがその名残《なごり》で、クッションも置かれていない硬い木の長椅子《ながいす》の後ろの壁に見られた。その椅子には、恐ろしい修道院長から呼び出された生徒たちは座ろうともしない。とはいえ、写真は破り捨てられたりはしていなかった。グロリオザ、モデスタとヴェロニカが校舎の掃除を命じられた時に図書室の奥の積み上げられた資料の中に見つけたのだった。古い新聞や雑誌の束《たば》（キニャマテカ、クレレラ・イマーナ、ラミ、グラン・ラックなど）の下に黄ばんで波打ったような写真が、数枚はガラス板が壊れたままの額の中に収まっていた。州行政官がマリア像に敬礼をしている写真もあって、彼の後ろでは兵士がベルギーの国旗を傾けていた。イントレダンスの踊り手の写真もあったがぼやけていた。というのもカメラマンの腕があまり良くなくて、踊り手が驚異的なジャンプをする瞬間を撮ろうとして、麻の鬣と豹《ひょう》の毛皮が幽霊のような靄《もや》に包まれているものしか写っていなかったのだ。そして正装した領長やその妻たちの姿があった。それらほとんどの名士たちの顔は赤インクの太線で消されていた。数人には黒インクでクエスチョンマークが付けられていた。

「領長の写真は『社会革命』をこうむったわけね」とグロリオザが笑いながら言った。「ペンで一撃、マチェットで一撃、ピュッてね。ツチは終わりってわけ」

「クエスチョンマークがついてるのは？」とモデスタが聞く。

「たぶん逃げ延びた人たちなんじゃない？　残念なことに。でもいまやブジュンブラにいようと、カンパラにいようと、領長たちは牛を失《な》くし、誇りもなくして、嫌われ者になっちゃって、ただ水を飲んでいるだけ。この写真は持って帰ろうっと。父さんならこの鞭《むち》を持ってるお偉いさんたちが誰だかきっと教えてくれる」

ヴェロニカは新学期に毎年撮られるクラス写真で、いつ彼女もまた赤い線で顔を消されるのだろうと思った。

ナイルの聖母学園の生徒たちにとって、大巡礼は五月にある。聖母マリアの月だ。巡礼の日は長く素晴らしい一日だ。そのずっと前からリセは準備にとりかかる。穏《おだ》やかな空になるように祈りをささげる。修道院長と修道院付きの司祭ペール・エルメネジルドは祈りの九日間を設けることにした。すべての学級が順番に礼拝堂に行って聖母に、どうか巡礼の日に雲を追い払ってくださいと祈るよう言い渡された。だいたい五月ならそれは可能なのだ。雨と雨の間が少し空き、乾季が近づいている。そして修道士のフレール・オーグジルがいる（彼は必要とあらば油にまみれた発電装置の内部や食料を運ぶ二台のトラックのモーターをのぞき込み、ヘント訛《なま》りでメカのボーイや運転手などを怒鳴《どな》り散らすが、足踏みオルガンを弾《ひ》いて聖歌隊を指導しているのもこの修道士なのだ）。つまりフレール・オーグジルは一ヵ月前から彼自身が作曲したナイルの聖母に捧げる聖歌を練習させていた。

ベルギー人の教師たちと三人の兵役免除《コオペラン》のフランス人も式典に参加するようにしきりに請《こ》われていた。ただ修道院長は彼らに諭《さと》すように付け加える。「みなさんがいつもお召しになっているブルージーンズっていうのですか、あのごわごわの布のズボン。あれよりは背広とネクタイで来てくださったほうが厳粛な日の礼儀にかなっていると思いますよ。ぜひとも生徒たちの模範になるような恭しい態度をとってくださいね。みなさんに期待してますよ」と。

物資管理係のスールはいつも革のベルトに付けた鍵束《かぎたば》の音を立てているのだが、倉庫にピクニックのための缶詰を取りに行っていた。コンビーフ、オイル・サーディン、ジャム、クラフト・チーズなどだ。その仕事で一晩の大半を費やしたくらいだ。生徒たちのためのファンタ・

オレンジの個数を正確に数え、修道院付きの司祭とフレール・オーグジルと招待したとなりの教区のペール・アンジェロのためにプリムス・ビールを数本準備した。ルワンダ人のスールたち、先生や生徒監督のためにはパイナップル・ワインの大甕《おおがめ》を一つ用意する。このワインはスール・キジト秘伝のワインで、作り方は彼女だけが知っていて誰にも教えないのだ。

もちろんその日はミサ、聖歌、数連のロザリオの祈りが延々と続いたりするけれど、なによりも笑いがある。少女たちは高らかに笑い、あっちこっち駆けまわり、飛び跳ねたり、斜面の草の上を滑《すべ》りおりたりする。そして生徒監督のスール・アンジェリックとスール・リタが力いっぱい笛を吹いて叫ぶ。「気を付けて、そっちは谷ですよ」

食事のために莫蓙《ござ》を敷く。給食室とは違って、ちょっと雑然としている。好きなように座ったり、しゃがんだり、寝転んだり、顔中にジャムを塗りたくる。生徒監督たちは何もできず両手を天に上げるしかない。修道院長、そのルワンダ人の補佐のスール・ジェルトリュード、ペール・エルメネジルド、ペール・アンジェロ、物資管理係のスールは折りたたみ椅子に座る。先生たちにも椅子が用意されている。でもフランス人の先生たちは草の上のほうが好みらしい。男性たちにビールを注ぐのはスール・リタだ。きちんとしたマナーを知っているルワンダ人女性はひとりしかいない。当然修道院長は注がれようとしたプリムスを断り、物資管理係のスールもしかたなくそれに倣《なら》う。スール・キジトのパイナップル・ワインで我慢するしかない。

女子校生に合流しようとする巡礼者たちは少ない。修道院長はこれほど多くの若い娘たちが集まっているのを見物しようと、信仰を口実に群がってきそうな輩《やから》を遠ざけるとかたく決めていた。彼女の要請でリセを管轄するニャミノンベ市長は泉に続く道への出入りを禁止した。大臣の妻にでさえ、友人たちを自慢のメルセデス・ベンツに乗せて娘たちの信心深さを見せようとやってきたのに、警官たちはなかなか遮断機を上げようとしなかった。それでもひとりだけ修道院長が訪問をやめさせることができない男がいた。コーヒー農園のフォントナイユ氏だ。少女たちはこの男のことが少し怖い。噂《うわさ》ではさびれた広い邸宅にひとりで住んでいるという。コーヒー畑のほとんどは放置されている。気が狂っているのかそれとも白人の魔法使いなのか、わからない。なにやら土を掘らせて骨や頭蓋骨《ずがいこつ》を探している。彼の古いジープは道なき道を進み、山の斜面をガタゴトいわせながら突っ走る。彼はいつも食事の最中にやってくる。修道院長に挨拶《あいさつ》するときは大仰なしぐさで帽子を脱ぎ、刈り上げた頭を露《あら》わにして「親愛なる修道院長様、ごきげんうるわしゅう」と言う。修道院長のほうはイライラをなかなか隠せずに応じる。

「フォントナイユさん、ごきげんよう。おいでになるとは思ってませんでした。わたしたちの巡礼の邪魔をなさらないでくださいな」「わたしもまた皆さんと同じようにナイルの聖母様を讃えに来たのですよ」とフォントナイユは言って背を向けた。そしてゆっくりと女学生たちが食事している茣蓙のまわりを一巡りする。ときには足を止め、メガネを直し、満足げにうなずきながら娘たちの顔を覗《のぞ》き込《こ》む。手帳にその顔のスケッチをする。その執拗《しつよう》な視線に、認められた娘は下を向く。礼儀ではそうするように教わっているのだ。でも中には素敵な笑顔をつい見せてしまう者もいる。修道院長は間に入りづらい。さらなる騒ぎに発展するのを恐れ、ハラハラしながら老農園主の動きを見守るしかない。ようやく彼は泉の水をためている小さな池に向かった。彼の上着にはたくさんポケットが付いていたがその中から真っ赤な花びらをひと握り取り出すとナイルの最初の水に投げ入れた。そして掌《てのひら》を開き、広げた両腕を三回上げ、なにやらわけのわからない言葉をつぶやいた。フォントナイユが駐車場に行き、ジープのエンジン音が断続的に聞こえると、修道院長は立ち上がり、言った。「さあみなさん、聖歌を歌いましょう」生徒たちは声を合わせてあとについて歌ったが、中には残念そうにジープが起こした埃の雲が薄れていくのを見守る者もいた。

寄宿舎に戻ると、ヴェロニカは地理の教科書を開いた。ナイルの流れをたどるのは難しい。最初は名前がない。そのうち名前が付く。多すぎるくらいだ。川はあちこちから出てくる。湖の中に隠れているかと思えば、そこから飛び出す。すると白い川になって沼に迷い込む。向こう側には兄弟の青い川がいる。最後のほうは簡単だ。まっすぐに進んで両側には砂漠しかない。ピラミッド、こちらはとても大きい。そのピラミッドのふもとを舐《な》め、そしてその後はまた分かれたり交わったりして、三角州になって、最後はみんな海の中に入って終わる。なんでもその海というのは湖よりずっと大きいらしい。

ヴェロニカは後ろに誰かいるのを感じた。一緒に教科書をのぞき込んでいる。

「あらヴェロニカ、故郷への帰り方を調べてるの？　だってあんたたちの一族はそこから来たんでしょ。大丈夫。ちゃんとナイルの聖母様にお祈りしといてあげるから。どうかヴェロニカがワニの背中に乗って帰れますようにって。あ、ワニのお腹《なか》の中のほうがよかったかしら」

ヴェロニカの頭の中でグロリオザの笑いが止《や》むことはなかった。夢の中までも。

新学期

ナイルの聖母学園《リセ・ノートルダム・デュ・ニル》は堂々とした姿でそびえている。首都から続く道は迷宮のように延々と丘や谷の間をめぐり、最後に、もう何も期待しなくなったその時に何度かのつづら折りを経《へ》て、イキビラ山——地理の教科書ではほかに言いようがなかったのか、コンゴ・ナイル山脈などと記されている——を登っていく。その時になって初めて学園の大きな建物が姿を現す。まるで学校のために山頂がわざわざ広がって向こう側の斜面に場所を作ったかのようで、その奥にはきらきらと輝く湖が見える。リセは山頂で輝き、幼《おさな》い小学生の女の子たちには手の届かない夢の煌《きら》めく御殿のように見える。

リセの建設工事はニャミノンベで長く記憶に残る光景だった。その一部始終を目に焼きつけようと、いつも暇を持て余している男たちは飲み屋にビールの瓶を置き、女たちは普段よりも早くグリーンピースやシコクビエの畑仕事を切り上げ、授業の終わりを告げる太鼓の音が鳴ると、教区の学校の生徒たちは走り出し、工事の様子を見物してあれこれ言っている小さな群衆をかき分けて最前列に飛び出すのだった。もっと大胆な子たちは学校をサボってトラックがやってくることを知らせる埃の雲を道沿いで待ち構えていた。トラックが彼らのところまでやってくると、後ろから追いかけて乗り込もうとする。成功する者もいたが、失敗して道に転げ落ち、ヘタすると後続のトラックに轢《ひ》かれそうになる者もいた。運転手たちはこの怖いもの知らずの子どもたちを怒鳴ってやめさせようとしたが無駄だった。中には車を止めて降りる者もいた。子どもたちはさっと逃げ出し、運転手たちも追いかけるふりをするが、トラックがまた走り出すと同じことが繰り返された。畑の女たちは、もう絶望的だわ、あたしらにはどうしようもないよとばかりに鍬《くわ》を持つ手を上げて天を仰ぐのだった。

みんなが驚いたのは、ピラミッド形に積まれたレンガが焼かれて煙が立ち込める風景が見られないことだった。村人たちがレンガを頭に載せて行列をなして歩く姿も見られなかった。現地の神父たちが新たな支部を信者に頼んで建てる時や、市長が市民たちを集めて診療所や自宅を増築するために市の工事に参加させる時などはいつもそうするのだ。いや、今回のニャミノンベの現場は本格的な白人の工事現場だった。本物の白人による本格的な現場。金属の顎《あご》みたいなものが付いた、とんでもない機械が地面を掘ったり突いたりするのだ。そして機械を積んだトラックがものすごい騒音を立ててセメントを吐《は》き出す。班長たちは左官たちにスワヒリ語で怒鳴る。現場にいる白人たちは班長よりも偉くて普段は、パキスタン人の商人が生地《きじ》を売る時に布の巻物を広げるみたいに大きな紙を広げてるだけなのだが、黒人の班長を呼びつける時になると、真っ赤になっていきりたち、火を噴《ふ》くように怒鳴り散らすのだった。

工事現場の伝説でみんなの記憶に残り、いまだに語り草になっているのがガケレの話だ。ガケレ事件。この話はいつも笑いを誘う。毎月末にはニャミノンベでは給金が支払われる。三十日は危険な日だ。危険なのは、労働者の極めて激しい要求に晒《さら》される会計係にとって……。そして同じく日雇い労働者にとっても危険な日だ。彼らの妻たちが知っている唯一の日付が三十日で、その日だけは畑に行かずに家の前で待ち構えている。夫が渡すお金を受け取って、金額を確認して、薄い札束をバナナの木の紐《ひも》で結わえて壺《つぼ》に入れ、それをまた寝床の枕元《まくらもと》近くの藁《わら》の下に慎重に隠す。三十日はあらゆる争い、あらゆる暴力の日だった。

シートの下あるいは藁や竹の小屋の中に机が並べられる。それは会計係のためだ。ガケレは会計係だった。日雇い労働者に金を渡すのが彼だった。ガケレはかつてニャミノンベの小領《スーシェフリ》長だったのだが、植民地政府から「浄化」されてその地位から追放された。他にも彼のような人たちは大勢いた。彼らの代わりにその地位についた者たちはその後市長になったりしたが、今では全員フツだ。彼がここに採用されたのはみんなを知っているからで、スワヒリ語を話さない現地雇いに至るまで全員を知っていたからだ。ほかの者たち、つまり他所者《よそもの》でスワヒリ語を話す本物の石工や会計係たちは首都からやってきていた。このような人たちがみんな会計係の机の前に行列をなしていた。炎天下、だがほとんどの場合、雨の中で。常に怒鳴り声、小競《こぜ》り合い、異議、抗議、苦情があった。現場担当の用心棒たちがこん棒を振りかざしてことを収拾し、騒ぎ立てる者たちをおとなしくさせる。市長とふたりの警官たちは間に入らない。白人たちも同様だ。そんな中、ガケレは屋根の下の自分の席につき、机の上に小さな金庫を置いて開ける。中には札束がいっぱい入っていた。彼はゆっくりと紙を広げる。これから金を支払う人たちの名前が記載されている。何時間も前から炎天下、あるいは雨の中待っていた人たちの名前だ。ようやくガケレが名前を呼び始めた。ビジマナ、ハビネザ……。日雇い労働者は机の前に進む。ガケレが彼に相応のわずかな札束と硬貨を目の前に置く。労働者はインクで黒くなった指を自分の名前の横に押し付ける。ガケレは何か言葉をかけてその名前の横にバッテン印を付ける。その日一日、ガケレはかつてのように長になるのだ。

だがある日、ガケレはその小さな金庫を持って姿を現さなかった。すぐに札束がいっぱい入ったその金庫とともに逃走したことがわかった。みんなが言った。ブルンジに行ったらしいぞ。ガケレってのは頭が回るからな。白人《バズング》の金を持ち逃げしたらしい。で、おれたちの金は払われるのだろうか？　ガケレは賞賛され、恨まれた。ニャミノンベの人々のための金を持って行ったのは許せない。どうにかして別の金庫の金を持って行ったらよかったのに。でも日雇い労働者たちの日当は支払われた。もうだれもガケレのことを悪く言わなくなり、二ヵ月間、誰も彼の噂をしなくなった。彼は妻と二人の娘も捨てて行った。市長が彼女たちに話を聞き、警官たちが彼女たちを見張っていたが、ガケレはその悪事の計画について彼女たちには話していなかった。ガケレがあの金で、もっと若くて美しい新しい妻をブルンジで得ようとしているという噂が流れた。そして彼は両手を後ろで縛られて二人の警官に挟まれてニャミノンベに戻ってきた。彼はブルンジにたどりつけなかった。彼はニュングェの森を通るのを恐れたのだ。森には豹や大猿がいるし、象もいる。だけど森の象たちはだいぶ前からいなくなっていたのだ。

彼は小さな金庫を手に国中をまわった。ブゲセラでは、大沼を渡ろうとした。道に迷い、ブルンジはすぐ近くだったのに、パピルスの間を堂々巡りして結局国境にたどり着くことはできなかったのだ。たしかに国境を示すものはなにもない。とうとう沼のほとりで疲れ切っているところを発見された。痩《や》せ細《ほそ》り、足は腫《は》れていた。札束は今では水でいっぱいになった金庫の中でぶよぶよに膨《ふく》れた塊《かたまり》になって浮いていた。みせしめのために彼は工事現場の入り口の柱に一日繋がれていた。彼の前を通る労働者たちは誰も彼を罵倒《ばとう》したり、唾《つば》を吐きかけたりせず、ただうつむいて彼のことを見ないようにした。彼の妻とふたりの娘たちは彼の足元に座っていた。時々ひとりが立ち上がって彼の顔を拭《ふ》いたり、飲み物を与えたりしていた。彼は裁判にかけられた。監獄にはさほど長くはいなかった。ニャミノンベで彼の姿は見なくなった。結局妻と娘たちとブルンジに行ったのだろうか。荷物も持たずに。きっとバズングがお札に呪《のろ》いをかけたのだ。その呪われた札束のせいでガケレは堂々巡りしてブルンジに行けなかったんだと言う者たちもいた。

リセは五階建ての大きな建物で、首都の省庁よりも高かった。最初の頃、新入生たち、つまり田舎《いなか》から出てきたばかりの子たちは、五階の寄宿舎の窓に近づこうとしない。「小猿のようにぶら下がって寝るのかしら？」と彼女たちは言った。在校生や都会から来た娘たちは彼女たちのことをあざ笑い、彼女たちを窓のほうに押す。「下の方を見てごらんなさいよ。湖に落っこっちゃうわよ」それでも新入生もそのうち慣れてくる。礼拝堂は、教区の教会と同じくらいに広くて、やはりコンクリートでできていたが、体育館、会計棟、作業場、それからフレール・オーグジルの怒鳴り声が響く車庫はレンガ造りだ。それらが大きな中庭を囲み、鉄製の扉のある壁で全体が閉じられていた。鉄の扉は夜閉める時や朝開ける時にいつもきしんで、そのギーギーという音は消灯や起床を告げる鐘の音よりも響くのだった。

少し離れた場所には、平屋の小さな家がいくつかあって、その時によってヴィラとかバンガローなどと呼ばれていた。そこに兵役免除《コオペラン》の先生方が住んでいる。ほかの平屋よりも少し大きめの家もひとつあって、そちらは常にバンガローと呼ばれていた。特別な来賓のためのものだ。たとえば大臣が来るときとか、来訪が予定されている司教猊下とか。首都や外国からナイルの源泉を見に来る観光客が宿泊することもある。これらの戸建ての家とリセの間には芝の庭、花がいっぱいの花壇、竹藪《たけやぶ》、そしてなによりも果樹園がある。庭師のボーイたちがそこで採れるトマトは大きくて偉そうにのさばり、イニャニャと呼ばれる地元の小さなトマトを押しつぶそうとしている。物資管理係のスールは訪問客にそのエキゾチックな畑を見せたがるが、ここに生えている外来種の杏子《あんず》や桃の木はどう見ても故郷の気候を懐《なつ》かしんでいるようだ。修道院長は、ここの生徒たちが文化的な食料に慣れ親しむことがとても大事なのだと常に言っている。

レンガ造りの高い壁は不届き者や泥棒たちの気を削《そ》ぐために建てられた。夜になると、槍《やり》を持った夜警が見回り、鉄の扉の前に立つ。

ニャミノンベの住人たちはもはやリセのことを気にも留めなくなった。彼らにとってはルタレの大岩みたいなもので、なぜか知らないが山の斜面を転がって、ここ、ルタレで止まった、そんなものだった。とはいえ、リセの工事現場は村の様々なことに変化を及ぼした。早い時期に石工たちの滞在する場所の周辺に露店が出始めた。教会の近くにいた商人たちやほかのどこからやってきたのかわからないような人々が店を出し、そこでは小売りの煙草屋《たばこや》のように、ヤシの実油、米、塩、クラフト・チーズ、マーガリン、ランプのための灯油、バナナ・ビール、プリムス、ファンタ、そして時には、でもごくまれに、パンなどが売られていた。「ホテル」と呼ばれる飲み屋では串《くし》焼《や》きのヤギの肉とバナナを焼いたものと豆が一緒にふるまわれた。村の名誉を落とすような自由な女たちの小屋もあった。工事が終わると、ほとんどの商人たちは去り、自由な女たちも去ったが、それでも居酒屋が三軒と二軒の小売り店と仕立て屋が残った。それがリセまでの道沿いに新しい村を造った。工事現場の人たちの小屋のそばに移ってきていた市場までもが店の並びの端《はし》に残った。

それでもまだ一日だけ野次馬やニャミノンベの暇人たちをナイルの聖母学園の前に集める日がある。それは乾季が終わる十月の新学期の日曜日の午後だ。道端《みちばた》ではみんな押すな押すなの大騒ぎでリセに生徒たちを送る車の行列を見物する。メルセデス・ベンツ、レンジローバーや軍用のごついジープが続く。運転手はイライラしてクラクションを鳴らし、前方を走る車両を追い越そうとして脅すようなしぐさで煽《あお》る。それはタクシーや軽トラックや女生徒たちで満員のミニバスで、最後の坂を上るのに苦労しているのだった。

生徒たちが一人ずつ降りてくる。彼女たちから少し離れたところに市の警官と市長が村人たちの一団を遠ざけていた。グロリオザが母親の後につき、その後ろからモデスタがメルセデス・ベンツから降りたとき、群衆の間からひそひそ声が起きた。「父親に瓜二《うりふた》つだな」と党の大会でその大物と会ったことがある市長が言う。「父親が与えた名前のとおりの娘だ。ニイラマスカ、鍬の女」彼はこのコメントを比較的大きな声で、彼を囲んでいた政治活動家たちに聞こえるように言った。そうすることでその周囲から賞賛の輪が広がることを見込んでのことだ。グロリオザはそのいかつい体格から確かに父親に似ていた。友人たちは小声でマストドン――巨大な象と呼んでいた。紺色のスカートは筋肉質のふくらはぎをわずかに見せる程度の長さで、白いブラウスのボタンは首まではめられ、豊かな胸を膨らませていた。丸く厚いメガネはその視線から醸《かも》し出される権威を雄弁に語っていた。ペール・エルメネジルドは高校に入学する新入生たちを一ヵ所に集合させて彼女たちの不安を鎮める役を担っていたが、そこから離れて、リセのボーイに合図した。袖《そで》の折り返しに金ボタンが付いた服を着た運転手が持っている荷物を運ぶようにと。そしてたった今到着したその人たちのほうに急いだ。彼は受付担当のスール・ジェルトリュードよりも先に母娘《おやこ》に挨拶の抱擁《ほうよう》をし、ルワンダの作法が要求する長々とした歓迎の口上を唱え始めた。でもすぐにグロリオザの母が制止した。「修道院長様にご挨拶したらすぐに首都に戻らなければなりませんの。ベルギー大使館での晩餐会《ばんさんかい》に出席しなくてはならないものですから」彼女は娘がナイルの聖母学園で民主的でカトリックのきちんとした教育を受けられることを信じていること、それが社会革命によって封建的な不正義から解放された国のエリート女性にふさわしいものだとも言った。

グロリオザはリセの柵《さく》の共和国の旗の下でスール・ジェルトリュードの横にいて、最終学年《テルミナル》の友人たちを迎えることにすると言った。翌日彼女が議長を務める委員会が食堂で自習の時間の後に開かれることを伝えるのだという。モデスタも友のそばで立っていると言った。

その少し後、ゴレッティも目を引く登場をした。彼女は巨大な軍用車両の後部座席に乗ってやってきた。その車両の六輪のタイヤは溝の深いコンバットタイヤでそれが観衆を圧倒した。迷彩色の服を着た二人の兵士が彼女が降りるのを手伝った。ボーイを呼んで荷物を運ばせ、乗せてきたひとに敬礼して去って行った。ゴレッティはできる限りグロリオザの溢《あふ》れんばかりの言葉を退けようとした。

「相変わらず大臣気取りね」と囁く。

「で、あんたは大本営の隊長のつもり？　さあ、早く門をくぐって。リセではフランス語しか話せないのよ。これでようやくルエンゲリの人たちが何を言ってるのかわかるってものだわ」

とグロリオザは答えた。

プジョー404が最後の坂に差しかかったとき、ゴドリーヴはパーニュをまとったイマキュレが徒歩で登っているのをみとめた。彼女の後からぼろを着た少年が頭にカバンを載せてついてくる。すぐに車を止めさせ、叫んだ。

「イマキュレ！　どうしたのよ。さあ、早く乗って。お父さんの車が故障でもしたの？　まさかこんなふうに首都から来たんじゃないわよね？」

イマキュレはパーニュを外してゴドリーヴの隣に座り、運転手はその荷物をトランクに入れた。小さなポーターが窓ガラスをたたいてチップを要求し、イマキュレは硬貨を投げた。

「誰にも言わないでね。実は恋人にバイクに乗せてもらったの。彼、凄《すご》く大きなバイクを持ってるの。キガリ中に彼のバイクより大きいのはないのよ。もしかしたらルワンダ中にもないかもしれない。彼はそれがとても自慢でね。そしてわたしは国中でいちばん大きなバイクを持ってる男の子の恋人だということが自慢なの。わたしが後ろに乗ると、道を猛スピードで突っ走るの。バイクはまるでライオンのように突っ走るのよ。もう大騒ぎ。みんな大慌てで逃げ回って。女の人たちは籠《かご》や壺をひっくり返す。そんなことで彼は大笑いするの。今度そのバイクの運転を教えてくれるって約束したの。そしたら彼よりもっと速く走るんだ。それでね、『バイクでリセまで乗せてってやるよ』って言ってくれて、わたしもうんって言ったの。少し怖かったのよ、それでも。でもちょっと刺激的だった。お父さんはブリュッセルに出張中で、お母さんには友だちと行くって言ったの。わたしが頼んだように最後のカーブで降ろしてもらった。

修道院長さまにバイクに乗ってるところを見られたら、どんな騒ぎになるか。わかるでしょ。きっと退学になる。それで今こんな恰好《かっこう》になっちゃって。埃で真っ赤よ。ほんとひどい姿。きっとお父さんにはもう車がないんだろうって言われるわね。トヨタのトラックにヤギやバナナの房と一緒に、子どもたちをおんぶしてる女たちの隣に乗ってなんてね。恥ずかしいわ」

「シャワー浴びればいいわ。きっときれいになれるような化粧品が荷物にあるんでしょ」

「そうね。肌の色を薄くするクリームを見つけたの。市場で売ってるミロのヴィーナスと違ってアメリカのものよ。チューブ状のコールド・クリームや殺菌できる緑の石鹸《せっけん》。従姉がブリュッセルのマトンゲから送ってきてくれたの。チューブ一本あげるわね」

「それでわたしがどうするっていうのよ。世の中には美しい子と美しいと思ってる子がいて、あとはそうでない子なのよ」

「なんか寂《さび》しそうね。リセに戻るのが嬉《うれ》しくないの？」

「なんでリセに戻るのが嬉しいの？　わたしはいつも最低の成績で、先生たちはわたしをかわいそうだと思ってるけど、あなたたち同級生は違う。それでもお父さんはこのままわたしに続けてほしいの。卒業したら自分みたいな銀行家と結婚させようとしてる。ほかにもまだ計画があるみたいだけど」

「がんばって、ゴドリーヴ、これが最終学年よ。終わったらその銀行家と結婚できる」

「からかわないでよ。もしかしたらあなたたちをびっくりさせるかも。とんでもなくびっくりよ」

「どんなことか教えてくれる？」

「もちろん教えない。だって驚かせるためだもの」

グロリオザがゴドリーヴとイマキュレを軽蔑《けいべつ》したように出迎えた。彼女はイマキュレのぴったりとしたスラックスや胸元が広く開いたシャツを軽蔑の目で見た。なんで彼女は埃まみれなんだろうと思ったが、とりあえずは何も聞かないことにした。ゴドリーヴのことは完全に無視した。そして低い声で言った。

「真の政治活動家になってね、期待してるわ。去年みたいなのはだめよ。おしゃれと銀行家の父親だけじゃ共和国にとって十分じゃないのよ」

イマキュレとゴドリーヴは何も聞こえなかったふりをした。


ペール・エルメネジルドに先導されて新入生たちの一団がおずおずと門をくぐり、それをグロリオザはまじまじと吟味するように見つめた。

「見た、モデスタ？　省庁にはまだ旧体制の立派な遺産があるようね」とため息をつきながら言う。「クオータ制も緩《ゆる》いものね。わたしが数えたところ、そしてわたしはちゃんとそうだと知ってる子たちしか数に入れてない、はっきりとわかってる子たちね、それだけで彼らに残念ながら許したパーセンテージを超えてる。これは新たな侵略よ。このままじゃ親たちが何のために社会革命を起こしたのかわからない。このことを父さんに言わなきゃ。でも今回はわたしたち自身でもこの問題を解決すべきね。もうあの寄生虫たちにはうんざり。ルワンダ青年団にも話したんだけど、彼らもわたしと同じ意見だった。わたしの話をちゃんと聞いてくれる。父さんがニイラマスカと名付けたのには意味があるのよ」

リセ開校以来、ニャミノンベでフリーダが乗ってきた車ほど立派な車は見たことがなかった。車体が低く、とても長い真っ赤な車。誰も触ってないのに幌《ほろ》が開いたり閉じたりするのだ。座席はふたり分しかない。運転者と乗客は椅子に寝そべるように座って、ベッドに寝ているようだった。車はものすごい音を響かせ、跳ねながら後ろに赤い埃の渦を巻き散らす。一瞬門に突っ込み、スール・ジェルトリュードとグロリオザとモデスタを跳ね飛ばすのではないかと思ったが、地獄のようなきしみ音を発して国旗の掲揚ポールの下で止まった。

比較的年配の男性が降りてきた。彼は三《み》つ揃《ぞろ》いのスーツに花柄《はながら》のチョッキを着て、金縁の大きな黒メガネとクロコダイルのベルトと靴といういで立ちだった。その男がフリーダ側のドアを開け、ほとんどうずもれたようになっていた彼女が座席から立ち上がるのを手伝った。フリーダが服の皺《しわ》をなおすと、車の色と同じくらい真っ赤なスカートが傘のように大きく広がった。紫色の絹の小さなスカーフの下の髪の毛は乱暴にちぢれを伸ばされて、不自然にまっすぐになっていて太陽を受けて光っているのが見て取れた。それはまるでキガリで最近工事された道路のアスファルトのようだった。

グロリオザとモデスタには一瞥《いちべつ》もくれず、高速車を運転してきた男はスワヒリ語でスール・ジェルトリュードに声をかけた。

「ジャン・バティスト・バリンバ、ザイール大使です。修道院長様と面会の約束がある。すぐに案内してもらいたい」

スール・ジェルトリュードはこんな言葉遣いで扱われることに衝撃を受けた。おまけにスワヒリ語だ。一瞬ためらったが、男が何があっても無理やりにでも門を越えようと決めているらしいとわかったので、諦《あきら》めて先に歩いた。

「ホールで待ってて」とフリーダに声をかけ、「すべて片付けるから。時間はかからない」

グロリオザはあからさまに門から離れ、ミニバスからちょうど降りてきた最終学年の九人の生徒を迎えに行った。そして、壺や段ボール箱が雑に積み上げられて、その重さに耐えきれないように走ってくる軽トラックを見ながら言った。

「あれが、わたしたちのクオータよ。見て、モデスタ。何をもってしてもツチに密売をやめさせることなんてできないのね。新学期に娘をリセに送る時まで何か利益になることを考えてるのよ。ニャミノンベの店に商品を卸すのね。そしてその店主は誰？　もちろんそれもツチよ。なんでもヴェロニカの父親の遠い親戚《しんせき》らしい。で、父親のほうはキガリで商売してる。ああ、あの子、ヴェロニカっていちばん美しいと思ってるけど、きっと彼女も自分の身を売ることになるわ。そしてお友だちのヴィルジニア、白人教師全員のお気に入りなもんだから、一番頭がいいと思ってるのよね。彼女の名前知ってる？　ムタムリザ、彼女を泣かすなですって。名前が偽りだということを見せてやるわよ、このわたしが。これがクオータよ。生徒二十人で、そのうちツチが二人。このためにわたしの友人で、本物のルワンダ人――多数派の民の、鍬の民の子たちで高校に行けなかったのがいるのよ。うちの父さんがいつもこ言ってるようにいつかこのクオータ制を廃止しなければならない、クオータ制というのはベルギーが決めたことだから
ね」
モデスタはグロリオザの演説に軽い咳《せき》をしながら同意を示していたが、グロリオザがツチの
ふたりをあまりにもわざとらしい慇懃《いんぎん》さで抱きしめたので少し距離を置いた。
「抱きしめるのは、ヘビをもっと強く窒息させるためよ」とヴェロニカとヴィルジニアが遠ざ
かると言った。
「でも、モデスタ、あんたは血がちょっと入ってるから一緒にされるのがイヤなんでしょ。た
しかにあんたはあの子たちと似ている。それでもわたしはあんたが隣にいることを我慢しなき
ゃならないんだわ」
「わたしがあなたの友だちだって知ってるでしょ」
「わたしの友だちでずっといるほうがあんたのためよ」とグロリオザは大きな声で高らかに笑
った。

日が沈むころ、鐘の音が鳴り、門扉がきしみながら閉まると、それが学年度の始まりを知ら
せる厳粛な合図だ。すでに生徒監督たちは生徒たちをそれぞれの寄宿部屋に案内していた。最
終学年の生徒たちにはわずかな特権が与えられていた。たとえば彼女たちの部屋は小さな房に
分かれていて、ひとりひとりがある程度のプライバシーが守れるようになっていた。プライバ

シーとは言っても相対的なもので、生徒監督が見回る廊下とを隔《へだ》てるのは緑色のカーテンしかなく、スールたちは好きな時に開けることができる。それに、このベッド置き場を「部屋」と呼んではいるが、そしてそれを修道院長がナイルの聖母学園の教育のたまもので、進歩と自由化の例として挙げてはいても、みんながそれを気に入っているわけでもなかった。眠りにつくまでの間、隣のベッドの子たちとひそひそおしゃべりに興じることもできなくなったし、それに女の子が一人きりで眠ることなどできるものなのだろうか。家では母たちが、小さい子たちが大きい子たちとベッドや敷物《しきもの》の上で一緒に寝られるように気を配っている。押し合いへし合いしながら寝なくて、本当に姉妹と言えるのだろうか。あるいは同じ敷物の上で寝ながら秘密を打ち明け合わなくて本当の友と言えるのだろうか。女学生たちはひとりきりの部屋で眠りにつくのに苦労していた。彼女たちは仕切りの後ろで隣の子たちの息遣いを感じ取って少し安心するのだった。一年生の部屋ではスール・ジェルトリュードが互いのベッドを近づけすぎないようにと注意を払っていた。「ここはリセなんですよ。ご自宅ではないのです。ひとりひとり自分のベッドで寝るものです。それが文明人というものです」と言うのだ。

女学生にはちゃんと制服に着替えて二列に並んで礼拝堂に行くように、と告げられた。そこでは修道院長とペール・エルメネジルドが彼女たちに歓迎の言葉を伝える。彼女たちは礼拝堂の椅子に座った。制服がまだできてない生徒や忘れてきた生徒たちは奥の椅子に座らされた。

修道院長とペール・エルメネジルドは祭壇の後ろから突然現れ、聖櫃《せいひつ》の前でひざまずき、生徒たちのほうに向き直った。ペール・エルメネジルドは父親のような微笑《ほほえ》みを浮かべて最前列に座らされた新入生たちの顔を見渡した。

修道院長がようやく口を開いた。生徒全員、特に初めてリセに入った生徒たちに歓迎の言葉をかけた。「ナイルの聖母学園はこの国の女性エリートたちを育てるための学校です。ここに、わたしの前にいられる幸運に恵まれたあなたがたはルワンダのすべての女性の手本となるべきで、良き妻、良き母であるだけでなく、良き市民、よきキリスト教徒でなければなりません。どちらが欠けてもならないのです。女性たちはルワンダ国民の発展についても大きな役割を担っています。そしてあなたがた、ナイルの聖母学園の生徒たちが、女性の進歩の最先端を行くのです」さらに力強く生徒たちに告げる。「でも進歩の担い手になる前にきちんと学園の校則を守ることが求められます。校則違反には厳しく罰則が与えられます。そして特に強調したい一点があります。リセの門を越えたら、許される唯一の言語はフランス語です。もちろんキニャルワンダの授業の時はその限りではありません。でもそれもその授業中だけのことで、そこから出たら一切話してはなりません。高い地位での仕事を務めるだろう夫たちのそばにいたら(それにご自分でその高い地位での仕事についてもいいのですよ)、フランス語をいちばん使うことになるのですから。そして特に、聖母マリアに捧げられたこのリセではスワヒリ語は一言でも禁止です。あの言語は嘆かわしいマホメットの信者の言葉なのですから」修道院長は最後に全員に学びの多い素晴らしい一年であることを願い、ナイルの聖母の恵みを施した。

ペール・エルメネジルドの長い演説は少しわかりにくかった。鍬の民がかつてルワンダの深い森を開拓したこと、その民が九百年にもわたるハム族の支配からようやく解放されたこと。

彼自身、現地の貧しい司祭だったが、確かにわずかではあるが奴隷制と重労働を廃止させた社会革命に貢献したのだ。今日はっきり言えることは、一九五七年のバフッの宣言書に署名こそしなかったが、自慢するわけではないが、その原案を提案した主要メンバーの一人だったのだ。あそこに書かれている思想、要求は彼のものだった。ということでここにいる美しい娘たちには、大きな期待が持たれているが彼の言葉に耳を傾け、彼女たちが属する種について思い出すような偉大なご婦人になられた暁には、多数派の主、唯一の原住民であり……

修道院長は少しこの大演説に怯《おび》え、目で演説者を制止した。それでペール・エルメネジルドは、

「それでは、みなさんに祝福を授けましょう。そしてこの学園のかくも近くのナイルの源泉におられるナイルの聖母マリア様のご加護がみなさんにありますように……」

と、もごもごしながら言った。

勉学と日常と

新学期の週はだいたいいつも雨の訪れの週と重なる。雨が来なければ、ペール・エルメネジルドは女生徒たちに、日曜日のミサの後に花束をナイルの聖母に捧げるように頼む。生徒たちが花を摘むのを物資管理係のスールが心配そうに監視する。彼女は丹精込めた花壇が荒らされるのを恐れているのだ。その後生徒たちは花束を聖母像の足元に置く。像は決して涸《か》れることのない泉の前に立っている。ほとんどの場合、この巡礼を必要とすることはなかった。終わることのない雷鳴が谷間を轟《とどろ》いて湖まで駆け抜けると、それが雨季の始まりの合図だ。空は古い鍋《なべ》の底よりも黒く、滝のように雨を降らせる。それをニャミノンベの子どもたちが歓声をあげ、楽しそうに踊って称《たた》えるのだ。

最終学年《テルミナル》の生徒たちにとって、リセの日々にはもう秘密はなかった。毎朝、彼女たちを目覚めさせる大きな音に跳びはねることもない。門扉が開くきしみ音にも、鐘の音にも、寮の大寝室をまわってベッドからなかなか起きない子たちを叱《しか》る舎監の笛にも。ゴドリーヴは常に最後に起きる子だった。もうリセにいたくない、勉強には向いてないんだわとくすんくすんと泣く。モデスタとイマキュレが彼女を励《はげ》ます。もうすぐクリスマス休暇よ、とかこれが最後の学年なんだからと何度も言って、ようやくなんとか力ずくで彼女をベッドから引っ張り出す。急がなきゃ。寝間着を脱ぎ、白い大きなタオルの二枚のうちの一枚に身を包まなければならない。この二枚のタオルは物資管理のスールが新学期に配ったものだ。それを腋《わき》の下で結び、そして押し合いへし合いしながら洗面所に行ってなんとか蛇口をひとつ確保する（シャワーは夜だけ）。身体が大きいおかげでグロリオザはいつも最初に蛇口から出る水に身を傾ける。いずれにせよ、彼女には場所を譲らなければならない。身支度が終わると、青い制服のワンピースを着て食堂に向かうのにあまり時間が残っていない。食堂ではお粥《かゆ》のボールトとお茶が用意されていたが、ヴィルジニアはそれを目をつぶって飲み込み、懸命に母の美味《おい》しいイキヴグトを思い浮かべた。それは休暇になると毎朝母がいつも作ってくれるクリームだ。

彼女は粉砂糖がいっぱい入った小さなカップを遠ざけたが、ほかの子たちは争って取り合った。中には自宅から持ち込んだ砂糖をカップ半分くらい入れてなにやらどろどろの砂糖水を作ってしまう子もいるのだが、その子までもがテーブルの砂糖を争うのだった。ヴィルジニアにとって砂糖はひどく苦い思い出の味だった。故郷の丘では砂糖はとても貴重だった。ヴィルジニアが中学に入ったときのことだ。朝食の時、食堂の各テーブルに砂糖の入ったカップが置かれていた。ヴィルジニアはこれほど大量の砂糖を見たことがなかった。妹たちのことを思った。このカップの中身を彼女たちに持って行ってやれたら。すでに口の周りを砂糖で真っ白にしている妹たちの顔が目に浮かんだ。ヴィルジニアはこっそりと小さなカップに入っている貴重な粉を少しすくい取った。簡単なことではなかった。みんな砂糖が大好きで、みんなが目を光らせていた。おまけに彼女はツチだったので、カップが回ってくるのはいつも最後になり、ほんのわずかな筋状のものしか残っていなかった。この最後の残りをスプーンで丁寧にすくい取り、飲み物に入れる代わりに、中身をさっと制服のポケットにこぼした。毎晩、彼女はポケットの中身を取り出した。一学期の終わりにはなんとか封筒半分くらいの砂糖を集めることができた。でも食堂で隣の席のドロテが彼女の手口を見つけた。休暇の前日、ドロテが言った。

「あんた、泥棒ね。言いつけてやる」

「わたしが泥棒ですって？」

「そうよ。毎朝砂糖を盗んでるでしょ。休暇中に商売でもするつもり？　田舎の市場で盗んだ砂糖を売るの？」

「妹たちのためなのよ。田舎には砂糖がないの。言いつけないで」

「そう。じゃ、話し合いましょ。あんたフランス語の成績はいちばんでしょ。次の作文を書いてくれたら何も言わないわ」

「妹たちのために持って帰らせて、お願い」

「じゃあ、学年末まで作文をわたしの代わりに書いてよね」

「うん、書く。約束する。学年末までね」

先生はドロテの成績が突然上がったので驚いた。何かずるいことが行われているのだろうと怪しんだが、問題を明るみに出そうとはしなかった。ドロテはそれからいつもフランス語でいちばんいい成績を収めたのだった。

鐘の音が再び響いた。授業が始まる。フランス語、数学、宗教、保健、地理歴史、物理、体育、英語、キニャルワンダ、裁縫、フランス語、料理、地理歴史、物理、保健、数学、宗教、料理、英語、裁縫、フランス語、宗教、体育、フランス語……。

日々の後に日々が続き、授業の後に授業が続いた。

ナイルの聖母学園《リセ・ノートルダム・デュ・ニル》の教職員の中にはルワンダ人はふたりしかいない。スール・リドウィヌと当然、キニャルワンダの先生だ。スール・リドウィヌは地理歴史の先生だ。でも彼女は二つの教科をきっちりと区別していた。彼女にとって歴史はヨーロッパの歴史、地理はアフリカの地理だった。スール・リドウィヌは中世が大好きだった。彼女の授業で語られるのは、中世の城塞《じょうさい》、主塔、銃眼、石落とし、跳ね橋、櫓《やぐら》……教皇の祝福を受けた騎士たちが十字軍としてエルサレム奪還のために旅立ち、サラセン人を殺す。他の騎士たちは、とんがり帽子をかぶった美しい婦人のために槍で戦う。スール・リドウィヌはロビン・フッド、アイヴァンホー、リチャード獅子心王《ししししんおう》の話もした。「わたし、映画で見ました」とヴェロニカが思わず口走ると、スール・リドウィヌは怒りだした。「ちょっとお黙りなさい。いいですか、彼らはもうずっと前に生きていた人たちなんです。あなたの祖先たちがまだルワンダに入ってこなかった時代のことです」アフリカについては、歴史はない。なぜなら宣教師たちが学校を開く前にはアフリカの人たちは読むことも書くこともできなかったからだ。それにアフリカはヨーロッパ人たちによって発見され、彼らがアフリカを歴史に登場させたのだ。かつてルワンダに王様がいたのは事実だが、そのことは今は忘れたほうがいい。今は共和国になったのだから。つまり、アフリカには山があり、火山があり、川、湖、砂漠、森があって、都会がいくつかある。それらの名前を憶《おぼ》えて地図の上で位置づけることができればいい。キリマンジャロ、タマンラセット、カリシンビ、トンブクトゥ、タンガニーカ、ムハブラ、フータ・ジャロン、キヴ、ウアグドゥグドゥ……。でもその中心に、大トカゲのようにあるのです。「アフリカは」、とスール・リドウィヌは声を低くして廊下の方を少し警戒するような一瞥を投げて明かす。「アフリカは真っ二つに割れているんです。いつかルワンダは海辺の国になります」大陸の右側の岸になるのか左側になるのかは彼女にもはっきりと言えなかった。スール・リドウィヌが絶望的になっているなか、教室中が笑いの渦に包まれた。もうほんとうに白人というのは信じられないような話を作るものね。また哀《あわ》れなアフリカ人を怖がらせようとしてるんでしょ。

数学の教師はヴァン・デル・ピュッテン先生だ。生徒たちは彼がフランス語を話すのを聞いたことがない。教室では数字（これだけはしかたなくフランス語で言う）だけを使ってコミュニケーションを取り、そのほかは代数の数式や幾何の図形を様々な色のチョークで描いて黒板を埋めていた。その代わり、フレール・オーグジルとは長々とおそらくベルギーの部族の方言で話し込む。でも修道院長と話すときはまた別の方言で話しているようだ。修道院長は明らかにうんざりとした様子でフランス語を音節ごとに区切って話していた。ヴァン・デル・ピュッテン先生は彼女の元を去る時にぶつぶつ例の誰もわからない方言でつぶやくのだが、もしかしたら聞こえるほどには下品なことを言っているわけではなかったのかもしれない。

宗教の授業は当然ペール・エルメネジルドの担当だった。彼はさまざまなことわざを使って、ルワンダ人が昔からたった一人の神をあがめていたこと、その神の名前がイマーナで、聖書に登場するユダヤの神、エホバと瓜二つだということを説明した。昔のルワンダ人はそうとは知らずにずっとキリスト教徒で、宣教師たちが来て彼らに洗礼を授ける日をずっと待っていたのだが、彼らの純真さを惑わせた悪魔がいた。リャンゴンベの姿を借りて悪魔は深夜の酒宴にルワンダ人を誘い込み、そこで数えきれないほどの悪魔がルワンダ人の身体と心をとらえて、彼らに卑猥《ひわい》な話や様々な悪いことをさせた。それがどのようなことかはペール・エルメネジルドも若くて清らかな娘たちの前では詳細を語ることはできなかった。彼は呪われたリャンゴンベの名を口にするとき何度も十字を切った。

ルワンダで教える幸運に恵まれた教師はなんと幸せなのだろう。ルワンダ人の生徒たちほどおとなしく、従順で熱心な生徒はいない。ナイルの聖母学園はこの普遍的な大前提を体現していたが、唯一例外があって、騒がしさというか、ある種の興奮が生じる授業があった。それはミス・サウス、英語の先生の授業だった。たしかに生徒たちはなぜルワンダのどこでも話されない言葉を習わなければならないのか理解に苦しんでいた。まあ、首都のキガリでは時々、ウガンダから最近やってきたパキスタン人たちが話すのを聞くことがある（このことだけでだいたいどんな言語なのかわかろうというものだ）。ほかにもプロテスタントの牧師さんたちも話すが、彼らは、いつもペール・エルメネジルドが言うことだが、マリア様を崇《あが》めてはならないと言っているらしい。さらにミス・サウスの外見と態度もシェークスピアの言語をまったく魅力的に思わせないものだった。彼女は背が高く、ガサガサでごつごつとしていた。髪の毛は短く、ただ額にかかるひとふさだけが長くて、いつも丸いメガネにぶつかるので彼女はひっきりなしにそれと戦っていたが無駄だった。いつも穿《は》いている青いプリーツのスカートは何度も洗濯してきたせいで色褪《いろあ》せていた。紫の花柄のシャツのボタンは衿《えり》まできっちりとはめていた。彼女はけたたましい音を立てながら教室に入ると、教卓に擦り切れた革のバッグを投げおろし、そこから紙の束を取り出し、教室中を生徒たちの机にぶつかりながら一人一人に配って歩く。生徒たちのほうは、右手に頰《ほお》を当てながらじっと教師を見つめていつか転ぶのではないかと待ち構えていたが、そういうことは一度もなかった。授業中、紙に刷られたテキストを読むというよりは暗唱し、その後生徒たちに一斉に彼女が言ったことを復唱させるのだった。

生徒たちは先生っておかしくない？　目が見えないのかしら？　それとも酔っぱらってるの？　と声に出して言う。フリーダが先生は酔ってると主張した。彼女が言うには、イギリス人というのは朝から晩まで強い酒を飲むのだ。ウルワルワなんかよりずっと強いお酒、ジョニー・ウォーカーと言ってね、友人の大使からわたしもちょっと飲まされたんだけど、本当に頭がくらくらしたの。ミス・サウスはときどきクラスの少女たちに歌を歌わせようとした。

マイ・ボニー　ライズ　オーヴァー・ジ・オーシャン
マイ・ボニー　ライズ　オーヴァー・ザ・シー

しかしあまりのやかましさに隣の教室の先生がすぐに入ってきて少しだけ静けさを取り戻させようとした。ふう、と生徒たちはため息をついた。

三年前からフランス人の教師たちがナイルの聖母学園で教えるようになっていた。修道院長が文部省から三人のフランス人の兵役免除《コオペラン》を受け入れることになるという通達を受けたとき、彼女はとても不安になった。彼女はペール・エルメネジルドにその懸念を打ち明けた。今度は若くて経験のない人たちが来るらしい。経験がないことは、フランス人特有の奇妙な言い回し──「国家の奉仕活動を志願して」来るとわざわざ手紙に書いてあることでもわかる。最後に修道院長は言った。

「つまり、彼らは兵役に行きたくなかった若者たちなんですよ。反軍国主義者、もしかしたら良心的兵役拒否者かもしれません。まさかエホバの証人だったりしたら、まったく何一ついいことなんて想像できませんよ。それに最近フランスで何があったかご存じでしょ、ペール・エルメネジルド、学生たちが道に出て、デモをしたり、ストをしたり、暴動とか、バリケードとか、革命とか言ってるんですよ。今度来る若者たちにはちゃんと目を光らせましょう。授業中に何を言っているのか、うちの生徒たちの心に転覆とか、無神論とかを植え付けないように」
「わたしたちにはどうしようもないことなんですよ」とペール・エルメネジルドが答える。
「そのフランス人たちが派遣されるのは、政治とか外交なんです。この小さな国も外交を広げなくてはなりませんからね。それに国はベルギーだけじゃありませんし」

最初にフランス大使館の車で連れてこられた二人のフランス人は修道院長を少し安心させた。もちろん、彼らはネクタイを締めていなかったし、ひとりは、ちょっと心配なことに荷物の中にギターがあった。しかし、ふたりとも比較的礼儀正しく、控えめで、いきなりアフリカの奥地にいることに少し呆然としているようだった。なにしろここは山に囲まれた小さな国でそれまで名前すらも知らなかったところなのだ。「ラポワント先生は自分一人でこちらまでくると言ってたものですから」と文化参事官は曖昧《あいまい》に説明した。「日が暮れるまでには、遅くとも明日の朝までには到着するでしょう」

その三人目のフランス人は実際翌朝トヨタのトラックの後部座席に乗ってやってきた。彼は赤ん坊を負ぶった女たちが車から降りるのをやさしく手伝っていた。まるで公用車にするように、リセの守衛たちは門を大きく開けた。門はいつものようにきしみ音を響かせて開いた。ちょうど二時間目の授業の最中だったので、生徒たち——少なくとも窓辺の席の生徒たちには背の高い若者が校庭をゆっくりと歩いてくるのが見えた。彼はとても痩せていて、すっかり色あせたブルージーンズとカーキ色のシャツを着ていた。シャツは胸元が大きくはだけていて毛深い胸をあらわにしていた。そして荷物といえばバッジがいっぱい付いたリュックサック一つだけだった。しかし彼を見ることができた幸運な生徒たちが最も驚き、思わず大声をあげたのは（そのために先生たちのいさめにもかかわらず、すべての生徒たちが窓辺に集まってしまうことになったのだが）、彼の髪の毛だった。緩やかに波打つ豊かな長いブロンドの髪は背中の真ん中まで伸びていたのだ。

「じゃあ女の人なのね」とゴドリーヴが言う。

「違うわよ。見たでしょ、前から。男の人よ」とフリーダが反論する。

「ヒッピーよ」とイマキュレが説明した。「アメリカの若い人たちは今みんなあんなふうなんですって」

スール・ジェルトリュードが走って修道院長に知らせに行った。

「ああ、神さま、修道院長様、フランス人が来ました」

「だからなんなんです？　フランス人って。お通ししなさい」

「ああ、神様、フランス人が……。ご覧になればおわかりいただけます」

修道院長は、新任教師が執務室に入ってきた時、なんとか不快で叫びそうになるのをこらえた。

「オリヴィエ・ラポワントです。ここに任命されました。ここがナイルの聖母学園でいいんですよね」

とフランス人教師はだるそうに言った。

修道院長は憤慨《ふんがい》し、動揺して返す言葉が何も見つからず、ただ気持ちを取り戻すために、ラポワントをスール・ジェルトリュードに任せることにした。

「スール・ジェルトリュード、ラポワント先生をお住まいまでご案内してください」


カナルシャツィ、長髪くん。生徒たちは彼のことをこう呼んだ。彼は、宿舎のバンガローに二週間閉じこめられた。時間割の調整をしているというのがその理由だった。ほぼ毎日、修道院長から送られた使い、ペール・エルメネジルド、スール・ジェルトリュード、スール・リドウィヌ、ベルギー人の先生方、同じフランス人の教師たち、そしてとうとう修道院長までがご機嫌伺いの名目で髪を刈るように説得しに来た。長髪くんはどんなことでも譲歩すると言った。ワイシャツにネクタイとか、きちんとしたズボンを穿くなどということなら。でも髪の長さについては、絶対に妥協しなかった。一度首のあたりまで切らないかと提案したが、これもきっぱりと拒絶された。髪の毛一本にも触《さわ》らせないと。長い髪は彼の唯一の誇りだった。彼の若さの傑作。彼の生きる意味。何があっても長い髪をやめることは拒否した。

修道院長は文部省に矢継ぎ早に絶望的な手紙を書いた。フランス人教師のあの恥ずべき長い髪は、一般的な道徳観だけでなく、キリスト教的な道徳観も危険に晒すもので、ルワンダのエリート女性の将来を傷つけかねないものなのです。文部省は困惑した手紙をフランス大使と文化参事官に送った。参事官は長髪くんを脅しに来た。それも無駄だった。彼のバンガローの付近は監視されていたにもかかわらず、リセの生徒たちはあたりを歩き回っていた。しばしばシャンプー後にその長い黄金色の髪を晴れ間の太陽の光に当てて乾かすのが見えた。中には彼に手を振ったりする者までいて、遠くから呼びかけたりもした。「カナルシャツィ、カナルシャツィ」と。戦いに疲れ結局授業をすることが許された。彼は数学の教師で、数学の教師は足りていなかったのだ。とはいえ、彼のパフォーマンスは多くの生徒をがっかりさせた。授業中、彼はまったく数式から離れなかった。結局のところ彼はヴァン・デル・ピュッテン先生と大して変わらなかった。ただ、彼が黒板に書くために背を向けると、生徒たちはうっとりとその長く波打つ髪を眺《なが》めるのだった。授業が終わり、カナルシャツィが教室から出ると、最終学年の生徒の最も大胆な子たちが彼のもとに駆け寄り、わからなかったことについて質問をすると言って、彼の髪の毛に触ろうとした。彼はできるだけ早く答え、彼のもとに押し合いへし合いしながらやってくる娘たちの集団を見ようともしなかった。ようやく彼は自称質問者の群れから抜け出し、急いで廊下を逃げ出すのだった。

年度末、彼はフランスに帰された。「あの頃、わたしたちはまだ幼い一年生《スゴンド》だったけど、今まだ彼がいたら、きっと手なずけられたわ」とイマキュレは残念がった。

「あの子たち、また食べませんでした」とスール・ベニニュが嘆いた。彼女は年取ったスール・キジトの補佐として食堂に新しく任命されたのだった。スール・キジトは最近手が震え、二本の杖の支えなしでは歩けなくなっていた。「お皿はほとんど手つかずで戻ってくるんですよ。わたしが毒を盛るとでも思ってるんですかね。わたしが毒殺者だと？　だれがそんなことを彼女たちに吹き込んだのか知りたいもんですわ。わたしがギサカ出身だからでしょうか？」

「大丈夫。心配ないよ。一週間もしたらあんたがギサカ出身だろうがなかろうが荷物は全部空っぽになる。あんたの料理も、気に入るとか気に入らないとかにかかわらず、食べなきゃならなくなる。そしたらきれいに平らげてくれるさ」とキジトは慰めた。

リセに入る前、たしかに母親たちは娘たちの荷物にルワンダの母親が思いつく限りの美味しいものを詰め込んでいたのだ。

「リセでは白人の食べ物しか食べさせないんだって。そんなのルワンダ人にとって良くないに決まってる。特に若い娘たちにとってはね。なんでも赤ん坊を産めない身体になるかもしれないっていうじゃないの」と母親たちは言う。

ということで荷物は母親が愛情をこめて詰め込んだ食料の貯蔵庫になってしまっていた。布切れで包まれた花柄の琺瑯《ほうろう》の容器には豆やマニョックがソースとともに詰められている。ほかにもとろ火で一晩煮込まれたバナナ、イビシュケ、これはサトウキビのことでその白い繊維質の芯《しん》は何度嚙《か》んでも甘い汁が口いっぱいに広がる。サツマイモもある。それも赤いのが。ガフンゲジ、トウモロコシの穂、ピーナッツ。都会出身の娘たちはそれらに加えて色とりどりのフリッター（こういう色を出すのはスワヒリ族の人たちの得意とするものだ）やキガリの市場でしか買えないアボカド、ローストされてとてもしょっぱいピーナッツ。そういうものを持ってきていた。

夜、寄宿舎の部屋から舎監がいなくなると、祭りが始まった。荷物を開いてベッドの上に食料を並べる。舎監がよく眠っていることを確認するのだが、舎監の中には、たとえばスール・リタのように騙《だま》されないで、むしろお祭り騒ぎに参加するためにやすやすと引き込まれる者もいた。それぞれの食料を比べて、どれから先に食べるかを決め、その夜のメニューを考える。欲張りの生徒が自分の食料をぜんぶ共有せずに、自分の分を少し取り分けていようものなら非難される。

ただ、すぐに備蓄の食料はなくなり、一、二週間、長くても三週間も経《た》つと、残るのはほんのわずかなピーナッツだけで、これは何か悪いことがあったときの慰めのために取っておくのだった。そうなると食堂で出されるもので満足しなくてはならなくなる。たとえば、あの味のしないブルグル。べとべとした黄色い饅頭《まんじゅう》みたいなもので、食べると上顎に張り付いてくる。それをご近所さんとしてよく食事に誘われるペール・アンジェロがおいしそうにむしゃむしゃと食べるのだが、彼はそれをポレンタと呼ぶ。ほかには缶詰から出してくるやわらかくて脂っこい魚類。そして時々、日曜日や祝日になると、どんな動物の肉かわからないコンビーフという肉……。

「白人が食べるものはみんな缶詰から出てくるのよね」とゴドリーヴが言う。「マンゴーとかパイナップルの切ったのまでシロップの中で泳いでいるし。本物のバナナだってわたしたちに出されるのは甘くて食事の最後に食べるものでしょ。でもバナナってそんな風に食べるものじゃないよね。うちに休暇で帰ったら、お母さんと本物のバナナ料理を作るわ。ボーイがバナナの皮をむいた後に水の中にトマトも入れて一緒に火にかけるのをちゃんと見届けるの。その後はお母さんとわたしとで入れられるものを入れていく。玉ねぎ、ヤシの実油、甘いホウレン草のイレンガレンガ、苦いイソギ、ンダガラという小魚を干したのとか。お母さんと妹たちと楽しむんだわ」

「あんた、なんにも知らないのね」とグロリオザが言う。「必要なのはイキニイガというピーナッツのソースよ。そしてとろ火でゆっくりゆっくり煮込むの。ソースがバナナの芯までしみこむまで」

「でも」とモデスタが訂正する。「町の人たちみたいにブタンガスとお鍋で煮ると、バナナは少し早く煮えてしまうのよね。ちゃんとやわらかくならない。木の炭を使って、そして大事なのは土の鍋で煮ることなのよ。時間はとてもかかる。わたしがほんものの作り方を教えるわね。うちのママのレシピなんだけど。まずバナナの皮はむいちゃいけないの。大きな鍋に少しだけ水を入れて、そこにバナナを隙間《すきま》なく入れていくの。それを上からバナナの葉で覆う。完全に密閉されなくちゃダメなのよ。破れてない葉っぱを選ばないと。その上に重しにするために焼き物の欠片《かけら》を置くの。とても長いこと待たなくちゃならなくて、ゆっくりと煮込まなければならない。でも辛抱強ければ真っ白で芯までやわらかいバナナができるわ。食べる時にはイキヴグトと一緒に食べて、お隣さんたちを招待するの」

「ああ、モデスタ」とゴレッティが憐《あわ》れむように言う。「あんたのお母さんはこれからもずっと繊細さんをするのね。真っ白いバナナ、シミ一つなくて、それをミルクで食べるの？　でも言っとくけど、お父さんにはべつのを作ったほうがいいわよ。真っ赤なバナナ、豆の汁を吸って赤くなったバナナよ。たぶんお母さんは絶対にそんなものに触りたがらないでしょうね。でもボーイがパパのために作ったらあんたも食べなくちゃならない。だからレシピをお母さんに教えてあげるといいわ。バナナの皮をむいて、豆が半分くらい煮えて水が半分くらいになったら、バナナを鍋に放り込むの。そしたらバナナは豆の汁を飲み込むように吸う。すると赤く、茶色くなるのよ。そういうのが甘くてずっしりとしたバナナなのよ。これが本物のルワンダ人のバナナよ。鍬を使えるルワンダ人ね」

「あなたたちはみんな町の人かお金持ちでしょ」とヴィルジニア。「だからきっと畑でバナナを食べたことなんてないんでしょうね。それがいちばんおいしいのに。畑仕事をしていると家に戻る暇なんてないの。だからちょっと火を起こしてバナナを一本か二本焼く。もちろん炎にくべるわけじゃないのよ、まだ真っ赤な灰の中に入れて焼くの。でももっとおいしいのがある。子どもの頃、母さんはわたしと友人たちに時々バナナをくれたの。わたしたちはソルゴが収穫された後の畑に行って小さな穴を掘った。その穴の中に乾いたバナナの葉を入れて火を起こす。燃え尽きた葉っぱのカスを取り除くと、穴は赤くなっているの。そこにまだ青いバナナの葉っぱを敷き詰めて、穴にバナナを入れて、熱い土で覆う。後は少し水で湿らせた葉っぱをかぶせるだけ。その葉っぱが乾ききったら、穴をあける。バナナの葉っぱって兵隊さんのカムフラージュの色に似てるわよね。中はとても柔らかいのよ。口の中でとろけちゃう。あの時ほどおいしいバナナはその後も食べたことなかったなぁ」

「ならあんたはリセになにしに来たのよ」と言ったのはグロリオザだ。「田舎に残って畑でバナナを食べてたらよかったじゃないの。そしたら多数派のルワンダ人が一人代わりに入学できたのに」

「もちろん、わたしは田舎の生まれよ。でもそれを恥ずかしいとは思わない。わたしが恥ずかしいのは、自分が言ったこと。そしてみんなで話したこと。ルワンダ人は食べ物のことを話す？　食べ物のことを話すのは恥ずかしいことよ。人前で食べるのだって、なんなら人前で口を開けることも恥ずかしい。それなのに毎日わたしたちはそんなことをしている」

「そうね」とイマキュレ。「白人はまったく羞恥心《しゅうちしん》がないのよね。お父さんがときどき彼らを仕事のことで家に招待するんだけど、そういう時に聞こえてくるの。お父さんも仕方ないのよ、そうしないと。白人っていつも食べることの話ばかりしている。何を食べたかとかこれから何を食べるかの話ばかり」

「そしてザイール人は」とゴレッティがフリーダのほうを見ながら言う。「彼らはシロアリを食べるんでしょ。コオロギ、ヘビ、サルも食べて、それを自慢してるのよ」

「食事の鐘が鳴るわ」とグロリオザ。「行きましょう。ヴィルジニア、あんたも本物のルワンダ人の残りものを食べるためには口を開けなくちゃならないからね」

雨

ナイルの聖母学園《リセ・ノートルダム・デュ・ニル》に雨が降る。もう何日になるのか、それとも何週間か？　もはや誰も数えていなかった。この世の最初の日、あるいは最後の日のように、山も雲も唸《うな》る一つの混沌《こんとん》だった。雨はナイルの聖母の顔の上を流れ、黒い仮面を洗い落としていた。ナイルの源泉といわれている泉は池のふちから溢れ、怒り狂った滝になっていた。路上の通行人は（ルワンダではいつも誰か通行人がいるのだ。どこから来てどこに行くのかは誰にもわからない）、バナナの大きな葉の下で雨宿りをする。その葉っぱは薄い水の膜に覆われて緑色の鏡になっていた。

雨は長い数ヵ月の間ルワンダの女王なのだ。かつての王よりも、あるいは今の大統領よりもずっと力がある。雨は、みんなが待つもの、乞《こ》うもの、不作も豊作も決めるのは雨、子だくさんの結婚の暁光。乾季の後の最初の雨は子どもたちを躍らせる。彼らは待ち焦《ま》《こ》がれた大粒を受けようと顔を空に向ける。雨はまた慎《つつし》みなく、みだらで、濡《ぬ》れたパーニュの下のごく若い娘たちの未熟な形を露わにする。激しく、口うるさく、気まぐれで、すべてのトタン屋根の上にカタカタと音を立て、バナナ畑の下であろうと、首都のぬかるんだ地区であろうと、雨はその流れを湖に落とし、火山の暴力を消し、アフリカの内臓であるコンゴの大きな森を支配する。

雨、そう、終わりなき雨、その源である大海に行きつくまで。

「もしかしたら地球中でこんなふうに雨が降ってるのかもしれない」とモデスタが言う。「もしかしたらずっと降り続いて、絶対にやまなくて、もしかしたらまたノアの箱舟の時代みたいなことになっているのかも」

グロリオザが言う。

「考えてみて。もし洪水なら、もう少ししたら地球上にはわたしたちしかいなくなるわ。リセはとても高い所にあるから沈んだりしない。箱舟みたいなものよ。わたしたちだけが地球に残るのよ」

「そして、水が引いたら、だっていつかはかならず引くでしょ、今度はわたしたちが地球に人間を増やしていくのよ。でももし男の子たちがいなくなっていたら、どうしたらいいかしら?」とフリーダが言う。「白人の先生たちはずっと前に自分の家にいてそこできっと溺《おぼ》れているわよね。わたしは、フレール・オーグジルとかペール・エルメネジルドなんてイヤだな」

「ふざけないで」とヴィルジニア。「洪水なんて、アバパドリ(司祭たち)の物語でしょ。うちのほうでは、丘の上なんだけど、雨が降り始めると、もう畑から離れて火を囲んで肩を寄せ合うの。もう水を汲みに行かなくてもいい。雨を受けるためにバナナの木で樋《とい》を作ったの。休暇なのよ。自分の家でシャワーも浴びれるし、洗濯もできる。トウモロコシを焼いたり、ついでに足も温める。そんな風にして過ごすの。でも気を付けなくちゃならないのは、トウモロコシの房が破裂して実がはじけると雷を呼ぶことになるのよ。そうすると母さんが言うの、『笑っちゃダメ。歯を見せたり、特に歯茎が赤い子たちは雷を呼ぶからね』って」

「それにルワンダにはアバヴュビュイがいるっていうじゃない。雨を降らせる人たちが」とヴェロニカが言う。「雨はその人たちが司《つかさど》るって。彼らは雨を呼ぶし、止める。でももしかしたらもうどうやって止めるのかわからなくなってるのかもしれない。それとも彼らのことをバカにして村に密告した宣教師たちに復讐《ふくしゅう》しているのかなぁ」

「で、あんた、アバヴュビュイを信じてるの？」

「わかんない。でも一人知ってるの。年取った女の人で、前にイマキュレと会いに行ったことがある。このすぐ近くに住んでるのよ」

「その話聞かせて」

「ある日曜日のミサの後だったんだけど、イマキュレが祈禱師《きとうし》のカガボに会いに行きたいって言ってきたの。奇妙な薬を市場で売ってる人なんだけど、ひとりで行くのは少し怖いのよね。一緒に行ってくれない？　って。もちろんイマキュレと一緒に行くことにしたわ。だってイマキュレがその魔法使いになんのために行くのか興味もあったし、スールたちはその人のことを悪魔の代理みたいに言ってるでしょ、だから。カガボは、みんな知ってるかしら、市場ではいつもグリーンピースや薪の束を売っている女の人たちの列のいちばん端っこにいるの。ちょっと離れた所にいるから、みんなカガボのことはほっておくの。地区の警官も彼に近づこうとしないし、彼のお客さんたちもあまり他人に見られたくはないのよね。それに、彼の前の小さな網の上に並べられているものはちょっと不安なものばかりなのよ。でももしかしたらああいうものがどんな役に立つのか知っているひとがいるかもしれない。奇妙な形の根っこや乾いた葉っぱや草や、ものすごく遠くから、海から運ばれてきたと思うんだけど、貝殻とか、ガラスの小さな球。ほらわたしたちのおばあちゃんたちが身に着けていたような。あと、ヤマネコやヘビ、トカゲの皮とか、小型の鍬や矢じり、鈴、銅線のブレスレット、バナナの木の皮に包まれた粉、ほかにもいろいろ。あまり客は来てなかったみたい。カガボに会いに来る人たちはみんな買い物する振りをするけど、もっと深刻なことのために約束を取り付けてるの。それは彼の家で、どこか知らないけど、ナイル川の水でいっぱいになった小さな壺で治してもらったり、あるいは呪いをかけてもらったり、解いてもらったり、ほかのもっと重大なことのためにも。

わたしたちはカガボに近寄った。少し震えてた。イマキュレはなかなか彼に声をかけられなくて。とうとうカガボのほうがわたしたちに気が付いて、手を挙げた。「きれいなお嬢ちゃんたち、わしにできることが何かあるかの?」イマキュレが早口の低い声で言った。「カガボ、あなたが必要なの。聞いてくれる? 許嫁《いいなずけ》が首都にいるの。彼がほかの女に興味を持つんじゃないかと心配で。わたし、棄《す》てられないかと。恋人を守るための何かをちょうだい。彼がわたしのことだけ思って、ほかの子と会わない、彼にとって世界で女の子はわたししか存在しないと思わせるような。彼のバイクにほかの女の子が乗るのはイヤなの」そしたらカガボはこう答えたの。「わしは病気を治療する祈禱師だ。恋愛話はわしには関係ないんだよ。でもなんとかできる人を知ってる。雨降らし女のニャミロンギだ。あの人の関心ごとは雲だけじゃない。

百フランくれれば、次の日曜日に連れてってあげるよ。友だちも一緒に来てもいい。でもその時は彼女からも百フランもらうよ。市場が終わるころおいで。一緒にニャミロンギのところに行こう」

次の日曜日、イマキュレとわたしは市場の端まで行った。カガボはすでにあの魔法の店をたたんで無花果《いちじく》の木の皮で作った古い袋にしまい込んでいた。「ああ、おまえたちか。ついておいで、急いで。お金を持ってきたかい、ニャミロンギの分もあるね？」

わたしたちは持ってきた百フラン紙幣を渡した。わたしたちは村に向かう道を進んだ。すぐにその道から逸《そ》れて、緩やかな坂の山筋を通った。カガボは歩くのがとても速かった。大きな足は草に触れているかわからないくらいだった。「早く、急いで」とずっと言い続けていた。わたしたちはなんとかついていったけれど、息切れしていた。ちょっとした高台のような場所に着いて、そこからは湖と火山が奥の方に見えて、向こう側にはコンゴの山々が見えた。景色を眺めるために止まったりはしなかったわ。カガボが指さした。岩壁の陰に小屋があった。トワの家みたいな家で、そこから出てくる白い煙が上って雲と一緒になった。「ここで待ってろ。彼女がおまえたちを入れてくれるかどうか聞いてくる」とカガボが言った。わたしたちは長い間待った。小屋の中から囁くような声やうめき声、高い笑い声が聞こえた。カガボが出てきた。「おいで、ようやく焼き物の欠片の上にパイプを置いたよ。おまえたちに会うと言ってる」

わたしたちはかがんで家の中に入った。中はとても暗くて煙が立ち込めていた。ようやく炭火の赤い炎が見えて、その後ろに毛布にくるまった何かの形が見えた。毛布の下から声がした。「近くにおいで」カガボはわたしたちに座るように促《うなが》した。毛布が開いて老女の顔が現れた。しわくちゃで乾燥したパッションフルーツのように縮んでたけど、その目は炎のように輝いていた。ニャミロンギ、彼女だった。わたしたちの名前を聞いた。彼女はイマキュレがムカガタレと名乗ったときは大いに笑った。「おまえはまだ純粋さの娘ではないかもしれないけど、でもいつかはそうなるだろうよ」ニャミロンギはまたわたしたちの両親と祖父母たちが誰だかも聞いた。彼女は両手でその小さな頭を抱《かか》えて考え込んだ。彼女の手はとても大きく見えた。そしてわたしたちの祖先の名を唱えた。親たちでさえ知らない名前も唱えた。「おまえたちはあまりよい血筋ではないねぇ」と笑いながら言った。「でも今じゃそんなことは重要じゃないんだってね」

彼女はイマキュレのほうを向き、「カガボの話だとわたしに会いたがってるのはおまえなんだって？」イマキュレが説明を始めた。恋人が首都にいて、噂だったり友人たちが手紙で知らせてくれたりしたところによると、その恋人がほかの女の子たちをバイクに乗せているのを見たという。ニャミロンギにそういうことを止めさせてほしい。恋人がほかの女の子たちと一緒にいることをやめて、彼女だけのためにいてほしいと。

「わかったよ。なんとかしてやろう。でも教えておくれ。もう彼とは寝たのかい？」

「とんでもない！」

「じゃあ、おっぱい触ったりしたかい？」

「え、ええ、それはちょっと」

イマキュレはうつむきながら言った。

「ほかにも？」

「ちょっと、ちょっとだけ」と聞こえないような声で言う。

「うん。わかった。なんとかしよう」

ニャミロンギは周りに積みあげられているひょうたんや壺の一群の中を探し始めた。そこから何か種を見つけて長いこと観察していたが、何粒かを選び抜いてすり鉢の中に置いた。選んだ粒を粉末状に擂《す》って、そこに唾を吐きかけ、聞き取れない言葉をつぶやきながら、なにか練り上げた。それを練ったマニョックのようにバナナの葉っぱに包んだ。

「さあ、これを持っておいき。そして恋人に手紙を書くんだ。おまえはリセにいるんだろ。なら字を書けるね。今じゃ女も字が書けるようになったんだねえ。今日から三日後にはこの練ったものは乾燥するから、それを粉々にして手紙の中に入れるんだ。でもその前に、忘れちゃダメだよ。胸とほかの場所を粉でこすってからだよ。恋人が封を開けたら、粉を吸い込むことになるから、恋人はずっとおまえひとりのものだ。ほかの女となんか付き合わない。さあ、五百フランおくれ。もう彼はお前のことしか見ない、お前のことしか考えない、まるで囚人のように捕らえられてる。キタティレの娘、ニャミロンギの言葉に嘘《うそ》はないよ。でもどこもかしこも愛撫《あいぶ》されなきゃだめだよ、わかったかい、どこもかしこもだよ」

ニャミロンギはパイプを取って、三口吸った。

イマキュレは五百フラン紙幣を差し出し、ニャミロンギはそれを毛布の下にしまい込んだ。

そしてわたしの方を向いて「でもおまえはなんで来たのかい？　わたしにどんな用があるんだい？」「雨に命令できるって聞いたんで、どうやるのか見てみたくて」

「好奇心が過ぎるね。わたしは雨に命令なんかしないよ。わたしは雨に話しかけて、雨が答える。雨がどこにいるのかいつも知ってるし、来てくれとか行ってくれと頼んで、雨もそれを望むならわたしが頼んだことをしてくれるだけさ。おまえたち、アバパドリの学校に通う若い子たちはもう何も知らなくなったね。ベルギー人やアバパドリの親方がユヒ・ムシンガ王を追い出す前は、わたしはまだ若かったけど、みんなわたしを敬《うやま》ったものだ。わたしの力をみんなが知ってた。なぜならわたしはその力を母親から受け継いで、母もその母親、その母親もその母親からとずっと遡《さかのぼ》って祖先のニイラムヴュラ、雨の女から受け継いだ。わたしは山のふもとの大きな家に住んでいた。牛たちの水飲み場の近くの家だよ。雨がなかなか降らないと――おまえたちだって雨がどんなふうなのか知ってるだろ、いつ来たらいいかわかってないんだよ――領長《シェフリ》たちが牛を伴ってわたしの水飲み場にやってきたものだ。そこならいつでも水があるからね。一緒にイントレ、踊り手たちもつれてきたよ。そして言うんだ。『ニャミロンギ、雨はどこにいるんだい？　雨に来るように言ってくれ。そしたら牛をやろう。蜂蜜水《はちみつすい》の瓶もやろう。王様の宮殿で皆が着るような服を作れるような生地もやろう』だからわたしは言ったんだ。まず雨のために踊らなきゃならないよ。牛たちがたっぷりと水を飲んだら、イントレたちが雨のために踊るんだ。するとイントレたちはわたしの前で踊り、彼らが十分踊ったらわたしは領長に言った。さあ、家にお帰り。雨が来るよ。家に着くまでに雨はあんたたちに追いつくよ。そして雨が降ってきた。牛の上、豆の上、トウモロコシの上、サツマイモの上に。雨はギハンガの息子たちの上に落ちてきた。ツチの上、フツの上、トワの上に。わたしは何度も国を救ったんだ。それでわたしのことをみんながウムビエイ、『母』と呼んだ。『母』とは、国の母という意味さ。でも白人《バズング》がやってきて新しい王に王の太鼓を渡すと、わたしは家から追い出された。彼らはわたしを首《くび》吊《つ》りにしようとした。わたしは長い間森の中に身を隠した。そして今、わたしはこんなに年取って、こうしてひとりでトワの家に住んでいるんだよ。みんなアバパドリのところに行って雨を乞う。でも白人たちは雨に語りかけられるのかね。雨は学校に行ってない。だからアバパドリになんか耳を貸さない。雨は自分の好きにする。雨に語りかけることができなきゃだめなんだ。だからこうしてわたしのところまでやってくる者がいる。そしておまえの友だちのように雨以外のことのためにもね。おまえは知りたいんだろ？　わたしがどういうふうに雨に語りかけるか、そして雨がそうしてもいいと思ったらどのようにして雨がわたしの言うことを聞くのか。それならおまえも雨のために踊るんだ。わたしの前で雨のために踊ってごらん。もうずいぶん長い間わたしの前で雨のために踊ったひとはいないんだよ」

「ニャミロンギ、わかるでしょ。わたしは踊れない。このリセの制服のままじゃ。そしてあんたの家はあまりにも狭い。それでも今雨がどこにいるのか教えてよ」

「わかったよ。踊りたくないなら、五百フランよこしな。そしたら雨がどこにいるか教えてやるよ」

わたしは五百フランを渡した。

「よしよし、いい子だ。わたしがどんなことができるか見せてやろう」

ニャミロンギは右腕を伸ばした。拳《こぶし》を握って人差し指で小屋の丸天井のほうを指していた。指の爪《つめ》はとても長かった。まるで鷹《たか》の爪のようだった。彼女は腕と長い爪の人差し指で四方向を指していった。そして腕をまた毛布の中に入れた。

「雨がどこにいるかわかったよ。湖の上だ。雨がこっちに来ると言ってる。早く行きなさい。雨に追いつかれる前に走りなさい。見える。もう来る。湖を越えてきている。雷に打たれたくなかったらあと五百フランだ。おまえたちは雨のために踊ろうとしなかった。雨を怒らせたんだよ。五百フランで雷はお前たちを見過ごしてくれるよ」

カガボが言った。

「早く、言うとおりにして、行こう」

わたしたちは走った。山道を走って、車の道を走った。雲がどんどん膨れてきてわたしたちのほうまで上がってきた。リセの門を越えたとき、雨が狂ったように降り始め、稲妻が空を裂いた。

娘たちは長い間静かに雨の執拗な音に耳を傾けていた。

とうとうモデスタが口を開いた。

「ニャミロンギと雨はいろいろ話すことがたくさんあるようだわ。この雨は終わらない」

「いつもの年のように乾季が来れば終わるわよ」とグロリオザが言った。「ところで、ヴェロニカ、イマキュレは結局恋人を取り戻したの？」

「すぐに彼女に会いに来た。ニャミノンベの人たちがものすごい爆音でバイクを走らせているのを見たって。彼らが見たことがないくらい大きいバイクでみんなを逃げさせて、小さな女の子なんか瓶を落としてしまったんですって。でももちろん恋人はリセまでは来なかった。ふたりは泉のそばの放置されている牧童の小屋で会うことにした。あそこでみんな何をするか知ってるでしょ？　イマキュレはニャミロンギのアドバイスを守ったけど、それ以上のこともしたかもしれない。心配だわ」

グロリオザが言った。「ヴェロニカ、あんたは好奇心が強すぎる。魔法使いとかかわりを持つなんてきっといつか報《むく》いが来る。あんたは絶対に魔法使いの前で踊ったね。悪魔の前で踊るなんてツチにしかできない。あんたを告発することもできるけど、イマキュレに面倒なことが起きるのはイヤなのよね。あの子の父親はビジネスマンで、うちの父親の話だと、党のためにずいぶん太っ腹なことをしてくれるんだって。ニャミロンギってばあさんが恋人を取り返したり、雨に命令したりするなら、わたしも会いに行こうかな。政治でも何かできるかもしれないからね」

イシス

「ねえ、ヴィルジニア、話したいことがあるんだけど、誰にも言わないでね」

「ヴェロニカ、わたしたちツチは秘密を守るって知ってるでしょ。口を閉ざすことを教わったじゃない。命が大事なら、そうしなくちゃね。親たちもいつも言ってるでしょ。お前の敵はお前の舌だって。もしこれから言うことが秘密だと思うなら、わたしを信じて。秘密は守るわ」

「なら聞いて。知ってるでしょ。わたし日曜日にひとりで山を歩き回るのが好きなの。それであなたには恨まれてるけど。でもほかの子たちのようにお店を見たり、ミシンの前に座ってる仕立て屋さんに行って誰がどんな服を注文したかを見るなんて好きじゃないの。わたしはひとりでいるほうが好き。わたしたちを嫌っているひとたちと会うのはイヤなの。山の上まで行ったら岩に腰かけて目をつぶる。もう誰もいない。瞼《まぶた》の下で星が輝いているだけ。そして時々わたしは自分が別のもっと幸せな人生を生きているのを想像するの。きっとそんな世界は映画の中だけのことなんだけどね」

「話ってそれだけ？」

「ううん。ちょっと待って。この前遠くルタレの大岩のほうに向かって歩いていたの。あまりにも遠くまで来たのでどこにいるのかわからなくなった。あのあたりには誰も住んでないの。そしたら後ろから突然エンジン音が聞こえたの。間違いない。あんな金属音をこの林の中で出すのは誰？　フォントナイユのジープよ。そして実際ジープがわたしを追い越して突然止まった。わたしのすぐ前で。フォントナイユが帽子を取った。

『ごきげんよう、マドモワゼル。こんなにリセから離れたところで道に迷ったのですか？　お乗りなさい。ジープで少し走りましょう。通りまでお送りしますよ』

もう怖くて、胸の中で心臓がバクバクして飛び出してしまうんじゃないかと思った。わたしは逃げた。走った。ジープが追いかけてきた。

『まあまあ、怖がらないで。あなたを傷つけたりしませんよ。それにあなたのことは知ってますよ。誰かわかります。巡礼の時にほかの生徒さんたちと一緒にいるのを見かけたんです。あなたの肖像画も描きました。いらっしゃい。見せてあげましょう』

わたしは息が切れてもう走れなくなっていた。ジープはわたしの横で止まった。

フォントナイユは言った。『そうそう。あなただ。わたしが見つけたのは。わたしがずっと探していた人ですよ。わたしにはあなたが必要なんです。あの方がわたしのもとに送り込んできたのですよ』

フォントナイユはじっとわたしを見つめてた。わたしの顔に魅せられているようだった。もちろんわたしは目を伏せたわよ。でも好奇心のほうが恐怖よりも強いのではないかとも思った。

『わたしになんのご用ですか?』

『悪いことじゃないですよ。むしろその逆です。誓います。変な気はない。きみに触れたりはしない。約束する。信じてくれ。さあ、乗りなさい。わたしの家を見せてあげよう。本来きみのあるべき姿が見えるはずだ。もう長い間、寺院は女神を待ってるんだ』

『女神を待ってるですって?』

『自分の目で見るといい』

わたしが懸念した通り、好奇心のほうが強かった。

『わかりました。でも六時になる前にリセに帰してくださいね。人目につかないように』

『目立たないように送るよ』

ジープはいくつもの坂を上ったり下りたりした。ガタガタ言ったり、ギシギシ言ったり、シュッシュッと何かを吐き出したりした。ものすごい騒音だった。フォントナイユはわたしをずっと見ながら笑っていた。車はまるで勝手に動いているみたいだった。とうとう本道に出て、アーチの下をくぐった。独立祭の時に作るアーチのようだった。でもこれは鉄でできていた。プレートにフォントナイユ・エステートと書いてあるのが読めた。その上に別のもう少し小さいプレートがあるように見えた。そこには聖母みたいな絵が描かれていて、牛の角が付いた帽子をかぶってた。それはその後フォントナイユの家で見せてもらったものと同じだった。わたしたちはあまり手入れが行き届いていないコーヒーの木の列の間を通って、似たようなレンガ造りのバラックの家の横を通った。そこに人は住んでいないように見えた。そして大きな家の前で止まった。

『さあおいで。うちの領地を見せてあげるよ。そしていつかきみのものになるかもしれないものも』

　わたしはまだ少し怖かった。彼が何を言っているのかわからなかったし、わたしに何を求めてるのかもわからなかった。でももう後戻りはできなかった。それにこれが一体何を意味するのかも知りたくなっていたの。それに何があっても、きっと抜け出す方法は見つけられるだろうと思っていた。

　テラスを通って、広い応接間に行くと、ボーイがわたしたちのもとに急ぎ足でオレンジジュースのグラスを運んできた。そのボーイは金色の肩章の付いた白い制服を着ていた。フォントナイユはわたしがオレンジジュースを飲んでいる間ずっとわたしから目を離さずにいた。わたしのほうは壁に掛けられていたアンテロープの角や象の牙《きば》やシマウマの皮を見ていた。

『そこのがらくたは気にしないで。そのゴミみたいなものは、もうわたしに会いに来なくなった人たちのためのものだ。殺したくなかった動物たちだよ。さあ、ついておいで』

　わたしたちは長い廊下を通って庭に出た。竹の藪の後ろには小さな湖があって、パピルスに覆われていて、そのさらに奥に礼拝堂のようなものがあったの。でも宣教師の教会とはちょっと違ったの。周りを柱で囲まれている四角い建物だった。近づくと、柱にはぜんぶ彫刻が施されていた。古い書物にあるような。中の壁にはすべて絵が描かれていた。一方にはイニャンボの角を持った牛とわたしたちのイントレみたいな戦士、そしてその前にたぶん王様だと思うけど、ムアミのムシンガが付けていたような真珠の首飾りを付けていた。反対側の壁には女の人たちの行列が描かれていた。黒人の若い女の人たちで、昔の女王に似ていた。行列になってぞろぞろ歩いているように見えた。顔は横向きだった。みんな同じ服を着ていて、身体の線がはっきりわかるくらいにぴったりして、みんな胸を出していた。服は透けてひだの間からお腹のへこみや足が見えた。頭にはなにか鬘《かつら》のようなものだけど髪の毛には見えないものをかぶっていた。むしろ鳥みたいなものだった。奥の壁には大きな聖母像のようなものがあって、ナイルの聖母みたいに黒かった。壁の女性たちと同じような服を着てたけど、彼女だけは正面から描かれていた。彼女がかぶっていた帽子は入り口で見たのと同じようなものだった。二本の牛の角と太陽みたいに光る円盤が付いていた。彼女にその黒い瞳《ひとみ》でじっと見つめられているような気がした。生きているみたいだった。彼女の前には壇があって、高い背もたれの金色の椅子が置かれていた。司教様が大聖堂で座ってらっしゃるような椅子よ。その椅子の上にあの奇妙な帽子が置かれていた。

『よく見なさい。わかるかい？　きみがいるだろう』とフォントナイユは言った。

わたしはなにも答えられなかった。

『よく見るんだ。これがナイルの貴婦人だ。本物の。きみに似ていると思わないかい？』

『だから？　わたしと同じように黒いけど。ほかに何があるって言うんですか？　わたしの名前はヴェロニカ。聖母マリアじゃありません』

『そう、きみは聖母マリアじゃない。そしてこの貴婦人もちがう。そしてわたしは、もしきみがそれに値するなら、彼女の本当の名前を教えてあげたいと思っている。それがきみの本当の名前でもあるからね』

『わたしの本当の名前は父がくれた名前です。トゥムリンデ。意味は分かりますよね。彼女をお守りくださいっていう意味です』

『わたしにまかせて。きみのお父さんの望みも叶《かな》えてあげるよ。わたしにとってきみはほんとうに大切なひとなんだ。でもわたしは別の名前を知っている。きみのための名前で、きみを待っている名前だ。また来てくれるなら、ぜんぶ説明してあげるよ』

わたしは彼の言うことがまだ何もわからなかった。でもいったいこれが何を意味するのか興味がますますわいてきた。だから考える前に答えた。

『次の日曜日にまた来ます。でも友だちと一緒に。一人で来たくはありません』

『その友だちがきみみたいな子なら、一緒においで。でも彼女がきみに似ているならだ。彼女の場所もあるよ』

『彼女といっしょに来ます。もう遅い。リセに送ってください。そして絶対にひとに見られないように』

『わたしの古いジープは大きな道が嫌いなんだよ』

彼は来賓用のバンガローの裏でおろしてくれた。ちょうど六時前だった。そして大急ぎで去って行った」

「ほんとうにおかしな話ね」とヴィルジニアが言った。「あの白人は本当に狂っている。で、誰があなたと一緒に行くの？」

「もちろんヴィルジニア、あなたよ。次の日曜日、わたしと一緒にあの白人のところに行きましょ。女神になるのよ。きっと映画みたいよ」

「危険だと思わない？　白人たちが自分の家に連れ込む娘たちをどうするか知ってるでしょ。白人って、ここではすべてが許されると思ってる。自分の国で禁止されてることもできるって」

「そんなことない。何も心配することないわ。フォントナイユはただの狂ったおじいさんよ。約束は守ってくれた。わたしには近づかなかった。言ったでしょ。わたしを女神だと思ってるの。あなたについても同じことよ。白人たちがツチについてどんなことを言ってるか知ってるでしょ。図書室の本で見たの。庭にあった彼の礼拝堂に見覚えがあって。古代についての本を探したのね。彼の礼拝堂はローマ時代のものじゃなかった。ギリシャ時代のものでもない。エジプトのものなのよ。ファラオやモーゼの時代の。柱や絵も本で見たのとおんなじ。あいつは狂ってる。自分の庭にエジプト風の寺院を造らせたんだわ。あとね、牛の角が付いた帽子を頭に載せてた女の人も本の中で見たの。女神だった。イシスかクレオパトラ、映画で見たのと同じ」

「それなら異教徒ってことじゃない！　異教徒なんて白人にはもういないって思ってた。その寺院でわたしたちに何をさせようというのかしら」

「わからない。もしかしたらわたしたちの肖像画を描いたり、写真を撮ったり、撮影したり？　わたしたちを崇めたいのかもしれないわね。ちょっと面白い。そう思わない？」

「あいつと同じくらいあなたも狂ってるわ」

「夏休みの間、少しお金がある時にわたし、フランス文化センターに映画を観に行くの。むかしから映画の中に入りたかったのよね。女優さんになりたかった。だからあの年寄りの白人のとこで女神を演じましょうよ。まるで映画だわ」

「わたしが行くのはあなたを守るため。身を守るために小さなナイフをどこかに隠すようにするわ。どうなるかわからないもの」


ジープはルタレの大岩の後ろで待っていた。フォントナイユは彼女たちを認めると、入植者の帽子を取って大げさな身振りで挨拶をした。ヴェロニカは彼の頭が山のふもとで湖が小さな点になって光っているみたいに輝いていることに気づいた。しかし太陽にもやがかかると、湖は消え、フォントナイユはカーキ色の布帽子を再び被《かぶ》った。

「この前言ったように、友だちと来ました。ヴィルジニアよ」とヴェロニカが言った。

フォントナイユは時間をかけてヴィルジニアを観察した。

「ようこそ、ヴィルジニア。きみはわたしにとってカンダケだ。女王カンダケ」

ヴィルジニアは笑いをこらえた。

「わたしの名前はヴィルジニアです。本当の名前はムタムリザ。あなたが望むなら、カンダケでもいいわ。どっちみち白人たちはずっとわたしたちに彼らが望む名前を付けてきたんですものね。ヴィルジニアだって父が選んだ名前じゃないし」

「説明しよう。カンダケというのは白人の名前ではないんだ。女王の名前なんだよ、黒人の女王、ナイルの女王だ。きみたちツチは彼女の息子たち、娘たちなんだ。さあ、乗って」

ジープは唸りながら走りだした。草や泥をまき散らして、見えない道をたどって岩の間をジグザグに走った。ヴェロニカとヴィルジニアは車から放り出されないように互いにしっかりつかまっていた。車はそのうち領地の入り口を示す金属製のアーチをくぐり、野生化したコーヒーの木の間を通り、同じ形の小屋の間をぬっていった。

「これはうちの作業員の家なんだ」とフォントナイユが説明した。「以前はコーヒーで一攫千金《いっかくせんきん》を狙《ねら》ったんだけどね。わたしはバカだった。でもいい雇い主だった。今はそこに牧童や戦士たちを住まわせている。わたしの軍隊《インガボ》だ。そのうちわかる」ジープは大きな館《やかた》の玄関の前で止まった。

彼らは剝製《はくせい》の間に入った。金色の肩章付きの白い制服のボーイが敬礼をした。フォントナイユは籐《とう》の椅子を娘たちに示してそこに座るように促した。ボーイは低いテーブルの上にオレンジジュースのコップとお菓子の大皿を置いた。

フォントナイユは二人の客の前に座った。竹製の枠の長椅子で、その上から豹の革の端切《はぎ》れがかけられていた。彼は長い間沈黙して、手で顔を覆っていた。顔から手を離した時、彼の眼《め》はとても強い光を放ち、そのあまりの強さにヴィルジニアはスカートの下に隠し持っていたナイフがあるかどうか確かめ、ヴェロニカのほうはすぐに逃げられるようにと彼女に合図を送っていた。しかしフォントナイユが二人に襲いかかることはなかった。彼は話し始めた。

彼は長い時間話した。その声は時には感動で震え、時にはとても低くなり、時にはささやきにしかならず、またすぐに響き渡るような声に戻ったりした。彼は何度もふたりに大きな秘密を打ち明けると言った。二人に関係ある秘密で、ツチの秘密だ。彼は説明した。長い間国から離れて集団移動をしているうちにツチは記憶を失くした。彼らにはまだ牛と、彼らの貴族的な風貌《ふうぼう》、娘たちの美貌が残っていたが、記憶を失くした。自分たちがどこから来たのか、何者であるかをもはや知らなかった。だが、彼、フォントナイユはツチがどこから来て、何者であるかを知っている。どのようにしてこのことを発見したのかというのはとても長い話だ。彼の人生の話、運命の話、そう言い切ることを恐れなかった。

ヨーロッパにいたとき、彼は画家になろうとしていた。しかし誰も彼の絵を買おうとはしなかった。そして貴族である彼の家族。貴族という言葉を言ったとき彼は薄笑いを浮かべた。彼の高貴な家族ははるか前に破産していた。彼はアフリカに行き、豊かになろうとした。誰も住みたいと思わない山奥のこの地の土地を手に入れた。それはアラビカ種のコーヒーを育てるための大きな領地になった。彼は開拓者、入植者になった。金持ちになった。ケニアやタンガニーカでサファリをするのが好きだった。彼はだれかれなくもてなした。悪路にもかかわらず、首都からここまで登ってくる客人たちは何があっても彼のパーティーを欠席することはなかった。大広間ではみんなよく飲み、よくしゃべった。首都の噂話、狩った動物、コーヒーの相場、ボーイたちの数限りない失敗、終わることのない原住民教育、客が連れてきた娘たちの話、あるいは主人が満足げに提供する娘たちの話。娘たちのほとんどがツチだった。美しい娘たちだ。わたしのモデルだ、とフォントナイユは付け加えた。というのも彼は絵を描いていたからだ。長い棒によりかかる牧童、竪琴《たてごと》形の角を持つ牛、若い娘たち、先がとんがった籠や瓶をバランスよく頭上に載せた娘たち、髪を高く結い上げて、そこにガラス玉のリングをはめた美しい娘たち。彼は館に来てくれる娘たちの肖像画を何枚も何枚も描いた。彼女たちの顔立ちに魅せられていた。

ツチについて語られていることに彼は確信を持った。彼らはニグロではなかった。その鼻や赤みのかかった光沢をもつ肌のきめを見ればわかることだ。しかし彼らはどこから来たのか？ツチの謎がとても気になった。彼は髭面《ひげづら》の年取った宣教師たちを訪ねた。この件について書かれていることすべてを読んでいた。しかしみんな違うことを言う。ツチはエチオピアから来た。黒いユダヤ人みたいなもので、アレキサンドリアから移住してきたコプト人だ。さまようローマ人。フラニ族あるいはマサイ族の親戚。バビロニアから生きのびたシュメール人。チベットから直接降りてきた人たち。本物のアーリア人……。フォントナイユは真実を見つけると自らに誓った。

フツが、ベルギーと宣教師たちの支援もあってムアミを追放して、ツチを殺戮《さつりく》し始めたとき、彼は早急に自らに誓ったことを成し遂げなければならないと思った。これがこれからの人生の任務だ。彼は確信していた。ツチは滅びる。彼らはこの地で淘汰《とうた》され、国から出て行った者たちはほかの民族と交わることを続けて、その血はどんどん薄くなるだろう。伝説を救うことしか道は残っていなかった。伝説が真実なのだ。それで彼は友人たちと疎遠になり、農園を放置した。彼はヒエログリフを読み解くことを習った。コプト語やゲーズ語も勉強したかった。ボーイとはキニャルワンダで話そうとした。しかし彼は専門家でも人類学者でも民族学者でもなかった。これまでの本や研究は何にも繋がらなかった。彼は芸術家だった。彼を導くものは彼の直感、彼が感銘を受けるものだった。それがあらゆる研究者とその知識よりも彼を遠くに運んでくれた。ということでフォントナイユは現地に行くことにした。スーダン、エジプトへ。そこで彼は埋もれる前の女神の寺院、黒いファラオのピラミッドやナイル川のほとりの女王カンダケの柱などを見た。そこに証拠はあった。石に刻まれた顔、それは彼が描いたものとまったく同じものだった。もう疑いの余地はなかった。まるで啓示だった。黒いファラオの帝国、まさにそこからツチはやってきたのだ。キリスト教、イスラム教、砂漠の蛮族から追われて、彼らはナイルの源泉までの長い歩みを始めた。なぜならそこが神々の地だったからだ。彼らはそう信じた。大河の恵みによって神々は豊穣を惜しみなく与えていたのだ。彼らは牛を残した。彼らの聖なる牛、彼らはその気高い風貌を残した。彼らの娘たちはその美貌を保《たも》ち続けていた。しかし彼らは記憶を失くした。

今、フォントナイユはその任務を果たそうとしている。彼はそのためにすべてを捨てたのだ。彼は女神の寺院と黒いファラオのピラミッドを新たに建てた。彼は女神と女王カンダケを描いた。「そしてきみたちは、わたしのおかげで、美しいから、あの方たちに似ているから、きみたちの記憶を取り戻すことになるのだ」

フォントナイユは工房に二人を連れて行った。絵の入った箱が積み上げられている間を抜けていくのは難しかった。イーゼルの上には肖像画のスケッチがあった。

「えっ、これ、あなたじゃない、ヴェロニカ」とヴィルジニアが言った。

「そう。われわれの女神だ。でも寺院の中のほうがもっとよく見える」

壁にはフレスコ画のレプリカや写真がかけられていた。レリーフや柱の写真。そこには玉座に座る黒いファラオや鷹やジャッカルやワニの頭の神々もいた。そして頭上に牛の角が付いた太陽の円盤を載せた女神たちがいた。フォントナイユは大きな地図の前で立ち止まった。そこにはナイルの流域が描かれていた。ヴェロニカはそこに記されている名前のどれもが地理の教科書で見た名前と一致していないことに気づいた。

「ここがフィラエ、大女神の寺院だ。そしてここはメロエ、クーシュ帝国の都、黒いファラオとカンダケの千のピラミッドの都だ。わたしはきみたちツチのために行ったんだ。そしてきみたちを見つけた。さあ、見てごらん」

彼は絵の箱から一枚の紙を取り出し、ヴェロニカに差し出した。

「これがきみの肖像画だ。これは巡礼の時に鉛筆でざっとスケッチしたものをもとに描いた。今度はこの絵をメロエで撮った写真の横に置いて見よう。こっちはイシスだ。大女神。彼女は羽を広げて自分の国を守ろうとしている。彼女の胸は露わになっている。その顔をよく見てごらん。きみの顔だろう。三千年前、メロエできみの肖像画が描かれた。これが証拠だ」

「でも、三千年前なんてわたしは生きてなかったわ。わたしには羽がないし、王国もない」

「そのうちわかるよ、そのうちね。もうじききみはわかる。さあ、寺院のほうに行こう」

「ヴェロニカ、きみが初めて寺院に来た時にはおそらくフレスコ画を見なかったろう。大女神に捧げものを運んでいる娘たちの顔をよくごらん。そこに知っている誰かの顔が見えないかい？」

「見える。三番目の子。それはわたしだわ」とヴィルジニアが言った。「そしてそのすぐ前にいるのがエマヌエラで彼女は二年前の最上級生だった。そしてこの子は一年生《スゴンド》のブリジット。まるでリセのツチ全員が描かれているみたい」

「でもわたしはいないわね」

「きみは行列にはいないよ。きみは選ばれたんだからね。後ろを向いてごらん。きみが見えるはずだ」

確かに奥の壁の女神の顔はヴェロニカの顔だった。ただ眼だけが異常に拡大されていた。

「ほらね。この前の日曜日に、わたしはきみをずっと観察できた。だから女神の顔をなおして、きみそっくりにしたんだよ。これでもうきみは否定できないだろ、きみはイシスだ」

「わたしはこんなんじゃないわ。からかわないでください。それに死者の魂に挑むのはさらに危険なことよ。幽霊《アバジム》が復讐するかもしれない。彼らの復讐はとても残酷だっていうわ」

「怒らないでおくれ。じきにわかるよ。さあ、ついておいで。見学を続けよう」

三人は寺院から出て、坂を頂上まで登った。数頭の長い角の牛が若い牧童に見守られて斜面の草を食《は》んでいた。その近くのちょっとした高台に小屋があって、そこに牛の群れは毎晩戻る。中央の小屋の丸屋根には芸術的に編まれた房が施されて、生け垣の上から姿を見せていた。「ほら、もしツチが絶滅しても、わたしは少なくとも彼らの牛、イニャンボを救える。もしかしたらこのような牛、聖なる牛が彼らをこの地まで連れてきたのかもしれない」頂上の古い木がひしめき合う森の真ん中にピラミッドは立っていた。ナイルの聖母の源泉にベルギー人が建てたピラミッドよりも高く、もっと細くとんがっていた。

「ここでわたしは発掘をしたんだ」とフォントナイユは説明した。「老人たちの話だと女王の墓らしい。女王ニイラマヴゴ。わたしはそこを掘らせた。すると人骨が見つかった。ビーズ、壺、陶器、銅のブレスレットなどが出てきた。わたしは考古学者じゃない。わたしは女王の遺骨が博物館のガラスの中に飾られるのは嫌だった。わたしは穴を埋めさせ、その上にピラミッドを建てさせた。女王ニイラマヴゴには女王カンダケたちと同じような埋葬がふさわしい。こっちにおいで、ヴィルジニア。これからはきみも女王なんだからね。カンダケの女王だ。時の鎖を結びなおすのだ。これですべてが整った。寺院。ピラミッド。聖なる牛。そしてわたしはイシスとカンダケを見つけた。最初の日と同じように美しい。終わりは始まりと同じだ。これが秘密だ。イシスは源泉に戻った。わたしは秘密を持っている、秘密、ひみ……」

フォントナイユは襲ってくる興奮を抑えておくのがとても辛《つら》そうだった。手は震え、喉《のど》が窄《すぼ》まった。落ち着きを取り戻すために彼は少し離れたところの岩に腰かけ、長い間山々の起伏を眺めていた。その延長線上の雲は永遠に続くようだった。

「なんだかわたしたちとは違う景色を見てるみたい」とヴェロニカが言う。「そこに女神や女王なんかを足してるんじゃないかしら。カンダケとか黒いファラオとか。頭の中は映画みたいなんでしょうね。でも今度はちゃんと肉体を持った女優が必要になって、それがわたしたちなのね」

「ツチたちは以前白人たちの酷《ひど》い映画のために演じたことがあるわ。その狂気のためにと言ったほうがいいかもしれない。それがわたしたちの不幸になっているのよ。わたしは女王なんか演じたくない。リセに戻りたい。さあ、連れて帰ってもらいましょ」

娘たちが近寄ると、フォントナイユは長い眠りから覚めたようだった。

「雨が降ってくるわ。もう遅い。道路まで連れてってください」とヴェロニカが言った。

「送るよ。心配ない。誰にも見られない。でも来週の日曜日、きみたちを待ってる。大事な日になる。ナイルの聖母の巡礼より素晴らしい日に」

寄宿舎の階段の下で倒れているヴェロニカを見つけたのはイマキュレだった。

「助けて、助けて、ヴェロニカが死んじゃった。倒れて動かないの」

食堂のテーブルについていた生徒たちが寄宿舎の階段に駆け付けた。ヴィルジニアが最初にヴェロニカを覗き込んだ。

「ううん。死んでない。ただ気を失っただけ。階段で倒れたから頭を段にぶつけたのよ」

「少し飲みすぎたんじゃないの？」とグロリオザ。「レオニダスのキャバレーにでも行ってたんじゃないかしら。この子は怖いもの知らずで恥知らずなんだから。男の子たちに奢《おご》るって言われて断らなかったんだわ」

「もしかしたら毒を盛られたのかもしれない」と言ったのはイマキュレ。「ここには焼きもち焼きが大勢いるからね」

看護婦の役目も担っているスール・ジェルトリュードはなかなか生徒たちの間をぬってくることができなかった。

「さあ、どいて。彼女に息をさせなさい。そして医務室に運ぶのを手伝ってちょうだい」

スール・ジェルトリュードはヴェロニカの肩を抱き、ヴィルジニアが足を持ち上げ、前に出てきたグロリオザを押しのけた。「特にあんた、彼女に触らないで」

ヴェロニカは医務室の金属製のベッドに寝かせられた。ヴィルジニアは残って友の看病をしたがったが、スール・ジェルトリュードが出て行ってドアを閉めるようにと言った。学生の小さなグループがスールの見立てを待つために医務室の前に残った。とうとうスールは扉を少し開けて言った。

「何でもありません。マラリアです。治療しますから。邪魔しないで。ここで何もすることはありませんよ」

ヴィルジニアは眠りに就くことができなかった。いったいヴェロニカに何が起きたのだろう？　あの狂ったフォントナイユは彼女に何をしたのか？　ヴィルジニアは想像することさえできなかった。白人たちはここで何でもしてもいいと思っている。彼らは白いのだ。ヴィルジニアはその日彼女と一緒に行くのを断ったことを後悔した。二人でなら、身を守れたはずだ。小型ナイフを持っていたのだから。取り返しがつかなくなる前に自分なら逃げようと説得できたはずだ。起床の鐘が鳴り、ほかの学生が身支度をしていて修道女たちが朝のミサに行っている間、ヴィルジニアは医務室に忍び込んだ。ヴェロニカはベッドに腰かけていた。頭を大きなボウルに突っ込んでいた。友を見つけると、ベッドわきのテーブルにボウルを置いた。

「ほらね。スール・ジェルトリュードがちゃんと治してくれた。牛乳をくれたのよ」

「どうしたの？　スールが戻ってくる前に話して」

「難しいわ。まるで悪い夢を見ていたみたい。悪夢ね。これから話すことが本当に起きたのかもわからないの。白人たちってわたしたちの毒盛りよりもひどい。わたしは約束の岩場まで行ったの。ジープが待っていたけど、運転席にいたのはフォントナイユじゃなかった。若者で、もちろんツチの、たぶん彼がインガボと呼んでいるひとりよ。広間では肩章のボーイがジュースのお盆を持っていた。これを飲めと言ったの。ジュースは変な味がした。フォントナイユがやってきた。彼は真っ白な布を身にまとっていて肩を出していた。

『友だちは来ないのか？』

『来ません。病気なの』

『仕方ないな。彼女が真実を知ることはない』

その後、わたしに何が起きたかはわからなくなったの。まるで意思がなくなったようだった。わたしはわたしのものでなくなった。わたしの中に何かが、誰かが、わたしよりも強い誰かがいた。わたしは自分が寺院の中にいるのを見た。わたしは壁の絵の女の人みたいになっていた。誰がわたしの服を脱がせたのかわからない。胸が露わになっていて、身にまとっていた金色の布は透けていた。でも恥ずかしくはなかったの。まるで止められない夢みたいで、わたしは自分の姿をその夢の中で見たの。わたしの周りではフレスコ画の戦士たちが壁から抜け出してきた。彼らはイントレにはあまり似てなかった。まるでショーツのような短いズボンをはいていて、槍と牛の革の盾を持っていた。彼らの髪の毛がちぢれを伸ばしていたのか、それとも鬘をかぶっていたのかはわからない。今になってみると、それがフォントナイユが言ってた戦士なんじゃないかしら。わたしは映画の中にいるみたいだった。フォントナイユはわたしを玉座に座らせて、あの大きな角の帽子を頭にかぶせた。靄の中にいるような感じで、ミサの時の神父さまたちが唱えるような意味不明の言葉を唱えながら大きな身振りで身体を動かしているのが見えた。

その後は何が起きたのか本当にわからないの。わたしは気を失った。もしかしたら玉座から落ちたのかもしれない。何も覚えてないの。我に返ったとき、ジープの中にいた。運転していたのは若いボーイだった。わたしは制服に着替えていた。リセの近くでおろすとき、彼は言ったの。『誰にも気づかれないように戻れよ。とくに気を付けて、そして誰にも何も言うなよ。ブラジャーの中を見てご覧。あんたのための何かがあるはずだ』わたしはなんとか寄宿舎まで上がってこられた。ブラジャーの中には千フラン札が十枚入っていた。それを荷物の中にしまった。でも下りてくるとき、ぐるぐるしてきて倒れたの」

「彼にはなにもされなかった？」

「なにも。触ってこなかった。彼はわたしたちをベッドに放り込もうとするほかの白人たちとは違う。彼がしたいことは、舞台上にその狂気を上げること。わたしは彼のイシスなんだわ」

「ならなんであなたに薬を飲ませたの？」

「わからない。彼が望むことをわたしが断ると思ったのかもしれない。わたしが彼をバカにするとか。彼はすべて夢に描いたとおりに行われることを望んでいた。だから薬を飲ませたんだけど、きっと分量が多すぎたのね。毒盛りとしてはヘタくそだわ。わたしの好奇心にも限界がある。あの毒がなかったら、あのバカげた遊戯《ゆうぎ》に付き合ってたと思う？　お札と一緒に手紙が入っていて、薬を飲ませたこと、わたしを信頼しなかったことを後悔してる。でもほかに方法がなかった。失敗は許されなかったから。彼がそれでも願っているのは、わたしが彼を理解して、また彼に会いに行くこと。女神をやるのはわたししかいないって。夏休みの間、彼のところで過ごさないかとも誘われたの。わたしの学費も払ってくれるし、ヨーロッパに行ってもいいって言ってる。そこに大金をつぎ込むつもりなのよ」

「でもまさかそんな約束を信じないでしょ」

「でも夢を見させてくれるわよね」

「あなたもあの人と同じくらい狂ってる。そのうちあなたまでも自分が女神なんだって信じるんじゃないでしょうね。一部のツチが白人が望むような役を演じたとき、わたしたちツチに何が起きたか知ってるでしょ。これはおばあちゃんから聞いた話なんだけど、白人たちがやってきた時、わたしたちは野蛮人みたいな姿だったんですって。彼らは女たち、領長《シェフリ》の妻たちにたくさんのガラス玉を売ったの。たくさんのガラス玉とたくさんの布を。彼らは布をどのようにして身にまとうかを見せて、どのように髪を結うかも見せた。そうして彼らが探していたエジプト人やエチオピア人をわたしたちの国まで来て見つけたと言ったのよ。これが証拠だって言ってね。彼らは彼女たちを彼らの妄想通りの身なりに仕立て上げたのよ」

恥の血

また悪い夢を見て目を覚ましました。友人たちは彼女に対してとても怒っているか、バカにした態度を取っていた。彼女が大きな声を上げたせいでみんなを起こしてしまったからだ。そんなことがあまりにも頻繁に起きるので、生徒たちは舎監に苦情を言うと言った。

モデスタはもはやそれが本当に悪夢だったのかもわからなくなっていた。シーツを見た。シーツの下で寝間着の裾《すそ》をたくし上げた。両足の間に手をやる。大丈夫。なにもない。女になってからずっと彼女を追いかける悪い夢でしかなかった。これは呪いかもしれない。知らない誰かが彼女に呪いをかけたのかもしれない。隠れた敵。もしかしたらすぐ近くにいる誰か、仲間のひとりかもしれない。あるいはもっと遠く、彼女の家のほうからのものか。嫉妬《しっと》深《ぶか》い隣人たちとか。わからない。結局知ることはないかもしれない。

夢はベッドの中にも来たけれど、多くの場合授業中にやってくる。彼女は出血し、青いワンピースに大きな赤い染《し》みが広がり、太ももをベタベタにしながらつたって、椅子の下からほかの机の下にまで流れていく。生徒たちが叫びだす。「またあの子よ。血を流してる、血を流してる。絶対に終わらないのよ」すると先生が言う。「スール・ジェルダのところまで連れて行かなくては。彼女なら所かまわず時も選ばず出血する人たちをどうしたらいいか知ってますから」そして突然彼女はスール・ジェルダのところにいる。スール・ジェルダは彼女に対して怒っていた。そして大きな声で言った。「ほらね、言ったでしょ、これが女になるってことですよ。みんな女になりたがる。あなたたちのせいですよ。それでこんなに血が。ほんとうにずっと終わらないんだから」

モデスタは思い出すのが好きじゃなかった。でもいつも同じ思い出が出てくる。これはもう夢ではない。これは終わることなく何度も生き続けなくてはならない思い出だ。まるで償うことが絶対できないような罪のように。それは彼女が中学に入学したときに始まった。彼女は国家試験に合格して、普通科の中学校に行けることになった。彼女は誇らしかった。両親は誇らしかった。隣人たちは誇らしく、嫉妬した。彼女は隣人たちが自分に嫉妬していることが誇らしかった。制服は仕立て屋で作らせた。ノートやビック・ボールペンはサン・ミシェルのエコノマ、ムヒマ地区のパキスタン人の店で購入した。二枚のシーツのための布も買った。リストには白い布を二メートルと書かれていた。布はアメリカニと呼ばれるものと明記されていた。モデスタはそれが何のためなのかわからなかった。父親もわからなかった。母親には聞かなかった。母は学校のことなど何も知らないからだ。教区の司祭に聞くのはためらわれた。これらのものすべてを、彼女のためにわざわざ買ったカバンの中に詰め込んだ。姉のカバンは使い古されて、恰好をつけるためにも新しいカバンのほうがよかった。家族の名誉のためにも。中学に着くと、生徒監督のスールが中身を確認した。足りないものは何もなかった。アメリカニの布もちゃんと入っていた。スールはそのことをとても気にしているようだった。「最初の裁縫の授業の時に持ってくるのですよ」と言った。

中学の一年生《シジエーム》の教室はすぐに二つのグループに分かれた。胸のある子たちとない子たちだ。胸のある子たちはない子たちをバカにしはじめた。彼女たちは上級生たちとたくさん話をしていた。大きい子たちは全員胸があったのだ。何か同じ秘密を共有しているみたいだった。モデスタは胸のない子たちのほうだった。それでも小さな丸い乳首が胸をふくらませていた。乳房の芽《め》生《ば》えだ。しかし大きい子たちはなぜかモデスタを仲間に入れてくれなかった。

入学の日の二日後の裁縫の時間で、先生はみんながちゃんとアメリカニを持ってきていることを確認した。モデスタはほかの子たちと同じように布切れを見せた。先生が言った。「これから帯を作ります。これがいちばん最初にすべきことです。全員が授業の終わりまでに作り終えること」先生ははさみと型紙を配った。生徒たちは布を長い帯状に切った。次にその帯を二十に切り分ける。「今度はその二十の切れを四つ折りにします。そして端を縫いましょう。小さなふとんみたいなものになるはずです」

次に先生は生徒たちに紐で開け閉めができる袋を作らせ、そこに二十の帯を入れさせた。「まだ必要のない人たちは、きちんと荷物の中にその日が来るまで保管しておいてください」

しかし他にもいろいろ謎があった。庭の中の竹藪の後ろに小さなレンガ造りの小屋があって、塀に囲まれていた。「あれは開かずの小屋よ」と大きい子たちが笑いながら言った。「おっぱいのないお子ちゃまには関係ないわ。絶対に近づいたらダメよ」スールたちのほうは笑っていなかった。常に禁断の小屋を監視しているスールがひとりいた。彼女は近づきすぎるボーイや庭師を追いやり、興味津々で近づく小さい子たちを厳しく罰した。見張りを特にしているのはスール・ジェルダだった。謎の管理者。彼女はとても恐ろしかった。誰か、その謎を知っている娘たちが小さな水の入ったバケツを持って禁断の小屋に入っていく後を小さい子の誰かがつけているのを見つけたら、ただでは済まなかった。しかし実際には彼女たち——まだ胸のふくらみがない子たちもみんな知っていた。これらすべての謎、アメリカニの帯、開かずの小屋、小さなバケツ、すべての謎はいつか解き明かされることになる。彼女たちはいつか彼女の番が来ることを知っていた。

通過儀礼。恐怖。恥。モデスタには授業中にそれが起きた。英語の授業中だ。温かい液体が足の上に流れるのを感じ、彼女が立ち上がると、同じ列の後ろの席の級友たちは服に赤黒い大きな染みが広がるのを見た。一筋の血が足を流れ、コンクリートの上にぽたぽたと落ちた。隣の席の生徒がモデスタを指して叫んだ。「先生」教師は血が広がっているのを見た。「早く、イマクラタ、スール・ジェルダのところに連れて行ってください」モデスタはイマクラタの後についた。彼女は全身で泣いた。イマクラタが言った。「泣かないで。女の子はみんなこうなるの。自分だけは免《まぬが》れるなんて思ってなかったわよね。もうあなたは立派な女よ。子どもも持てるわ」イマクラタがスール・ジェルダの執務室のドアをノックした。「あら、モデスタなの。こんなに早く来るとはね」とスール・ジェルダが言う。「じゃあ、かわいい女の人になったのね。そのためにどれほど苦しまなきゃならないかわかるわ。これは神さまがお望みになったことなのよ。わたしたち全員のお母さん、イヴの罪のせいなの。悪魔の扉ね。女は苦しむようにできてるの。モデスタ、女としてとてもいい名前だわ。キリスト教徒としても。これからは毎月この血はあなたがただの女でしかないことを思い出させてくれる。あまりにも自分が美しいと思いすぎたら、血はあなたが何者であるかを思い出させてくれる。ただの女だとね」

シャワーを浴びると、モデスタはスール・ジェルダによって女の周期の謎を教わった。スールは帯の使いかたを教え、今後は生理帯というようにと教えた。またエコノマで使用済みの生理帯を入れるための蓋《ふた》つきの小さなバケツとマルセル石鹼を一つ入手するようにと言った。店のカウンターにいるスール・ベルナデットになんのためにと説明する必要はなかった。

スール・ジェルダは昼間はずっと閉じている寄宿舎の鍵をもらい、すべての大扉を開けてモデスタに袋の中の帯を取りに行けるようにした。その後モデスタをあの小さなレンガの小屋に連れて行った。小屋の扉を開けた途端、不快なきつい臭《にお》いがしてモデスタは思わず後ずさりした。スール・ジェルダが言った。「お入り。もう後戻りはできない。子どもの振りをするには遅すぎる」薄暗い小屋の中は細い格子が付いた窓からだけしか光が入らなかった。その光だけが頼りだった。洗濯紐が壁から壁へと張られていて、そこに薄いピンク色、灰色がかった色、紫色、汚い白、と様々な色の帯が吊るされているのがモデスタの目に入った。寄宿生が広げて乾かしていた生理帯だった。スール・ジェルダが言う。「奥に汚れた生理帯を洗う桶《おけ》がある。よくこすって、ゴシゴシ洗うんですよ。どんなにこすっても女であることの罪を消すことはできない。でもわたしにはわかる。どの生理帯が誰のものか。ちゃんとこする子とこすらない子がいる。怠け者はすぐわかる。彼女たちの帯はずっと血で汚れたまま。恥ずかしいことです。だからモデスタ、あなたは恥の上塗りをしないようにちゃんとこするんですよ」

モデスタはヴィルジニアに打ち明け話をするのが好きだった。こっそりとほかの級友たちの目から遠く、特にグロリオザの目から離れて。もちろんフツの女の子がツチの女の子の友人になることはできる。そのことで将来に傷がつくことはない。多数派の民が本当に多数派になる必要があると判明したときには、フツの娘たちは自分たちがどの民族に属しているのか理解するだろう。なぜならルワンダには二つの民族があるからだ。三つかもしれない。それは白人たちが言ったことだ。彼らがそのことを発見したのだ。白人たちはそのことを本にちゃんと記した。学者たちがわざわざそのためにやってきて、すべての人の頭部を測った。彼らの結論に反論の余地はなかった。二つの民族。フツとツチ。バントゥとハム。三つめは語る必要などない部族だった。でもモデスタは完全なフツではなかった。もちろんフツではある。父親がフツだからだ。大事なのは父親だ。しかし母親のせいで、そして時には必ずそのことを言い出す者がいて、彼女は半分しかフツでない、とも言えるのだった。彼女にとってツチと一緒にいることを大っぴらに見せるのは危険だった。すぐに言われるだろう、「ねえ、あんたはどっちの側なの？　本当に自分が何者かわかってる？　それとも裏切り者、ゴキブリ、イニェンジのスパイなのかしら？　あんたは自分のことをフツだと言ってるけど、本当のところは、できればすぐにツチのほうに行くでしょ。だって本当の家族はそっちだと思ってるから」と。

　でももっと悪いことがあった。モデスタに対する疑いは母親のことからだけ来るものではなかったのだ。第一、多くのフツのリーダーたちがツチの妻をめとっていた。それは彼らにとって勝利の証《あかし》だった。大統領の妻もツチではなかったか？　そういうことではない。モデスタの場合、問題を深刻にしたのはむしろ父親ルテテレザのほうだった。ツチになろうとしていたフツ、クイフツラ、いわゆる「脱フツ者」だ。それに彼には一般的にツチの身体的特徴とされるものがあった。背が高くて鼻は小ぶりで額が広かった。だが彼はむしろ多くの人たちがそうであるようにイキジャカジと呼ばれる者たちに属していた。「どちらでもない」という意味だ。彼はフツの良家の出身だった。小さな教区の学校で勉強したことがある。ツチの領《シェフリ》長の秘書で、会計、経理課長だった。彼はその領長に好意を持った。彼のやり方を真似した。彼は少しずつ金持ちになった。上司の名で徴収した人頭税の中から少しずつこっそりと、しかし定期的にいくばくかの金を自分の懐《ふところ》に入れていた。彼は牛を買った。新たに得たその素晴らしい立場を見せつけるために、自分の牛を失くした隣人のツチに一頭贈った。その隣人が習わしに従って叫ぶのを聞きたかったのだ。「おお、ルテテレザ、わたしに牛を一頭くれたルテテレザ、ヤンパイエ・インカ・ルテテレザ」と。変身の最後の仕上げとして彼はツチの娘と結婚することにした。小さなツチの家族が娘のひとりをくれた。美しい娘を数頭の牛と引き換えた。彼の上司は最も保守的なツチの党のリーダーになっていた。「ルテテレザ、おまえはできるかぎりのことをした。でもまだツチではない。自分の仲間と一緒にいたほうがいい」とその上司は言った。だから彼は国王の存続を望むほうのフツの党で活動していた。しかし勝利したのはパルメフツ（フツ解放運動党）だった。その後、共和国が宣言された。彼はフツの良家出身だったので、兄弟には勝利した党で活動していた者もいて、彼らの保護のもと不安はなかった。しかしもはや要職に就くことはできなかった。生涯小役人でいることが課せられた。必ず誰かが彼がかつてクイフツラ、ツチになろうとした男だと言い出してそのことをみんなに思い出させるのだ。冗談でも脅迫でも、結局は同じことだが、彼は絶対に彼の裏切りを思い出させるそういう輩から逃れることはできないのだった。ヤギの串焼きやインゲン豆の煮もので彼らの腹を膨れさせ、バナナ・ビールとプリムスで喉を潤《うるお》わせる。これが再びフツに戻るための代償だった。つまりクイツツラ、脱ツチになること。同じ疑いがモデスタにも降りかかっていた。彼女は常に友人たちに自分が本物のフツであることを言い続けなければならなかった。特にグロリオザには。その名はまるでスローガンのように明快だった。ニイラマスカ、鍬の女。モデスタはグロリオザの親友でなくてはならなかった。

とはいえ、それでも何かが、なぜかわからないが、どうしようもなくモデスタにその胸の内をヴィルジニアへ打ち明けるように仕向けていた。彼女の真の秘密。他の娘たちには打ち明けられない秘密。モデスタはとうとうヴィルジニアに自分の悪夢のことを話した。生理の時の血がその夢に執拗に絡んでくることを。ヴィルジニアは最初何も言わなかった。言うべき言葉が見つからなかったのだ。それはルワンダでは絶対に口にすべきことではなかった。ルワンダには話してはならないことがたくさんある。でもモデスタの告白は彼女の心に触れた。彼女は本当に自分の友だちになれるのだろうか。今日はそうだ。でも明日は？　ヴィルジニアも自分の生理について話し始めた。絶対に黙ってなくてはならないことについて語るのは少し怖かったが、あふれ出る禁忌の言葉はまるで解放のようだった。そう、この瞬間、モデスタは本当の友人だった。

「このことについて話してはダメだって知ってるでしょ。小さな女の子は自分に何が起きているのかまったくわからない。自分が呪われてると思ってる。ヨーロッパ人が来る前もそうだったのかどうかは知らないけど、宣教師たちは何も解決してくれなかった。わたしたちの母親は何も話してくれない。先生たちの言い方をすれば、タブーなのよね。説明するのは絶対にお姉さんか友だち。彼女たちはできるかぎり下の子を安心させる。わたしの丘では、そうだった。もしかしたら町では違うのかもしれないけどね。わたしの一番の友だちはスペシオザだった。彼女は国家試験に合格しなかったの。だから村に残った。小学校では、いつも一緒だった。狂ったように遊んで、男の子たちと同じように遊んだ。もちろん畑で母親たちの手伝いはしたわ。弟を負ぶって、小さなママだった。でもわたしたちがいちばん好きだったのは、湖で洗濯することだった。ここから時々見える大きな湖みたいなのじゃないのよ。うちの丘のふもとの小さな湖。

夏休みの間、乾季の間、丘の娘たちはみんな一緒に行くの。二手に分かれて。大きな娘たちのグループと小さい子たちのグループ。インテリの二、三人は学生たちとの集会があるとか言って来たがらない。教区の聖歌隊に行かなくちゃとかも言うわね。彼女たちのことはほったらかして、わたしたちはみんな彼女たちのことをバカにしてた。湖の岸辺は葦《あし》やパピルスでいっぱいになっているのだけど、わたしたちが水を汲んだり洗濯する場所だけは違うの。それでも気を付けなくてはならないのよ。もし砂の上に落ちた古木が動いたら、それはワニよ。午後中ずっと洗濯物を洗ったり叩《たた》いたりするの。そして洗濯物を草の上に広げて乾かすの。そこの草は乾季の時もずっと真っ青なのよ。その後、みんな服を脱いで水に飛び込むの。水を身体に振りかけたり、背中をこすったり。リセのシャワーなんかとまったく違うものよ。リセのシャワーってなんかつまらない。その後、パピルスの中に入って身体を乾かすの。わたしたちは裸になってパピルスの陰に隠れて、あたりを通る人たちを観察して、バカにするの。

でも夏休みのある日、わたしは普通科の中学の一年生だったんだけど、毎朝のようにスペシオザを迎えに行ってたの。その日、彼女は小屋の前でわたしを待っていなかった。彼女のお母さんが両手を上げて天を仰いでこちらに走ってくるのが見えた。そして言ったの。『来ないで。スペシオザには会えないわ。今は誰もスペシオザに会えないの』わたしは何もわからなかった。どんな伝染病にかかったのかしら？　わたしは会いたいと言った。何度も言った。『スペシオザはわたしの友だちです。なぜ会えないんですか？』とうとうお母さんは降参した。どっちみちスペシオザに起きたことはそのうちわたしに起こること。わたしは家に入った。スペシオザはベッドにいた。新しい藁が足されていた。スペシオザはわたしを見ると、泣き出した。彼女は起き上がった。わたしには草が血で染まっているのが見えた。『見て、わたしの血よ。こんなふうにして女になるんですって。毎月、わたしは閉じ込められる。ママが言うには、女の人はこうなるんだって。ママがわたしが汚した藁を取り除くの。それを夜こっそりと燃やす。その後燃えカスを深く埋める。魔法使いが来て盗んでいかないかを恐れている。それを使って呪いをかけたりするんですって。そしてうちの畑が干ばつにやられたり、わたしや姉妹たちが不妊症になったりするのを怖がってるの。この最初の血のせいで一族に危険が迫ることを。もう前みたいに遊べない。もうわたしは女なの。女のパーニュを巻かなきゃならない。わたしは本当に不幸だわ』その日以来彼女と一緒に遊ぶことはなくなった。

わたしもあなたと同じように学校で初潮になったの。でもその前までは、家でなぜ母さんがわたしの胸をチェックしているのかわからなかった。あのね、田舎ではスカートみたいなものは小さな布しかないの。それが女の子たちの唯一の着るもの。わたしたちは男の子たちと同じ。みんな一緒に遊ぶの。わたしが十歳になると、母さんと近所の女の人たちはわたしをじろじろ見るようになった。彼女たちはわたしの胸をまじまじと見ていて、わたしが踊るときも彼女たちの視線の先はそこだった。そしてなんか小さなおできみたいなものが出てきたのを見つけると、母さんはそれを隠すように言った。これを男の人たちに見せちゃダメだって。父さんにも。母さんは兄さんたちの古いシャツをくれた。どのように座るかも教えてくれた。そして特に、ひとに話しかけられたら目を伏せなさいと言われた。『慎みのない子や進んだキガリの娘たちしか男をまっすぐ見る者はいないよ』といつも言ってた。あなたも同じでしょ。でも今じゃわたしたちは毎月自分の血を見ることに喜ばなきゃならないの。それはわたしたちが女だってこと、子どもを産む本当の女なんだってことを意味する。あなたも知ってるでしょ、本物の女になるためには子どもを産まなきゃならないって。あなたが結婚したらそれが期待されることなの。新しい家族とあなたの夫にとって子どもを産まなければあなたは何者でもない。絶対に子どもを産まなきゃならないの、それも男の子を。絶対に男の子。息子を持ってようやく本物の女、母親になる。尊重される存在になるのよ」

「もちろん、わたしだってほかの人と同じように子どもを産みたい。でもわたしが欲しいのはフツでもツチでもない子どもなの。半分ツチで半分フツというのもいや。欲しいのは、わたしの子ども。それだけ。ときどき子どもなんか持たないほうがいいのかもしれないって思うの。スール・リドウィヌみたいな修道女になってもいいかなって。あのベールと長い服の修道女ってわたしたちみたいな女性じゃないような気がするの。あの人たちには胸がないのに気が付いた？　たぶん修道女になったら生理もなくなるわ。だって意味ないもの」

「わたしは修道女もほかの女性と同じように生理があると思うわ。従姉がベネビキラ・マリアにいるの。彼女の話だと、わたしたちと同じように生理帯が配られるって言ってた」

「とにかく、わたしはお母さんみたいにはなりたくない。彼女みたいな扱いを受けたくない。お父さんはフツに戻ってお母さんのことを恥ずかしいと思ってるの。だから隠してる。もうお母さんは外に出られないのよ。お父さんがいまだに招待している人たちにビールを出すのはお母さんじゃない。お父さんは妹たちを呼ぶの。ただ日曜日だけはミサに行かせてる。最初のミサ、大きなミサじゃなくて。お父さんはお母さんのお祖父《じい》さんのそのまたお祖父さんのその前までさかのぼってフツの先祖とかフツの領長とかいなかったか調べたのよ。あるいはフツの長ウムヒンザとか。お父さんがその話をしたとき、みんな大笑いした。お兄さんたちはお母さんが大嫌いなの。お母さんのせいでみんなほかの人たちと違うって、混血の子だって言われる。フチって。軍隊に入ったジャン・ダマセーヌは母親のせいでずっと補佐官のままだって。誰からも信頼されない。お母さんと話すのはわたしだけ、それもこっそりと。あなたと話すときみたいに。わたしにとって母親はフツでもツチでもない。わたしの母なだけよ」

「もしかしたらいつかフツもツチもないルワンダができるかもしれないわね」

「そうね、もしかしたら。あ、でも気を付けて、グロリオザだわ。一緒にいるところを見られてないといいんだけど」

「さあ、親友のところに行きなさい、モデスタ、急いで」

ゴリラ

すべての教師の中でデッケル先生には二つの特筆すべき特徴があった。ひとつは先生の中で唯一妻がいることだった。他の人たちは独身か――それは若いフランス人たちのケースだ――あるいはヨーロッパに妻を残してきたかのどちらかだった。もしかしたらその妻たちはこんなに孤立した山の中に行くのを嫌がったのかもしれない。ある意味、デッケル夫人はナイルの聖《リセ・ノートルダム・》母学園《デュ・ニル》で唯一本物の白人女性だった。なぜなら修道院長様も物資管理係のスールも完全に白人とも言えなかったし完全に女とも言えなかったからだ。彼女たちは修道女だった。結婚できないし、子どもも産めない。胸もなくしていた。彼女たちはルワンダにずっと前からいて、彼女たちの肌の色などはみんな忘れてしまっていた。男でも女でもなく、白人でも黒人でもなく、いろんなものがまじりあった存在で、そこにいることにみんなが慣れてしまった存在だった。それはルワンダの風景の中のコーヒー畑やマニョックの畑と同じだった。それらの畑はベルギー人の時代に植えるように強制されたものだった。そしてミス・サウスについては、おそらく女性なんだろうけど、彼女は白くなかった。彼女は赤かった。おまけにイギリス人だった。

デッケル先生の妻はいつも夫と共にバンガローで暮らしているわけではなかった。彼女は長い間キガリに滞在してた。でも彼女がここに来ているときはみんなわかっていた。洗濯のボーイが館裏の庇《ひさし》の下にマダムの服を並べるからだ。女子校生たちは吊るされている服の数に驚いてマダム・ド・デッケルの衣装を眺めるのだった。彼女たちは吊るされている服の数に驚いた。何枚あるのか数え、比較した。中には気に入ったスタイルの服をしっかりと記憶に刻んで仕立て屋に作らせようとする者もいた。デッケル夫人の到来はリセにとっていつも待ち焦がれ、観察され、その感想を言い合う事件だった。ようやくナイルの聖母学園に正真正銘の白人の女性が見られることに少しほっとしているようにも思えた。その証拠にデッケル夫人の髪はブロンドだったのだ。

もうひとつのデッケルの特徴、それは彼の授業だった。彼は生物の先生だ。彼の教室はノアの箱舟だった。そこを地球上のすべての動物が通過した。彼は白いシーツを黒板の上に張って、スライドを映し出す。あまりコメントはせずに、ペルーのラマ、チベットのヤク、北極《ほっきょく》の熊《くま》、フリースランドの牛、サハラのヒトコブラクダ、メキシコのジャガー、ンゴロンゴロの犀《さい》、カマルグの牛、インドのトラ、中国のパンダ、オーストラリアのカンガルーを次々と映し出す。

そして一学期の終わりにその日が来る。デッケル先生は自分で撮った写真を見せてくれるのだ。彼が命懸けで撮った写真、竹の森の、雲のはるか向こう、火山の斜面で撮ったゴリラの写真を。ゴリラについてはデッケル先生は言葉が尽きなかった。彼は唯一のゴリラの専門家だった。ゴリラを観察するために、彼は妻が嘆くのも構わず、週末ごとにムハブラに登る。ゴリラのために今年は夏休みにベルギーに帰国することを諦めたのだ。彼はまるでずっとゴリラとともに生きてきたみたいだった。彼はボスのオスゴリラとてもいい関係を持っていて、そのゴリラは先生にメスの数を数えさせてくれたのだ。また、彼は子どもたちの治療をしたことで一匹の母親に感謝されていた。ガイドたちがどんなに注意を促していても、あるいは彼を止めようとしても、彼はあの大きなサルたちにいかなる不安も抱いていなかった。彼は群れの一匹一匹の性格を把握していて、どのような反応をするかも事前にわかっていたし、ゴリラたちとまたコミュニケーションをとることもできた。それにもはや彼にガイドは必要ないのだ。ゴリラは、ルワンダのチャンス、宝、未来だというのが彼の結論だった。ゴリラは保護しなくてはならない、必要とあればその縄張りを拡大しなくてはならない。世界中がルワンダに聖なるミッションをゆだねたのだ。それはゴリラを救うことだ。

　デッケルのゴリラについての主張はゴレッティをカンカンに憤慨させた。

「なによ！　こんどはまたゴリラも白人《バズング》が発見したって言うの！　ルワンダやアフリカ、地球全部を発見したみたいに？　だけどわたしたちキガ族は、いつもゴリラと隣り合わせで生きてこなかったっけ？　わたしたちの国のトワもあの小さな弓で狩りをしていた時、ゴリラを怖がっていたかしら。まるで今ではゴリラは白人だけのものみたいじゃない。彼らだけがゴリラを見ることができて、ゴリラに近づくことができるみたい。彼らはゴリラに恋しているのよ。ルワンダにはゴリラくらいしか興味深いものはないってね。ルワンダ人すべてがゴリラに仕えなくちゃならない。ゴリラのボーイ、ゴリラのことだけを考えて、ゴリラのためだけに生きなくちゃならない。ゴリラと暮らす白人の女までいるのよ。彼女は男たちが嫌いなんだって。特にルワンダの男たちが。その人は一年中サルたちと暮らしてるの。彼らの棲《す》んでいるところの真ん中に家を建てたの。ゴリラのための保健センターまで造った。すべての白人が彼女のことを尊敬している。ゴリラのためにたくさんお金までもらってるんだって。わたしはゴリラを白人の手に渡したくない。ゴリラもルワンダのものよ。外国人に任せてなるものですか。わたしにはゴリラを見に行く義務があるの。先生たちはサルがわたしたちの祖先だって言ってる。それはペール・エルメネジルドを怒らせるけどね。でもうちの母親はそうは言ってない。母さんが言うには、ゴリラは昔人間だったの。彼らは森に逃げて、母さんも何故《なぜ》だかは知らないんだけど、そして自分たちが人間だってことを忘れてしまった。森の中で暮らしているうちに身体中毛だらけの大男になってしまった。でも彼らは処女を見つけると、自分たちが人間だったことを思い出して、その娘をさらおうとするの。でも彼らの正妻のメスたちはやきもちを焼くから激しく止めようとするのね」

「それ、わたし映画で見たわ」とヴェロニカ。「大きなサルが手の中に女の人を乗せていた」

「わたしが言ってるのは映画の話じゃないわ。わたしは母さんの口から聞いたのよ。とにかく、わたしはゴリラに会いに行かなくちゃならないの。ゴリラを白人に任せといちゃダメなのよ。ゴリラのためだけに生きている白人の女にもダメ。誰かわたしと一緒に来る人いる？　クリスマス休暇の時に行くことにしましょう。父さんがきっと手伝ってくれるわ。わたしと一緒に来る人は誰？」

みんながグロリオザの反応を待っていた。でもグロリオザは肩をすくめただけで、大声で笑い、そして何か聞き取れないようなことをつぶやいたが、それはおそらくキガ族に対してあまり気持ちのいいものではないようだった。みんなを驚かせたのはイマキュレだった。

「できることなら、もしお父さんが許してくれるなら、わたしはあなたと一緒に行くわ。任せて」

グロリオザは鋭い目でみんなの前で自分を裏切った娘をにらみつけた。

「もう恋人とバイクで走り回るのは飽きてしまったの。もっとワクワクすることがしたい。それに、少なくとも何か彼に話すことができるわ。わたしは何も恐れない女の子よ、冒険家になる」とイマキュレが説明した。


一月の新学期、みんなはゴレッティとイマキュレが必ずするだろうゴリラ山の冒険の話を待ちわびていた。「探検家」とはグロリオザがバカにしたように命名したのだが、彼女たちはまるでスターのようにもったいつけていた。「彼女たちはルエンゲリに残ったのよ」とあざけるようにグロリオザが言った。「そこでプリムスを飲んだり、鳥のグリルを食べたりして、遠くの雲の中にムハブラを眺めてたんでしょ」でもある晩の夕食の後、ゴレッティが級友たち全員に話をするために自室に誘った。

「で、ふたりともゴリラを見たの？」

「もちろん見たわよ。触りもした、というか触りそうになった。父さんが手伝ってくれたの。

父さんはここのところとても忙しいのよ、それなのに。いろんな人たちがこぞってルエンゲリ駐屯地に会いに来るの。イマキュレのお父さんも来たのよ。実は彼がイマキュレをルエンゲリまで連れてきたの。うちの父親に会いに来る用事があるとかで。だからうちの父さんが準備するために部下に指示を出したの。ジープ、四人の軍人とあと食料ね。わたしたちは迷彩色の服を着たんだけど、軍人さんたちはイマキュレがハイヒールでやってきたのを見て大笑いしていた。だからわたしたちにも彼らと同じような靴を用意してくれた。レンジャーっていうの。写真を見せるわね。

ということで、夜明けに、わたしたちはジープに乗って火山の斜面にのぼった。森まで行ったところで、ガイドが見つかるはずだった。でもガイドはいなかったの。わたしたちはそこに長いことといて待っていたんだけどね。軍人たちがテントをふたつ張った。ひとつは自分たちのため、もうひとつはわたしたちのために。ようやくガイドの親分がやってきたんだけど、なんかとても困ってるようだった。そしてこう言ったの。『マダムが、あの白人の女性なんですけど、ゴリラにかまわれるのがイヤなんだそうです。あの人が言うには、ゴリラはルワンダ人が好きじゃないと。ルワンダ人を怖がってると。ゴリラはルワンダ人が彼らを殺すのだということを知っている。白人だけが彼らをどう扱うか知っている。それがわたしの女主人が言ってることなんです。だからわたしはご案内するわけにはいかないんです。彼女に追い出されてしまいますから。わたしは給料がなくなるのは困るんです。妻の怒鳴るのが聞こえるようです。でも皆さんがこのまま行くのを止めることはできません。ただ、ご案内はできないんです』

そう言うと、一目散に去って行ったの。

わたしたちは絶望的になった。白人の女がわたしたちに、わたしたちのゴリラに会いに行ってはならないなんて言うのよ。すると一人の兵士が上官に話をしに行ったの。そしたら上官はもしかしたらゴリラに会いに行く方法があるかもしれないっていうの。その兵士はトワ族を知ってたの。彼らがどこに住んでいるのかも知っていた。何か彼らに与えれば、きっとわたしたちをゴリラのところまで連れてってくれる。わたしたちはまたジープに乗り込んで、森の中に突っ込んでいった。わたしたちは軍人さんの後からついていった。わたしたちが来るのを見ると、トワ族は逃げ出した。でも軍人さんたちが年寄りを一人捕まえたの。他の人たちほど速く走れなかったのね。かわいそうに、その年寄りは震えていた。イマキュレとわたしは彼を安心させようとしたの。わたしが何者か、何を求めているかを説明した。幸いわたしはキニャルワンダをブキガで話すようにしゃべれるの。だからそんなにバカにすることじゃないのよ。年寄りは、わたしたちがゴリラを見たいのだとわかると、ほかの人たちを呼び戻して、みんなで話し合いを始めたの。とても長くかかった。でもわたしはなんてったって、大佐の娘で、大佐というのは駐屯地で指揮を執ってるの。それに四人の軍人がそこにいて、足の間に銃を持っていた。それでなんとか話はついた。ヤギ二匹。一匹は出発前に女たちに預けて、もう一匹は彼らがゴリラのところまで案内してくれたらその時に渡すと。わたしたちはテントまで戻った。上官はジープでいちばん近い市場までヤギ二匹を買いに行った。

ということでわたしたちはテントで寝たの。本物の兵隊さんみたいに。翌朝、トワ族は戻ってきて、聞いたの。

『ヤギはどこ？』

『ほら』と上官が言った。

彼らは点検して、長い間話し合っていた。族長のようなひとが、すぐ食べたいと言った。ゴリラのところにわたしたちを連れて行く前に食べたいのだと。軍曹はそれは無理だと言った。翌日の朝、駐屯地で待たれているからと。だから今すぐに出発しなければならないと。でもトワ族は聞く耳を持たなかった。まずヤギを出発前に一匹食べたいと、それに妻や子どもたちに火を起こすための薪《まき》を取りに行くようにと言ってきた。上官は大佐の命令でその娘をゴリラのところまで連れていくように言われたの。娘がゴリラを見たいというのでと言った。トワ族はわたしのほうを見て笑い出した。『なんだ。最近じゃ黒人の女までがゴリラを見たがるのか』って。だからわたしはすぐにゴリラのところまで連れてってくれたら、三匹目のヤギを与えると提案したの。

『わかった。それなら行こう』と族長が最終的に決断した。『たぶんきみが大佐の娘なんだろう。でも忘れるなよ、きみが三匹目のヤギを約束したんだからな。われわれにヤギをよこさないならさみに不幸が起きるよ』

わたしたちは森の奥まで行った。もう道はなかった。トワ族はマチェットで道を開いてくれた。『道というのは、バズングのためのものだ。われわれは森の子どもだからな。母親が子どもを森で見失うと思うかい？』わたしたちは二時間歩いた。もしかしたら三時間くらい歩いたかもしれない。もうわからなくなっちゃった。トワ族はすごく速く進んだ。わたしたちが付いてくるかを確認するために振り返りもしなかった。わたしたちは一歩ごとにつまずいた。枝や蔓《つる》が顔に当たった。兵隊さんたちですら少し不安になっていた。彼らはトワ族が何か罠《わな》にかけようとしているのではないかと心配した。

そして突然トワ族の長がしゃがんで、わたしたちにもそうするように言った。彼は唇《くちびる》でとても奇妙な音を出した。竹の枝を振ってまるで挨拶みたいにした。すると木々の間から見えたの。いたのよ、ゴリラが、十四くらい。ちゃんと数えなかったけど、いちばん大きいの、家族の長がわたしたちのほうを見ていた。

『頭を低く下ろすんだ』とトワ族の人が言った。『ゴリラを見ないで。向こうが主人だということを見せるんだ。あいつに従うと。たぶんきみの匂《にお》いが嫌いなんだ』

わたしは鼻を地面に突っ込んだ。ニャミロンゴ地区のスワヒリ族が祈りを捧げる時にするように。大きなゴリラは起き上がって大きな唸り声をあげた。本当に巨大だった。『よし』とそのトワは言った。『わたしのことがわかった。奴《やつ》はもう満足した。でもまだ動くなよ』

それでもわたしが頭を上げてちゃんとゴリラを観察する時間はあった。いちばん大きい長はずっと見張りをしていて、メスたちと子どもたちがいた。わたし嘘ついてる？　イマキュレ、わたしたちちゃんと近くで見たわよね。触れるくらい近くに」

「もちろん見たわよ。ゴリラのママたちは輪になっていたの、家長がわたしたちのほうを見張っている間。子どもたちはその真ん中で遊んでて、歩き回ったり、くるくる回ったりしていた。時には母親のお乳を飲みに来たのもいた。毛づくろいをしてもらったりしていた。ママたちは筍《たけのこ》を噛んで子どもたちに与えていた。わたしたちのおばあちゃんがソルゴでそうしてたように。それでわたしはゴレッティのお母さんが話していたことを思い出したの。ゴリラがかつては人間だったって。わたしは別の話を提案するわ。ゴリラは人間になることを拒絶したのよ。ゴリラはほとんど人間だったんだけど、サルとしてそのまま火山の高みで森の中に残ることのほうがいいと思った。自分たちと同じようなほかのサルたちが人間になっていったのを見たら、同時に悪くなっていった。残酷で、殺し合うことばかりしてきた。そんなのを見たとき、人間になりたくないと思ったの。もしかしたらこれがペール・エルメネジルドがいつも言ってる原罪なのかもしれないわ。サルが人間になった時が」

「イマキュレが哲学をしてるわ。ミス・ルワンダが神学を語ってる。おかしすぎる。奇想天外な話よね。聞いたことない」とグロリオザがあざ笑う。「次の小論文で書くといいわ。ペール・エルメネジルドがきっと関心持つわよ」

「そしたら」と、ゴレッティがグロリオザの嘲笑《ちょうしょう》を気にもせずに続けた。「トワ族が合図して音を立てずに退去するように言った。大きな雄ゴリラが少しイライラし始めていたんだって。そしてわたしが思うに彼らもヤギをそろそろ食べたくなったんじゃないかしら。わたしたちは彼らの住むところに戻った。わたしたちは三匹目のヤギを買いに行った。トワ族は三匹のヤギのために歌を作ってわたしたちは部隊の駐屯地に戻った。士官たちはわたしたちの勇気を褒めてくれた。ゴリラのところに行くのは白人の女だけじゃないって」

聴衆全員がふたりの探検家の話に拍手した。

「でも、あんたたち、駐屯地には大勢の人たちがいたと言ってたわよね。何故だか知ってる？　それにイマキュレ、あんたのお父さんはルエンゲリまで何しに行ったの？　バキガたちのところまで？」とグロリオザが聞いた。

「ジャガイモを買いに行ったの」とイマキュレ。「もうルエンゲリ産の大きなジャガイモしか欲しくないんですって。イントファンイっていうのよ。ギタラマの小さな芋、バンヤンドゥガのは足の指くらいの大きさだからもう嫌なんですって」

聖母の衣の下

「ペール・エルメネジルドですけど」と修道院長が宗教の授業も担当する司祭のことを訪問者に紹介するときいつもこういう。「ペール・エルメネジルドはまさに慈愛の人です。この方には責任も、すべき仕事も多くて、精神的にも物質的にもとても大変なのに、このあたりの地区の貧しい農民たちにまともな服を着せることに本当にたくさんの時間を費やしてらっしゃるのですよ」事実ペール・エルメネジルドはカトリック救援事業会のニャミノンベの連絡員だった。毎月、この慈善事業団のトラックが大きな古着の包みを運んでくる。それらをボーイが倉庫に運び込む。倉庫はもともとフレール・オーグジルが不本意ながらペール・エルメネジルドのこの慈善事業のために譲ったものだった。誰もなぜかわからなかったが、トラックの荷台に記されたＣＲＳというロゴはフランス人の先生たちをいつも笑わせていた。古着の一部はペール・アンジェロに渡され、それがまた教区や支部に配られる。一部は市場の古着屋に売られた。その代金はニャミノンベの小学校の子どもたちの制服になる青い布地を買うために使われた。ペール・エルメネジルドは服を数着自分用に保管した。それは彼が個人的に使うものだった。

服を選ぶとき、ペール・エルメネジルドはリセの生徒たちに手伝いを頼む。まず年度初めにはリセの未知の世界にまだ圧倒されている新入の一年生に声をかける。「あなたがたの清らかな心を見せてください」と彼は説教する。「あなたがたはこの国の女性エリートたちなのです。農民の大衆の発展に貢献することはあなたがたの義務です。裸の人たちに服を着せるのを手伝ってください」生徒たちは土曜の午後、参加の義務感に襲われ、倉庫の前に出向いた。サボろうとするような大胆な者は少なかった。長々と彼女たちの心意気に感謝した後、ペール・エルメネジルドは志願者の中から数人を指名した。クオータ制で入学したツチの子たちは優先的に選ばれ、あとは特に外見が魅力的な子たちが入れられた。そこに前年までの常連の生徒たちが加わり、彼女たちは新入生たちを軽蔑と皮肉を込めて見下ろした。仕事は古着の仕分けだった。子どもたちの服の山、女物の服の山、男物の服の山。毛皮付きの上着やキルティングの裏地が付いたコート、耳のついたキャップなどはどう扱ったらいいのかわからなかった。「これは老人用だね」とペール・エルメネジルドは言った。「彼らはいつも寒がるから」女物の服の山から彼は最も美しいものを自分の「事業」のため抜き取った。最も美しいドレスやブラウス、時にはレース付きの下着まで。「これはみなさんへのご褒美《ほうび》にもなるんですよ」と生徒たちのグループにやる気をおこさせるために言う。ご褒美は、ペール・エルメネジルドの執務室で寝室も兼ねている部屋で受けとることになっていた。ヴェロニカが一年生の時、彼女はご褒美を受け取る最初の生徒たちの中にいた。宗教の授業の後、ペール・エルメネジルドはヴェロニカを呼び止めた。生徒たちが全員教室から出払うと、こう言った。「きみは先週の土曜日、特によく働いてくれた。ご褒美をしなくちゃね。食堂から出たら、今夜わたしのところに来なさい。執務室に。きみのために取っておいたものがあるんだよ」

「ご褒美」と聞いてヴェロニカはあまりいいものを感じなかった。先輩たちがときどき小声で話していたし、「ご褒美をもらった」子たちのことで怒ったり、軽蔑したりしていたのだ。特にしばしばご褒美をもらう子たちについてはひどかった。ヴェロニカには相談する相手がいなかった。それにわかっていた。彼女はツチだから、ペール・エルメネジルドが約束した「ご褒美」を受け取りに行かないのはとても危険なことなのだ。

食堂から出ると、ヴェロニカはできるだけ誰にも見られないようにして二階まで上がった。廊下の奥にペール・エルメネジルドの執務室がある。彼女はみんなに監視されているような気がした。どのみち、自習室にいないことには絶対気づかれるはずだ。ヴェロニカは執務室の扉をできるだけ静かにノックした。

「お入り、早く」と好意的な声がしたがそこに急いだ様子が感じられて少し驚いた。ペール・エルメネジルドは黒い執務机の前に座っていて、机の上には象牙《ぞうげ》の十字架が置かれ、そのそばに数枚の紙が散らばっていた。授業の下書きとかお説教のための原稿かなとヴェロニカは思った。彼の後ろには大統領と教皇様の写真があって、その下にはナイルの聖母の色に塗り替えられたルルドのマリア像が本や書類でいっぱいになった棚に置かれていた。右側の黒いカーテンは間仕切りのように、奥におそらくある司祭のベッドを隠していた。

「来てもらったのは、きみが本当にご褒美に値するからなんだよ。ずっと近くで見てきた。きみの仕事ぶりには感心した。たしかにきみはツチだ。それでもきみはとても美しいと思う。いい子だ。きみの横の椅子の上をごらん。素敵なドレスをきみのために選んだんだよ」

訪問者用の椅子の一つの上にピンクのドレスが広げられていた。襟元が広く開いていてレースで縁取りがされていた。ヴェロニカは何を言ったらいいのか、どうしたらいいのかわからず、椅子と服に近づくことができないでいた。

「きみのためのものだ。きみのものだ。怖がらなくていい。でもまずこの服がきみに似合うかどうかを確かめたい。きみのサイズだということも。だから試着してごらん。ここで、わたしの前で。きみにぴったりのサイズだということを確認したいんだ。ちがったら別のを選んであげるよ」

ペール・エルメネジルドは立ち上がり、机を回りこんでドレスを手に取り、ヴェロニカに差し出した。彼女は制服の上から着ようとした。ルワンダ人の慎みがそうさせたのだ。

「いやいや」とペール・エルメネジルドは服を取り上げながら言った。「そうじゃない。こんなにきれいなドレスを試着するにはそれではダメだ。きみにぴったりかどうかをわたしは知りたいんだ。そのためには、まず制服を脱がなきゃならない。美しいドレスはそういうふうに試着するものなんだよ」

「えっ、でも……でも」

「わたしの言うとおりにしなさい。何を恐れている？　わたしが司祭だということを忘れたのかい？　司祭の目は肉欲など知らないのだよ。何も見えないのと同じだ。それに完全に裸になるわけではない。完全には……まだ。さあ」と少しイライラして司祭は言う「きみが何者かを忘れてはならないよ。このリセに残りたいならわたしなら……さあ、制服を脱ぎなさい」

ヴェロニカは青い制服を足元に落とした。ペール・エルメネジルドが見つめる中、ヴェロニカはブラジャーと小さなパンティしか身に着けていなかった。彼のほうは「褒美」を渡すのにさほど急いでいないようだった。彼は椅子に戻り、腰かけて長いことヴェロニカを眺めた。ヴェロニカは哀願《あいがん》した。

「モン・ペール、どうか……」

ようやくペール・エルメネジルドは立ち上がり、ぴったりとヴェロニカに近づくと、ピンクのドレスを差し出し、背中のチャックを閉めるという口実でブラジャーのホックを外し、「このほうがいい。デコルテにはこのほうがずっといい」と囁いた。

彼は少し後ずさりし、また椅子に座った。

「うむ。少し大きいな」と制服のワンピースとブラジャーを膝《ひざ》の上に載せたまま感想を言った。「まあ、いいだろう。次回はちゃんときみのサイズの服を見つけておいてあげよう。さあ、そのドレスを脱いで、制服に着替えなさい」

ヴェロニカは長い間、胸の前で両腕を交差させて、ペール・エルメネジルドが取り上げた青い制服とブラジャーを返すまでずっと待った。

「さあ、仲間たちのところに戻りなさい。このことについては何も言わないように。ドレスも他人に見せてはならないよ。やきもちを焼く者たちも出てくるからね。きみは告解にきたんだ。そう言いなさい。でもわたしはきみの木綿のパンティは気に入らないね。次はレースが付いたのを持ってきてあげよう」

その後ヴェロニカがペール・エルメネジルドの褒美をもらうことはなかった。彼女の代わりにフリーダがもらうようになった。最初の夜からフリーダはレースのパンティをねだった。その後のことは黒いカーテンの後ろで行われた。

その学年のあいだずっと、フリーダはペール・エルメネジルドのお気に入りだった。とはいえ、ペール・エルメネジルドが「褒美」をほかの生徒たちにも配らないというわけではなかった。その生徒たちは確かにじゅうぶんに「褒美」に値していたが、なによりも従順だったのだ。しかし翌年、フリーダは別の野心を抱き始めた。彼女は休暇を父親のいるキンシャサで過ごした。父親は大使館の一等書記官だった。彼は娘を大使館で催されるレセプションや晩餐会の飾り物として扱った。キンシャサでは夜遅くまでみんな踊る。そしてフリーダはそこでいつも大人気だった。彼女の明るい肌の色、ふくよかな優雅さと豊満な体形はザイール人の好みだった。そこに少しエキゾチズムも加わった。なにしろルワンダ人なのだ。ということで、中年の小男がルワンダ大使館の一等書記官の令嬢のお気に入りになったことにみんなはかなり驚いたものだった。たしかにジャン・バティスト・バリンバはザイール人の「洒落《しゃれ》もの」を体現していた。細身の上着、裾が広がったラッパズボン、チョッキの色は派手だった。さらに彼は金持ちで、モブツ大統領の側近と親しいという噂だった。フリーダの父親は娘の恋愛を大いに応援していた。そのことが彼自身の外交官としてのキャリアに有益だろうと思っていたのだ。内内で婚約がなされたが、それは結婚を前提とした交渉がきちんと成立するまでのことだ。もちろん噂でジャン・バティスト・バリンバにはザイール川流域――かつてのコンゴ川――のあちこちに何人もの妻がいるとも言われていた。それもカタンガ、現在のシャバに到《いた》るまで。父親には娘が単なる拠点の一つとして加わるのではないかという心配もあった。そういった拠点は少しの間しか続かない。バリンバはその誠意の証として数ヵ月後キガリの大使のポストを求め、さほどの困難なく就任した。そして誰彼構わず声高にもちろん彼ならもっと重要なポストにも就くことができたのだが、婚約者のできるだけ近くにいるためだと言いまわった。彼女はそれでも父親のたっての希望を受けて少なくともナイルの聖母学園《リセ・ノートルダム・デュ・ニル》を卒業することを約束させられた。

フリーダの婚約の噂はキガリでもナイルの聖母学園でも大騒ぎになった。それで当然ペール・エルメネジルドは、その愛国心ゆえにフリーダをその褒美で追いまわすことはしなくなった。フリーダのほうは耐え難《がた》いくらいに級友たちに対して横暴になり、グロリオザにまで挑むようになった。グロリオザは何もできずに無念さを飲みこむしかなかった。しかしこの三年目の初め、新学期が始まって数週間たったころ、フリーダはリセ中に驚きと義憤を、そして多くの者たちには羨望《せんぼう》と感嘆を生じさせたのだった。

ある土曜日、雨季の前触れとなる土砂降りに続く土砂降りの日、四台のランドローバーの一群がリセの門を越え、バンガローの前に止まった。先頭の車の運転手が後部ドアを開けるために駆け寄り、そこからサファリジャケットに白いズボンといういで立ちの小男、バリンバ大使閣下が降り立った。誉れある客人をお迎えするために立たされていた物資管理係のスールは、大使閣下の曖昧な挨拶に「修道院長様の不在をお許しください、何しろとてもお忙しい方なので、でももし大使閣下がお望みなら大ミサの後に大使閣下にお目にかかりたいと申しております。もちろんどうぞ大使閣下もごミサに参列していただければ」と言った。

　物資管理係のスールがバンガローを大使に案内している間、肩章付きの制服を着た彼のボーイたちが巨大なトランクを下ろし、大きな音を立てて家のあらゆる部屋の模様替えをし始めた。家具を動かし、キッチンにはアルコール類や食料を積み上げ、広間には布張りの折りたたみ椅子を広げ、台の上にモブツ大統領の写真を置いた。大司教の間には大きなベッドを運んだ。ベッドのヘッドボードは貝殻の形をしていて、金色の飾り紐が施されていた。ベッドの上に色とりどりの大小さまざまなクッションが積み上げられた。ボーイのひとりが大きなトランジスターラジオを点《つ》けると、キンシャサからの生放送で耳をつんざくようなルンバが流れ出した。

「わたしの婚約者フリーダはいないのですか？　すぐに連れてきてください」と大使は言った。

物資管理係のスールは慌てふためいてノックもせずに修道院長の執務室に飛び込んだ。修道院長はちょうどペール・エルメネジルドとスール・ジェルトリュードと話し合っているところだった。

「修道院長様、どうしましょう。あの音楽が聞こえますか？　軽薄な女の子たちの音楽なんですよ。それがナイルの聖母学園で流れるなんて！　なんてことでしょう。バンガローで何が起きてるかご存じですか。ザイールの大使がすべてひっくり返して酷い状態にしてしまって。大司教様のベッドまで移動させてしまったんですよ。その代わりに贅沢《ぜいたく》な寝台を運んだんですよ。これはもう堕落です。おまけにフリーダを連れてくるようにとまで言ってきて……」

「落ち着きなさい。落ち着いて。このようなことにはわたしは反対です。そのことは信じてください。でもわたしたちの意志を超えるものがあることも事実です。そしてそれをわたしたちも受け入れざるを得ないのです。一つの悪がよりよいことのためにあるということを願いましょう」

「いいですか」とペール・エルメネジルドが割って入ってきた。「修道院長様がおっしゃる通り、わが国のためにわたしたちは人使閣下の不品行を忍ばなければならないのです。わたし自身、新学期の際に、修道院長様に人使閣下の依頼にはこの方向で善処するよう進言したのですよ。それにこの方向で進めるようにとの外務省からのお手紙も修道院長様は受け取ってらっしゃいますしね。どうぞご理解をお願いします。これはルワンダという、あなたがご自分の国のように、あるいはそれ以上に愛している小さな国のために受け入れていることなのです。

神学校にいたとき、わたしはユダヤ人についての本を読みました。ユダヤ人自身が書いた秘密の書です。誰がそれを明らかにしたのかは知りません。ユダヤ人たちは世界を征服しようとしていた。秘密の政府を持ち、それがあらゆる政府の糸を引いていた。彼らはまたあらゆるところに侵入していたのです。それなら言いましょう。ツチはユダヤ人みたいなものなのです。あの高齢のペール・パンタールのような宣教師も彼らは本当にユダヤ人なのだ、このことは聖書に書かれているとおっしゃっているのです。彼らはもしかしたら世界までは征服したいと思ってはいないかもしれない。でもこの地域すべてを手に入れたいとは思ってるでしょう。彼らにはハム大帝国という計画があるということもわたしにはわかっています。彼らの族長はユダヤ人と同じように隠密裏《おんみつり》に集まっています。彼らの亡命者たちはあらゆる場所にいます。ヨーロッパにもアメリカにも。彼らはわたしたちの社会革命に反対してあらゆる陰謀を企《たくら》んでいます。もちろんわたしたちは彼らをルワンダから追放しました。残った彼らの仲間についてはわたしたちで監視しています。でももしかしたらいつか彼らのことも厄介払いしなくてはならないかもしれません。手始めにわたしたちの学校や大学に寄生している者たちから。この哀れなルワンダはあらゆる敵に囲まれています。ブルンジではツチが政権を取っています。彼らはわれわれの兄弟を殺害しています。タンザニアには共産主義者がいます。ウガンダのバヒマ族は彼らの親戚です。幸い、わたしたちには支援してくれる偉大な隣国があります。バントゥの兄弟たち……」

「神父さま、神父さま、政治はダメです。政治はよしましょう。ただスキャンダルが起きないように祈りましょう。わたしたちの純真な生徒たちをスキャンダルから遠ざけましょう」と修道院長が言った。するとペール・エルメネジルドが言った。

「でもフリーダと大使は婚約しているのですよ。彼らが来るのは結婚準備のためとでも言いましょう。わたしはリセの司祭です。スール・ジェルトリュード、フリーダに婚約者が待ってると伝えに行ってください。わたしは夕方になったら、ご挨拶に行って、フリーダを食堂まで連れて帰ります」


食堂への集合を促す鐘の少し前に、ペール・エルメネジルド神父はバンガローの入り口にいた。彼は階段に座っている戦闘服を着た二人の警備員に声をかけた。

「大使閣下にお目にかかりたいので、お伝えいただきたいのですが、わたしはリセからあの女生徒をリセに戻すために迎えに来た者です」

「大使閣下は誰ともお目にかかりません」警備員の片方がスワヒリ語で答えた。「娘は一晩中ここに残るそうです」

「わたしはペール・エルメネジルド、リセ付きの司祭です。フリーダはほかの生徒と同じように夕食には戻らなくてはなりません。大使にお話ししたいのですが」

「何度言っても無駄です。大使が娘を一晩中ここに残すと決めたのです。どうぞ、お引きとりを」

「でも彼女がここに一晩中なんていけません。彼女は生徒で……」

「もう一度言う。しつこくしても無駄だ」と、もう一人の警備員が立ち上がり、ペール・エルメネジルドにその巨大な姿を見せつけた。「娘も同意している。邪魔してはならない」

「でも、でも」

「ここにいつづけても無駄だと言ってるだろう。娘は婚約者と一緒にいる。大使はそのために来たんだから」

警備の大男はゆっくり階段を下り、ペール・エルメネジルドを脅すように歩み寄った。

「はい、わかりました、わかりました。大使閣下によろしくお伝えください。明日またまいりますので」とペール・エルメネジルドは後ずさりしながら言った。


フリーダは婚約者とともに日曜日の午後までずっとバンガローに残った。ランドローバーの一団が激しい音を立て始めると、フリーダが入り口前の階段の最上段で大きく手を振って別れを惜しんだ。彼女は車が最初のカーブから消えるまで手を振り続けた。それを庭の方からボーイの一団を従えたスール・ジェルトリュードに遮《さえぎ》られた生徒たちの一群が見守った。フリーダはあからさまに平然とした態度で級友たちの間を苦労して通ろうとしたが、どんなに質問攻めにあっても何も答えようとしなかった。

「修道院長様」と執務室に入るなり物資管理係のスールが言った。「ああ、バンガローをご覧になりましたか。もう酷い状態で。キッチンも。そして大司教様のベッドも……」
「落ち着きなさい。もうあの人たちはここに来ません。わたしが大使と交渉したのです。諭したのですよ。そして大使も毎週土曜・日曜にリセに来るのは確かに彼にとっても難しいと認めました。彼には外交の義務がありますからね。そしてわたしも言ったのですが、雨季になると、道はひどい状態になりますから、動けなくなるということもありうるのです。ということで大使も同意しました。それでこのように取り決めました。可能な限り、大使館の車がフリーダを土曜日に迎えに来ます。そして日曜日に送り届ける。もしかしたら月曜日になるかもしれませんが……まあ、どのみちペール・エルメネジルドがおっしゃるように二人は婚約しているわけですから。そしてカエサルのものはカエサルに」

数週間の間、大使館の公用車が毎週土曜日、昼の給食の後にフリーダを待ち構えるようになった。この同じ車が彼女を日曜日の夜遅く、あるいはこちらのほうがより頻繁に起きたのだが、月曜日の朝にリセに送り届けた。修道院長も舎監も夜中に門扉がきしむ音を聞こえないふりをして、教師たちもフリーダが授業中に突然現れて、級友たちがひそひそと非難する中、大きな音を立てて自分の席に着くのを見ないふりをしていた。しかしとうとうフリーダもその高慢な沈黙を自ら破った。彼女は婚約者と過ごすワクワクするような生活を語って、そんな生活絶対に自分にはできないわと級友たちを羨《うらや》ましがらせる誘惑に耐えられなかったのだ。長い間自分がさげすんできて、なんだかんだ言っても結局のところは心の奥底では彼女に敵意を持ち続けるだろう仲間たちと和解するために、フリーダはキガリから様々なお菓子を詰め込んだ籠を持ち帰った。スワヒリ族のママたちだけが作るようなフリッター、よりエキゾチックなものとして、ギリシャ人のパン屋さんのブリオッシュや小さなパン、白人御用達《ごようたし》のクリスティナの飴《あめ》などなど……。プリムスは必ずあったし、時にはワインのボトルまであった。いちばんいいのはマテウスワインだ。ほとんどクラス全員がなんとかフリーダの「部屋」にぎゅう詰めになって入ることができた。クオータの二人のツチの生徒も招待された。消灯の時間になっても舎監はこの宴会の恩恵にあずかっていたので、大使閣下の婚約者の宴会をやめさせることができなかった。フリーダは何度もザイール大使館内にある彼女のクローゼットの中身を語り、聞く子たちに大きなインパクトを与えるような言葉を並べ立てた。イヴニング・ドレス、カクテル・ドレス、キュロットスカート、部屋着、ベビードール……時にはその豪華な衣装を持ち帰って級友たちに見せびらかし、全員を驚嘆させた。素直に目を輝かせている者もいたが、目を輝かせるふりをしている者もいた。彼女はまた、これまで美容製品について詳しいことになっていたイマキュレに向けて、肌の色を薄くする化粧品の銘柄《めいがら》を並べ立てた。メイク落とし、ファンデーション、東洋の四つの花のローションなどなど。ぜんぶバリンバ大使に勧められたものだ。彼はフリーダに最も白い婚約者でいることを望んだ。

「で、ジュエリーは?」とおそるおそる聞くと、もちろん大使は婚約者にジュエリーをプレゼントしていた。大きなダイヤのついた婚約指輪(ザイールではみんなダイヤの上を歩いている)、金や古い象牙のブレスレット、真珠や貴重な宝石の首飾り、しかしそれを大使は大使館の外で着けることを禁じていた。

「強盗を誘うようなものだからね。キガリにはそういう輩が多い。危険が大きすぎる。小さな指輪で手を、腕輪で腕を失いかねない。検問所の警官や兵隊も当てにはならない。彼らが本当はどういう人たちなのかは絶対にはわからないからね」

フリーダがいないとき、ジュエリーは大使館の巨大な金庫に厳重にしまわれていた。

「で、結納品は？　お父さんは結納品についてはどんな話し合いをしたの？」

「安心して、結納品は牛でもヤギでもないの。でもお金、大金よ。うちの父と婚約者は運輸会社を創るための共同経営者になることにしたのよ。バリンバはそのためのお金を全部出すんですって。『資本』と彼は言ってるのだけど、そういうのにして、トラックや、タンクローリーを買って、それでモンバサとキガリ間を結ぶようにするの。でもトラックはキガリを終点にするわけじゃないのよ。ブジュンブラやブカヴまで行く。わたしの婚約者は税関長とも馴染《なじ》みだし。


ああ、わたしがザイール大使閣下とどういう暮らしをしているかなんて想像できないでしょうね。わたしたちはいろんなバーに行くの。オテル・デ・ミル・コリーヌのバーにも行ったし、オテル・デ・ディプロマットのバーにも行ったわ。それにフランス大使のところに行くと、コンビーフをいただくんだけど、それは寄宿舎のスールが巡礼の時にわたしたちにくれるものよりずっと美味しいのよ。ベルギー大使のところでは海で取れる貝を食べるの。でもそれにはちょっと手を出せなかった。あれはルワンダ人の食べるものじゃない。ああいうところでは絶対にプリムスなんて飲まないのよ。飲むのは白人たちのビールで、瓶を開ける時も栓抜きなんていらないの。勝手に雷みたいな音を立てて破裂して、ニイラゴンゴの滝のしぶきみたいに泡《あわ》があふれ出るの」

するとグロリオザが割って入った。

「うちの父さんがシャンパーニュも知らないとでも思ってるの？　父のオフィスにはいつだってお客さんのために置いてあるわ。もっとも重要なお客さんのためだけどね。わたしもちょっと味見させてもらったことがある」

するとゴドリーヴが、

「わたしもムール貝を知らないとでも思った？　わたしはベルギーで生まれたの。ムール貝を食べるには幼すぎたけど、父親はよくその話をするわ。なんでもベルギー人はムール貝しか食べないんだって。でも父がベルギーに行く時はいつも母に絶対にムール貝を食べないと約束させられてる」

フリーダはうるさがたの話などに耳を貸さずに続けた。

「午後になって太陽が出ていたら、お昼寝はせずに赤い車、あのオープンカー、あれはレーシングマシーンなんだけど、あれに乗ってキガリから出て細い道を飛ばす。みんな逃げ回るのよ。女、子ども、ヤギもみんな。自転車に乗った男たちはジグザグと逃げ回って、荷台に載せたバナナを落として、溝に倒れちゃうし……。わたしたちはどこか静かな場所を探すんだけど、ルワンダにはそういうところがあまりないのよね。ユーカリの植林とか丘の頂上の岩場とか。車が止まると、わたしはボタンを押すの。車の幌が閉まって……。ねえ、知ってた? あの赤い車の座席はまるでベッドのようになるのよ」

十一月の大雨で、地滑りが起きて、バナナの木、人家やそこに住んでいた人びとを流し、リセに繋がる道が数週間断絶した。同じ時期、フリーダは吐き気に襲われ、嘔吐《おうと》し、めまいを覚えた。食堂でほぼ毎日出されるブルグルにも手を付けず、フランス大使館のコンビーフだけを食べたがった。事情を知らされた婚約者が、どういう手はずを取ったのかはわからないが、段ボールでリセまで届けた。フリーダは一番仲のいい友人たちにも食べさせたがった。しかし彼女たちは少し警戒していた。ゴレッティがフリーダが開けた缶をこっそり手に入れ、ムッシュー・ルグラン、あのギターを持っているフランス人の先生にこれがどういうたぐいの食べ物なのかを尋《たず》ねた。ルグラン先生はそれが大きな白い鳥のものだと説明した。その鳥が病気になるまで強制的に餌《えさ》を食べさせるのだと。人はその病を食べているのだ。リセの生徒たちはみんな気持ち悪いと思った。イマキュレ、グロリオザ、モデスタとゴドリーヴだけがフリーダがあまりにも熱心に勧めるのでなんとか口に入れた。やわらかくて、ゴレッティの言を借りれば、どちらかというと泥とか、あるいは牛の胃袋に入ってる草の塊に似てると思った。それは牛を殺すときにトワ族が必ず欲しがるものだった。とりあえず、それは本当に白人たちの食べ物で、白人たちの食べ物なら、クラフト・チーズと、寄宿舎の物資管理係のスールがくれる赤いコンビーフのほうがいいと思った。

みんなの目には明らかにフリーダは妊娠していた。フリーダもそれを隠そうとはしなかった。彼女は自分の妊娠が誇らしかった。とはいえ、結婚前のこの状況は一族にとって恥ずべきことのはずだった。

「わたしの婚約者の大使閣下はね、男の子が欲しいの。今まで彼には女の子しか生まれなかった。でもわたしは男の子を産むわ」

「それならほかにも奥さんがいるってことね」とグロリオザがほのめかす。

「違う、いないわよ。亡くなっちゃったか、離縁されたかで今は誰もいないの」

「じゃあなんであなたは男の子を産むって知ってるの？」

「今回バリンバはあらゆる手立てを使ったの。用意周到に準備したのよ。彼は森の中にいる偉い占い師に見てもらったの。とても高くついたんだけどね。占い師が言うには、彼の敵が呪いをかけたので彼には娘しか生まれないらしいの。でもその呪いを欺くために、彼は火山のふもとの湖の向こう側からきた娘と結婚すべきだというの。ザイールの毒盛りの呪いもその娘には何もできないらしいの。占い師はまた男の子が生まれるようにとあらゆるお守りをくれた。そして彼だけが知っている秘薬を大使とわたしのためにくれたの。わたしは真珠と貝殻でできた帯をお腹につけなくちゃならない。それは男の子を産むため。彼はわたしが絶対に男の子を産むって信じてる」

「むしろペール・エルメネジルドにお腹を祝福してもらった方がいいんじゃないの。彼だってきっと赤ちゃんを得るため、というか持たないためのいろんな術を知ってそうよ」とゴドリーヴが言った。

しばらくしてフリーダの体調が悪化した。彼女は起きあがれなくなり、激しい腹痛を訴えた。修道院長は心配したが、同時にまだ教会できちんと祝福を受けていない結婚前の女の子が妊娠しているのにその学園に住まわせなくてはならないことに憤慨もしていた。「罪です。罪ですよ」と彼女は何度もペール・エルメネジルドに訴えた。彼はなんとか彼女のしつこいうしろめたさをなだめようとしたがいつも徒労に終わった。「彼らは婚約しているのですよ、学園長、婚約してるんです。フリーダについては告解をさせましょう。わたしが赦《ゆる》しを与えます」修道院長はそれでもずっと嘆き続けた。「ほかの無垢《むく》な生徒たちのことをお考えになりました？ ナイルの聖母学園が未婚の母の隠れ家になるなんて。スキャンダルです。なんというスキャンダル」

修道院長は矢継ぎ早にメッセージを大使に送り、フリーダを迎えに来るようにと頼んだ。毎回彼女の体調の悪化を少し大げさに語り、緊急事態だと伝えた。バリンバはとうとう大きなランドローバーをよこした。車はそれまで通行不能だと言われていた道を使ってなんとかフリーダをリセからキガリまで乗せて行った。

フリーダが死んだというニュースはナイルの聖母学園を深い悲しみに落とした。修道院長は一週間喪に服すことを決め、その間フリーダの魂のために祈り、服喪期間の最後の日曜日にはナイルの聖母がその慈悲深い衣の下に哀れな魂を受け入れてくださるよう巡礼をおこなうことにした。ペール・エルメネジルドもこの一週間の間、毎朝同じ意図のミサを捧げることにした。全学年順番に参列するよう言われた。一方で最終学年《テルミナル》の生徒たちにはすべてのミサへの参列が求められた。司祭は弔辞の中で亡くなった生徒を讃えつつ、彼女がその純潔とその若さを多数派の民のために捧げたことを入れ込んだ。それでも彼自身、そして修道院長もある種の安《あん》堵《ど》を隠しきることができないでいた。それに、悲劇はリセで起きたわけではなかった。フリーダの死は確かにとても残念なことだったが、リセ内で生徒の妊娠が容認されているというスキャンダラスな例に終止符を打ったのだった。罪深い娘への神の裁きがあったかもしれないなどという示唆《しさ》が学園長の生徒を慰める言葉の中に慎重に込められ、ペール・エルメネジルドは宗教の授業中に長々しい道徳的なお説教の中で特に力を入れて話した。

最終学年の生徒たちは寄宿舎に一日中引きこもり、また誰も彼女たちにそこから出てくるように言わなかった。彼女たちは習わしに従って一斉に嘆き悲しんだ。彼女たちの高いすすり泣きは学園中に響き渡った。終わることのない泣き声は彼女たちの哀《かな》しみが心からのものだという証拠であり、フリーダの理不尽な運命に対する抗議だった。全員が女であることとの絶望で結ばれた。

次に来たのは噂の時間だった。フリーダはなぜ死んだのか？　なぜ？　どのように？　誰が彼女を死なせたのか？　公式の見解は流産によるということだった。彼女をキガリに運ぶ車が悪路を通ったはずなので、もしかしたらその振動が流産を引き起こしたのかもしれない。その場合、学園長と大使には少し責任があるのではないだろうか？　なぜ彼らは道路が再び通行可能になるまで待たなかったのだろう？　数日しか違わなかったのに？　あるいはあの白人たちの食料のせいだったのではないか？　フリーダはあの病気の鳥の腹を貪欲《どんよく》にほおばっていた。きっとあれがふたり、フリーダとその赤ちゃんを殺したんだわ。多くが彼女は毒殺されたのだと思った。その場合は白人たちの食物ではなく毒殺者《アバロジ》たちに殺されたのだと。おそらくルワンダ人の毒殺者だ。とても分かりやすいことだ。バリンバの敵たちがフリーダをキガリまで尾行させたのだ。彼らはルワンダの毒殺者たちをとても高値で雇った。毒殺者たちは、きちんと必要なものを与えれば、誰でも毒殺する、それが彼らの仕事で、彼らはザイールの魔術師や薬《ダワ》よりもずっと強力なのだ。それに、もしかしたらフリーダの祖先も完全にルワンダ人ではなかったのかもしれない。イジウィ島から来たとか、湖の向こう側のブシとかの出身で……そしたらバリンバは……。

　ゴレッティが言った。

「わたしはね、たぶん彼女の家族が殺したんだと思うのよ。もちろん故意にじゃなくて、子どもを堕《お》ろさせて。そういうことはうちのほうではするわよ。女の子は妊娠して結婚したり、子どもを負ぶって結婚したりしてはいけないの。もちろん女中《ボイエス》に負ぶわれてもダメよ。それはその娘とその家族にとって不名誉、恥なのよ。そんなことしたら彼女は一族にあらゆる不幸を招くことになる。子どもがもともといなかったことにしたほうがずっといいわけよ。だから彼らは医者を探したの。悪い医者よね。だって悪い医者しか子どもを堕ろさない。あるいは看護婦とか。もっと悪い場合は、子どもを流して殺す薬を盛るおばあさんとか。かわいそうなフリーダ。でももしわたしの言うことが本当なら、フリーダの家族は恐れるはずだわ。バリンバの復讐はものすごいことになるだろうから。特にもしフリーダの子どもが男の子だったらね」

バリンバ大使は転勤を願い出て、その申請はすぐに了承された。彼はアフリカ統一機構のザイール代表の一員となり、アディスアベバに赴任した。フリーダの父親は外交官を辞め、商売に身を投じた。きっと成功するだろうと言われている……。

「もういいでしょ」とグロリオザが言った。「フリーダのために充分泣いたわ。この話はおしまい。わたしたちの間でも、ほかの人たちにもこの話はしないこと。もうわたしたちが何者で、どこにいるかを自覚すべき時よ。わたしたちはナイルの聖母学園にいるの。ここはルワンダの女性エリートを育てるための学校でしょ。女性の地位向上の前衛となるために選ばれたのがわたしたちなの。だから多数民族がわたしたちに与えてくれた信頼に値するようにしなくちゃね」

「グロリオザ」とイマキュレが言った。「今こそあなたのお得意の政治的な演説をするときだとでも思ってるの？　まるで集会にでもいるみたいに。女性の地位向上ですって。語ろうじゃないの。わたしたちがここにいるのはね、地位向上は地位向上でもほとんどの場合、家族の地位向上のためよ。わたしたちの将来のためじゃなくて一族の将来のため。わたしたちは以前から既にいい商品だった。だってわたしたちはほとんどお金持ちや力のある人たちの娘じゃない。わたしたちを使っていちばん高値で交渉することができる親がいる。そしてわたしたちの価値にここのお免状はさらなる価値を付け加えてくれる。わたしも知ってる。多くの子たちがこのゲームに甘んじていることをね。でもそれはほかに選択肢がないから。おまけにそこにある種の誇りまで見出《みいだ》している。わたしはこの商売に参加するのはもう金輪際ごめんだわ」

「はあ、みなさん、聞きました？」とグロリオザがあざ笑う。「まるで映画の中の白人女みたいなしゃべり方。そうじゃなきゃフランス語の先生がわたしたちに読むように勧めてくる本の中の人たちみたい。あんただって、お父さんとそのお金がなかったら何者だっていうの？ルワンダで女の人がその家族なしで生き延びられるとでも思ってるわけ？　お父さんの家族、そしてその後はだんなさんの家族なしで？　あんたはゴリラのとこから来てるらしいけど、それならそこに戻ったら？」

「それもいいわね。いいアドバイスかもしれないわ」とイマキュレが言った。


服喪の一週間が過ぎると、フリーダの名前はナイルの聖母学園の全員から暗黙のうちに葬られた。それでもその名は最終学年の生徒たちにずっととりついていた。まるで恥ずべき言葉のように、知ってはいるけど、どこで自分たちが知って、誰から教わったのかもわからず、自分の意に反してときどき自分の口から出るような、そんな言葉のようだった。誰かがその禁じられた名前を言い間違いのように言ってしまうと、ほかのすべての娘たちがそっぽを向き、何も聞こえなかったふりをする。すぐさま大声で話し始めて、まるでその軽いおしゃべりで自分たちの思いをずっとさいなむその二音節の絶えることのない響きを消そうとするのだった。それはリセの中と同様、彼女たち一人ひとりの中に隠された恥ずべき秘密のようなもので、犯人を探し求める後悔、償われることのない罪だった。なぜならその罪の告白は決してなされることがないからだ。だからフリーダの姿は捨てなくてはならないものだった。自分の運命を映すことになるかもしれない黒い鏡、フリーダの姿を。

女王の霊《ウムジム》

レオンシアは今か今かとイースター休暇にヴィルジニアが戻るのを待っていた。ヴィルジニアは常に母親のお気に入りの娘だった。彼女の名前はムタムリザではなかったのか？「彼女を泣かさないで」という意味の。それが今じゃリセに行って、学生なのだ。常に言うように、娘は彼女の唯一の自慢だった。もう頭の中で描いていた。娘が帰ってきたらすぐに学校の制服の娘と一緒に丘のすべての小屋一軒一軒に挨拶しに行く。レオンシアは娘について回っている自分の姿を思い浮かべていた。彼女はいちばん素敵なパーニュを身にまとって、批判的にあるいは満足げに、ひとりひとりがどれくらいの敬意を持って娘に接するのかを測るだろう。そして娘はもうじきあのお免状とともに戻ってくる。もったいぶってなかなか女子、特にツチの娘には授与されない高校卒業のお免状だ。いつもならこの地の唯一のツチの家族である自分たちに嘲笑や屈辱の種を思いつく支部長でさえ、この時だけはふたりの訪問を歓迎してお祝いとはなむけの言葉を言わなければならないだろう。その大げさな祝辞は彼がそうせざるを得ないことを示してしまっている。レオンシアは安心していた。ヴィルジニアは学生で、学生である限り、フツでもツチでもないのと同じだ。それはもう別の民族に属しているようなものだ。かつてベルギー人たちが「進んでいる人」と呼んだ者たちだ。もうじきヴィルジニアは教師になる。もしかしたら隣の教区の教師になるかもしれない。なぜならそこのペール・ジェロームが彼女の聡明《そうめい》さを見出したのだから。彼はとうとうレオンシアを説得して、ヴィルジニア（彼女のいちばん上の娘、この娘なくしては、後に弟や妹たちも続かなかったろう。ウブリザ。ほかの子たちのために母親の産道を最初に開いた娘。そして弟や妹たちの母親になるべき娘）には母親の隣で畑を耕す以外の未来が待っていると納得させたのだ。「輝かしい未来です。輝かしい」レオンシアを説得するためにさらに言った。「彼女ならベネビキラ・マリア修道会で修道女になる道もある。もちろん食事係になるためなんかじゃありませんよ。当然ながら先生になるため、その後に修道院長になって、さらに上を目指すこともできるかもしれません」レオンシアはそんなことよりも娘にはいい夫がいるほうが好ましかった。当然公務員で、そして商売もできるようにトヨタのトラックを持っているような。彼女は既にヴィルジニアの持参金を計算していた。牛だけではない。それとともにお金がいる。それでレンガ造りの家を建てる。白人たちの家だ。門があって錠前が付くような家。トタンの屋根は太陽に輝いて、遠くの自分の畑からも見える。もう藁の上で寝ることはなくなる。マットレスの上で寝るのだ。マットレスは市場のガヒギの店に買いに行こう。子どもたちの分も買う。三人の息子のために一つ、二人の娘のためにもう一つ。家には親戚をもてなすための広間もある。友人や隣人たち。特に隣人の女性たちをもてなすのだ。もう茣蓙の上に座ることはない。座るのは折りたたみ椅子にだ。そしてテーブルの真ん中には大きな魔法瓶《まほうびん》が金色に輝いている。魔法瓶にはいつもお茶がたっぷり（三リットル入るのだ）入っている。お茶は日曜日の訪問者を迎える時にはまだとても熱い。そしてお茶を飲むころには少し冷めていて、客が家から出る時にはきっと「レオンシア、たくさん勉強した娘がいてなんて幸運なんでしょ、あんなに大きな魔法瓶があって」と言うだろう。

三月には雨が降る。そして四月になると、もっと雨が降る。雨よ降れ！　雨よ降れ！　納屋がいっぱいになり、子どもたちの腹もパンパンに膨らむだろう。この二週間の休暇の間、ヴィルジニアは「小さな母親」に戻っていた。それは長女という立場が自然と与えていた地位だ。彼女は弟や妹たちの面倒を見て、いちばん末の子を負ぶった。これはレオンシアにとっても休暇だった。夜になると、小さい子たちはヴィルジニアに聞きたいことがいっぱいあった。そしてヴィルジニアはまるで物語のようにナイルの聖母学園《リセ・ノートルダム・デュ・ニル》の素晴らしさを説明するのだった。しかしレオンシアが娘をいちばん評価するのは畑でだった。いや、白人たちの学園は彼女をまったく変化させなかった。彼女は日が昇るよりも先に一番早く起きて、そのパーニュをたくし上げ足を泥に入れて、鍬を使う。寄生する植物を採るために、彼女はトウモロコシの茎の間にうまく入り込む。トウモロコシの周りには豆類が、十二月に種を蒔《ま》いたばかりなのに少し実ってきた実をつぶさないように絡まろうとしている。彼女はソルゴとソルゴを脅かす生え始めの雑草とを区別できたし、それを取り除くときには下にサツマイモが植わっている土の小山の上をぴょんぴょんと跳ねながら移っていくのだった。「ああ、あの子は本当にわたしの娘だわ。どうかその名前の通りになりますように。ムタムリザ。彼女を泣かさないでください」とレオンシアは言った。

豆を抜いているときにヴィルジニアは母親に翌日父方の伯母のスコラスティカのところに行くと告げた。

「もちろん。伯母さんのところには行かなきゃね。なぜもっと早くわたしから言わなかったのかしら。スコラスティカはわたしの姉ではない。お父さんのお姉さんなのよ。彼女はあなたと同じ血筋なの。ニョゴセンゲという。いつも言うように、常に伯母さんとはいい関係でいなさい。彼女を怒らせたら、われわれには不幸が訪れる。父方の伯母っていうのは、恐ろしい嵐《あらし》のようなもの。もしあんたがあのひとに呪われたら、わたしたちはどうなってしまうんだろう。スコラスティカはあんたにとっていつも幸運を運んでくれた。今度の免状についてもきっと同じだよ。でも伯母さんのところに行くのに手ぶらではだめだよ。わたしのことをどう思うだろう。そしてあんたの父親も。鍬を拾って。さあ、早くソルゴのビールを作りましょう」

その日一日中、ふたりはソルゴのビールを作った。それがなければヴィルジニアは伯母のところに行けない。家にはビールを作るための黒いソルゴもなければ酵母ウムセンブロもなかった。だから近所にもらいに行くしかなかった。ある者たちの家には本当になかったが、ある者たちは明らかに渡したくないようだった。いずれにせよ、そういう時には長々しい儀礼のやり取りが行われた。レオンシアはなんとかそのイライラを見せないように努めた。最終的にムカニョンガばあさんにもらえることになった。その代わり長々とその哀れな状況と時代の不幸を嘆くのを聞かされた。だからほんの小さな甕《かめ》のビールを作る分ぐらいしか渡せないんだよと言うのだった。ソルゴのビールは、アマメラとウムセンブロがありさえすれば、そんなに作るのに長い時間はかからない。しかし容器のためのひょうたんを見つけなくてはならなかった。口のところが優雅な弧になっていて、素敵な丸みを帯びているようなのを見つけなくてはならない。それを入れるためにレオンシアが編んだふたの上がとんがっている籠を選ぶ。そこにバナナの葉っぱで作った飾りを付ける。その大事な贈り物をヴィルジニアが学園から持ち帰ったナプキンに包んで、さらに小さな袋に入れるのだった。

小型トラックがガセケの市場で止まった。ヴィルジニアはリセの制服のおかげで運転手のそばの席に座ることができた。カーブのたびにそのもったりとした身体を押し付けてきた巨大な女がぶつぶつ文句を言いながら汗をふきふき車から出るのを待った。後部座席の乗客たちは既に下に降りて、荷物を引き取っていた。麻の紐で結わえられた丸まったふとんとか、トタン板とか、二匹のヤギや、バナナ・ビールや灯油でいっぱいになったジェリ缶などだ。市場の泥が多い場所に列をなして並んでいる店舗から駆け付けたボーイたちがヤシ油の容器とずっと待ち焦がれていたセメントの袋を荷台から下ろした。彼らの店の店主はパキスタン人だ。

ヴィルジニアは店に入り、プリムスをひと瓶買い、市場で不機嫌そうな老人と長々と交渉して、長い棒状の巻きたばこをひと切れ切りとってもらい、最後に縁がほつれた茣蓙に座っている女性たちのところに行って赤い花の絵が施された盥《たらい》に入れて売られている黄金色の揚げ菓子を買った。彼女はその揚げ菓子を三個買ったが、それを見ていた子どもたちは羨ましそうに目を輝かせていた。彼らはおかみさんの正面に胡坐《あぐら》をかいていて、市場が続く限りずっとその手の届かない美味を眺めているのだった。ヴィルジニアは伯母の住む丘への道を進んだ。

細い小道が丘の頂に沿って通っていた。その下には段になった畑が並び、それはトウモロコシが植えられた沼まで続いた。円形、あるいは四角形の小さな家は藁葺きの屋根だったり、それらより数は少ないが瓦葺《かわらぶ》きの屋根のものがあり、段になっているすべての丘の斜面に散らばっていて丘の道から見えた。多くの家はびっしりと生えているバナナの木々に埋もれて見えなかったが、そこに家があることは青い煙がだらだらとピカピカに輝く葉っぱの上に伸びていくのでわかる。既に赤いサクランボのような実の房を付けているコーヒーの木々がきっちりと畑に区切られている。下の方の湿地帯にはパピルスの茂みがまだ残っていて、作業する女性のことを気にするでもなくカンムリヅルが四羽《わ》ゆったりとした優雅さで歩いていた。

いちばん高い丘の頂には教区の厳《いか》めしい建物が建っていた。教会の塔は縁がギザギザになっていて、ヴィルジニアは歴史の教科書で見たイラストを思い出した。城塞のイラストで、スール・リドウィヌから何度も聞かされた話だ。それはかつて、はるか昔、ヨーロッパの高貴な戦士たちの住まいだったという。

太陽がもうじき丘の陰に隠れそうになって、ようやく道の果てに伯母の家が見えた。遠くから姪《めい》の姿を探していたであろうスコラスティカは、畑を離れて籠に夕食用のサツマイモを入れた。そしてすぐに走って坂を上り、ヴィルジニアが到着する前に家の入り口の前に立った。彼女には草をひとむしりして両足を覆っていた泥を払い落とし、畑仕事のために脛《すね》までたくしあげていたパーニュを下ろすだけの時間しかなかった。ヴィルジニアは袋から小さな籠を取り出し、作法通りに頭の上に載せていた。「よく来たね。ヴィルジニア、おまえが来ることはわかっていたよ。知らされていたからね。昨日の夜、火がパチパチと鳴りだして、火花が炎の上を踊りだしたからね。それは訪問の予告なんだよ、だからそういう時に唱えるべき言葉を唱えたのさ。『アラカザ・イザニエ・インパンバ』『客が手ぶらで来ませんように』ってね。でもわたしには訪問者がおまえだってわかってたよ。わたしはニョゴセンゲ、父方の伯母なんだからね。レオンシアはおまえをよこすはずだって」

彼女は庭に入るように促し、ふたりで家まで歩いた。スコラスティカが家の入り口で立ち止まり、ヴィルジニアは優雅に身をかがめて伯母が籠を受け取れるようにした。伯母は両手で籠を手に取り、ゆっくりと注意深くドアの後ろの棚に置いた。あとでバターを作る機械と牛乳の甕の間の専用の場所に置かれることになる。

そして歓迎の挨拶の時になる。スコラスティカとヴィルジニアは長々と抱き合い、互いに軽く背中をたたき、伯母は姪の耳に長々とした願いの言葉をささやくのだった。「ギルムガボ、だんなさんが得られるように。たくさんの子どもに恵まれますように、ギラバナ・ヘンシ、たくさんの子どもに恵まれますように、ギリンカ、牛が持てますように、ギラ・アマショ、大きな家畜の群れを。ランバ、ランバ、長生きするように、ギラ・アマホロ、おまえが平安でいられるように、カゼ・ネザ、ようこその地へ」

スコラスティカとヴィルジニアは一緒に家に入った。スコラスティカはヴィルジニアが持ってきた小籠を開け、ひょうたんを取り出した。矢筒の形をした入れ物の中からストローを二本取り出し、二本ともヴィルジニアに渡す。ふたりは向き合ってしゃがんだ。スコラスティカが二人の間にひょうたんを置いた。ふたりはひと口ストローでビールを吸った。スコラスティカが大きく満足げな息を吐きだす。それは彼女がとてもビールがうまかったという証だった。

ヴィルジニアの伯母宅での最初の一日は、当然のことながら隣人への凱旋《がいせん》の挨拶に費やされた。夜になると、スコラスティカは家族全員が揃《そろ》ったところで高校生の姪がどのような名誉の称号を得てきたのかを語った。それは無信仰のルガジュのところでも同じだった。スコラスティカはこの機に乗じて子どもたちに洗礼を受けさせるよう諭した。少なくとも男の子たちだけでも。そうすればほかの子どもたちと同じように学校に行けるのだからねと。スコラスティカの夫は長々とヴィルジニアに学業について質問をした。彼自身小さな神学校に二年間通ったので、誇らしげに数学と文法と動詞活用の教科書三冊を見せた。大切に保管されていたもので、彼が高い教育を受けてきたという証になるものだった。スコラスティカは夫が姪に関心を持つのをあまりよく思っていないようだった。寝る時になると、ヴィルジニアはだいぶためらった後、敬意と言い訳と謝罪のまざった言い回しを駆使してとうとう伯母に翌日予定していた教会には行かないと告げたのだった。彼女はクロティルドのところに行きたがった。幼馴染《おさななじ》みの友人でスコラスティカの家に来たときはいつも彼女と遊び、踊り、縄跳びをしたものだった。クロティルドが結婚して、最近子どもが生まれたことを知って、次にここに来るときは必ず会いに行くと約束していた。スコラスティカはヴィルジニアが父方の伯母にそんなことを言ってきたことに少しばかり衝撃を受けていた。しかしそのいらだちを見せることはなかった。それにヴィルジニアは学生で、彼女の通う学校の教師たちは白人なのだ。常に白人たちと生活を共にしている者たちには理解できないこともある。「わかった。ならクロティルドのところに行きなさい。教会には明後日《あさって》わたしと一緒に行けばいい。ペール・フュルジャンスもおまえに会いたがっていたんだよ」とスコラスティカは言った。

ヴィルジニアは友人のクロティルドのところに行く挨拶を伯母にするとき少し不安げだった。しかしスコラスティカはがっかりしているそぶりも見せず、甘味の中で最も甘いイギスカリのバナナをひと房クロティルドとその赤ん坊のためにと渡したのだった。ヴィルジニアはバナナを袋に入れ、友人の家に続く道に向かった。しかしユーカリの小さな茂みを越えたあたりで彼女は道を変え、何度も寄り道した後、沼に向かう険《けわ》しい道を下った。坂の途中に無信仰のルガジュの家があった。中庭ではぼろを着た子どもたちが遊び、走り、喧嘩《けんか》をしていた。彼らはヴィルジニアが入ってくるのを見て驚きで固まった。

ヴィルジニアはいちばん大きい、十歳ぐらいの子どもに合図をした。

「来て、言いたいことがあるんだけど」

子どもは少しためらい、弟や妹たちを追いやると、ヴィルジニアのほうに来た。

「名前は？」

「カブワ」

「じゃあ、カブワ、ルバンガを知ってる？　彼がどこに住んでるのか知ってる？」

「魔術師のルバンガ？　うん、知ってるよ。父ちゃんと何回か行ったことがある。うちの父ちゃんくらいしかあんなほら吹きの相手をしないよ。みんなはあの人のことを狂ってるっていう。毒を盛るんだっていうひともいるんだよ」

「ねえ、わたしをルバンガのところに連れてってよ」

「おまえをルバンガのところにだって？　おまえ学生だろ？　誰かに毒を盛りたいのかい？」

「誰にも毒なんか盛らないわよ。ちょっと頼みたいことがあるだけ。学校のためなの」

「学校のため？　白人のところではおかしなことをするんだな」

「連れてってくれたら揚げ菓子をあげるわ」

「揚げ菓子？」

「あと、ファンタも」

「ファンタ・オレンジ？」

「ファンタ・オレンジと揚げ菓子よ」

「ほんとうにファンタ・オレンジをくれるならルバンガのところに連れてってやるよ」

「ファンタ・オレンジと揚げ菓子はカバンの中に入ってる。ルバンガの家が見えたら、あんたのものになる。そしたらそこから離れてね。そしてこのことを誰にも話さないこと。こんな話聞いたことがあるでしょ。自分の子どもじゃない子をすり鉢の中で寝かせた継母《ままはは》の話。わたしはルバンガに頼んできみに呪いをかけてもらおうと思ってるの。もしこのことを誰かに話したら、きみにはすり鉢の男の子と同じことが起きる。大きくなれないし、髭も生えなくなる」

「何も言わないよ。父ちゃんにも言わない。でもまずファンタ・オレンジを見せてくれよ。おまえが嘘をついてないってはっきりさせたいんだ」ヴィルジニアはカバンを開け、ファンタと揚げ菓子を見せた。

「こっちだよ」とカブワは言った。

ヴィルジニアとその案内人は沼まで下りる小道に戻った。ヴィルジニアは誰か知った顔に会うことを恐れて頭をパーニュで覆ったが、雨季のこの時期は谷までうろつく女はほとんどいなかった。それにこの細い小道の行きつく沼の端には何も植えられていなかった。

カブワは大きなパピルスの間の抜け道を示した。

「絶対に右にも左にも道を逸れちゃダメだよ。逸れて泥にはまって、おれに引っ張ってくれって言っても無理だからね。おれにそんな力はないから。あと、もしカバを見かけたら、奴を先に通すんだよ。この道はカバの道なんだから」そして笑いながら付け加えた。「でも大丈夫。カバが沼から出るのは夜だけだからさ」

ふたりはパピルスの毛羽立ちが作る透きとおったアーチの下に入り込んだ。ヴィルジニアはできるだけ沼の濁《にご》った水から常に立ち上るごぼごぼとした音や、粘《ねば》り気《け》のある黒い泥がときどきボコッと跳ね上がるのを気にしないようにした。

「着いたよ」とカブワが言った。

パピルスの茂みがまばらになり、小石がごろごろしている小さな島が現れた。そこに生えている棘《とげ》のある茂みはまるで沼の中で迷子になっているようだった。

「ほら」とカブワが小さな高台の上の小屋を指す。「ルバンガの家だよ。おまえが来たいところに連れてきたんだから、約束のものをくれよ」

ヴィルジニアはファンタと揚げ菓子を渡した。カブワは一目散にパピルスの中にできた隙間に駆け込んだ。

ヴィルジニアが小屋に近づくと、ぼろぼろの茣蓙の上で寝そべっている小さな老人が見えた。彼は茶色っぽい毛布をまとい、大きな赤いポンポンの付いた毛糸の帽子をかぶっていた。鼻の穴に木の鼻ばさみを付けていた。

ヴィルジニアはゆっくりと歩み寄り、軽く咳ばらいをして、来てることを知らせようとした。老人は彼女がいることに気づいてないようだった。

「ルバンガ」とそっと呼びかける。「ルバンガ、あなたに挨拶しに来たの」

ルバンガは頭を上げ、しばらくヴィルジニアを眺めた。

「おまえがわしに挨拶をかい？　おまえのような美しい娘が？　それならちゃんとおまえの姿を見せておくれ。おまえのように美しい子はもうずいぶんここに来てないよ。さあ、わしの前に座って、太陽で顔が見えるように」

ヴィルジニアはかかとにお尻《しり》をつけるようにしてしゃがんだ。

「そうそう、これでおまえの顔が見える。わしのタバコを吸うかい？　ごらん、鼻にタバコがいっぱいあるだろ。昔は立派なご婦人方も鼻にタバコを入れてたものだよ」

「いいえ、ルバンガ、若い娘たちはもう嗅《か》ぎたばこをしないのよ。ほら、これを持ってきたわ」とプリムスの瓶を差し出し、バナナの幹の繊維で編んだ包みの中に入ったタバコを一切れ差し出した。

「おまえは沼の奥のここまでわしにプリムスを持ってきてくれたのかい？　娘でもないのになんという名前だ？　わしにいったい何をして欲しいのだ？」

「わたしの名前はヴィルジニア。本当の名前はムタムリザ。わたしはリセに通ってるの。あなたが古い時代のことをたくさん知ってるってことをわたしは知ってるわ。ガセケではみんなそう言ってる。ここに来たのは昔の女王たちの話を聞くため。彼女たちが死んだとき、どうしたの？　あなたなら知ってるんでしょ。わかってる」

「女王は死んだとは言わない。絶対に言わない。二度とそう言うなよ。不幸が訪れるからな。で、彼女たちをどうしたかを知りたいと？」

「話して。どうしても知りたいの」

ルバンガは顔をそむけ。挟んでいた鼻ばさみを外した。そして鼻の穴の片方ずつを人差し指で押さえて茶色い液体を噴出させた。手の甲で目に溜まった涙をぬぐい、喉を掻《か》き、遠くに唾を吐き、膝を曲げて、やせ細った両手で頭を抱えた。最初はかぼそかった声が徐々にはっきりとしてきた。

「それは聞くな。秘密なのだ。王たちの秘密だ。わしは王たちの秘密の守り人のひとりなのだ。わしはウムウィルだ。お前はわしの名前を知っている。わしの名前には秘密がある。わしも王たちの秘密すべてを知っているわけではない。わしが守るようにと言われた秘密だけを知っている。ウムウィルたちは秘密を明かさない。わしの家族では、王がわれわれの記憶に託した秘密を明かすことはしなかった。ウムウィルの中には白人たちに秘密を売ったものがいるということも知っている。白人たちは秘密を書き残した。聞くところによると本まで作ったそうだ。だが白人たちにわれわれの秘密の何がわかるというのだ。彼らには不幸が訪れるだろう。ルワンダ人の神父でもウムウィルを装った者がいるという。彼もまた秘密を書き残した。そのせいでわれわれは不幸になった。昔なら王は彼を殺させただろう。彼の番人たちが目をくりぬいて、舌を引っこ抜き、ニャバロンゴに捨てただろう。そう。わしは王から守るようにと言われた秘密を守った。いまじゃみんなにバカにされている。神父たちはわしのことを魔術師だと言う。市長はわしを何度も牢屋《ろうや》に入れた。なぜだかわからない。わしは狂ってるとも言われる。だがわしの記憶は国王が一族に託したことを何一つ忘れてはいない。ウムウィルにとって、忘却は死だ。王はときどきウムウィル全員を宮廷に呼んで牛や、蜂蜜水の甕を与えた。彼らは宮廷のすべての権力者たちから尊敬されていた。しかし偉大なウムウィルたち、すべての秘密を知っている者たちは、四人いたが、一番偉いのはムナニラで、彼らは自分たちの記憶を確認していた。今よく話題になる国家試験みたいなものだ。記憶が欠けた者には不幸が訪れた。わずかな躊躇《ためら》い、わずかな抜けで罷免された。それは彼の恥、一族の恥であり、宮廷からの追放を意味した。

今はもう王はいない。偉大なウムウィルたちは死んだ。殺されたり、亡命したりした。だからわしは自分の秘密をデイコの赤い花に唱える。ちゃんと誰にも聞かれていないか確かめとるよ。聞いているのはリャンゴンベ、魂の主の血の木の赤い花だけだ。でもしばしば子どもたちがわしをつけてきて、隠れてわしが唱えることを聞く。わしが彼らを見つけて追い払うと、彼らは叫びながら逃げる。『ウムサジ！ ウムサジ！ 狂ってる、狂ってる』

そして彼らは母親に見たこと、聞いたことをしゃべる。すると母親は言う。見たこと、聞いたことは絶対に言ってはダメだよ。お隣さんや先生、神父さまにも言っちゃダメ。このことを絶対に話してはダメ。見たこと、聞いたことを全部忘れなさい。絶対に口にしてはならないよ、と。ところで、おまえはなぜわしに会いに来た？ おまえもわしの秘密を聞きたいのか？バズングに売るのか？ 本に書きたいのか？ おまえのような美しい娘が呪いを誘うのか？」

「あなたの秘密は誰にも言わない。話してくれても、わたしだけのものにする。わたしの記憶の奥にしまっておく。誰にも打ち明けない。わたしがあなたのところに来たのは、きっと女王に送り込まれたんだと思うの。かつての女王が」

「かつての女王とは？　おまえはその魂《ウムジム》を見たのか？」

「もしかしたら。少し話をさせて。わたしは友だちと一緒にある白人の家に行ったの。本当に狂った人でね。そのひとはわたしたちツチがエジプト人だと思ってるの。エジプトから来たんだって。白人たちがツチについていろんなことを考え出したってことは知ってるでしょ。彼の領地で、彼は女王の墓を見つけたって言うの。その遺骨を掘り出したけど、博物館には渡さなかった。埋めてその上に建物を建てたの。彼の説明だと、黒い女王たち、カンダケたちにはそういうふうにしたんだって。彼はわたしに、彼のためにカンダケになって欲しいと言ってきた。写真も見せてくれた。女王の骨をどうしたらいいのかわたしは知らない。かつてヘビがその骨を護っていたって聞いたことがあるの。ヘビは見なかった。でもわたしは女王を見たの。夢の中で女王を見たの。本当に見たわけじゃない。まるで靄みたいだった。山の斜面で薄くなっていく雲のような感じかしら。そしてときどきその雲の合間から太陽が輝いている。それは輝く雲なんだけど、わたしはそれが女王だってわかってる。で、ときどき、光の粒の仮面の裏にあるその顔を見ることができる。彼女のために何かしてくれと頼まれてるような気がするの。もうわたしを放っておいてくれないの。あなたは王の秘密を知っている。わたしが何をすべきか教えてちょうだい」

「おまえは誰の子だ？」

「わたしは父方の伯母ムカンドリのところにいる」

「おまえの伯母のことは知っている。お前の家族が誰かもわかった。お前はいい血筋の子だ。

わしの血筋でもある。それならわしが言えることを言おう。でもほかの誰にも言うな。誰にもだ、わかったな。いつも教会に行く伯母、いつも首にロザリオをかけているあの伯母におまえがここに来たことを知られてはならない。なんでも知りたがる白人たちにも何も言うな。彼らは何もわかっちゃいない。わしはおまえの助けになりたいし、ウムジムの助けになりたい。特に女王のウムジムにな。おそらくその白人はウムジムをその長い眠りから起こしてしまったのだ。魂を死の平和な眠りから目覚めさせると、霊たちはとても怒る。彼らは豹やライオンに姿を変える。それがかつて言われていたことだ。

わしは女王の葬儀に行ったことがある。もうずいぶん前の話だ。女王が亡くなったとは言ってはならなかった。その代わり『蜂蜜水を飲んだ』と言ったものだ。わしも若かった。わしは父親について行った。父が言った。『おいで。今日おまえが見るわしのすることは、いつかおまえもすることになる。あとでその秘密を教えよう。われわれの一族に王から託された秘密だ。おまえも息子のひとりに託すのだ』父は間違っていた。わしは一度も父がしたことをしなかった。わしの息子たちは白人たちの学校に通った。彼らは父親のことを恥ずかしく思っている。秘密はわしとともに消え去る。だがおまえは若いのにここに来た。女王をどのように最後の住まいに連れて行くのか教えよう。注意深く聞いておけ。おそらくお前に関することもあるだろう。

女王の身体だが、まず乾燥させる。ウムウィルたちが女王の寝台の下に火を起こした。身体は何度もひっくり返され、完全に乾くようにした。身体はあらかじめ無花果の布でくるまれていた。偉大なウムウィルだった父は牛を一頭女王のために運んできた。父はわしに大きな牛乳の甕、イギクバを持たせた。それはこの日のために作られたもので一度も牛乳が入れられなかった甕だ。乳は女王に捧げるためにわしの父が搾った。ここからが大事なことだから、ちゃんと聞きなさい。われわれと一緒にひとりの女性がいた。若い処女だ。彼女はウムウィルではない。女のウムウィルはいないのだ。女王の侍女だった子だ。彼女が選ばれたのは女王のお気に入りの侍女、女王のインクンドワカジだったからだ。わしはその娘に牛乳がいっぱい入った甕を渡した。ちゃんと聞いたか？　それは若い処女の娘だった。女王のお気に入りの侍女で、牛乳を運んだ娘だ。次にわれわれは占いが示した女王の最後の休息地に移動した。移動は四日かかった。毎晩、われわれは女王とウムウィルを迎えるために建てられた小屋に泊《と》まった。そこにはビールの甕や、ソルゴや、バナナ、蜂蜜水がわれわれのために用意されていた。われわれが出発した後、その小屋は壊された。女王が休息することになる場所に小屋と柵を造った。女王のための小屋が一つ、われわれウムウィルのための小屋がひとつあった。わしの父親はただ牛の乳を搾るだけだった。わしは牛乳の甕を侍女に渡すだけ。侍女は牛乳を女王の寝台まで運ぶ。われわれは四ヵ月の間女王に付き添った。そこにはビールと食べ物がふんだんにあった。

　四ヵ月が過ぎると、王の使者が喪が明けたことを知らせに来た。われわれは出発した。女王の家はそのまま残した。そのうち自然に崩れることになる。柵の無花果は大きな木に育つ。今では小さな森、女王のキガビロになっていることだろう。そこには誰も入ってはならない。大きな木もあった。デイコだ。その木を植えたのはわれわれではない。すでに大きな木だった。

おそらくこの木があったからウムウィルたちは女王をそこに休ませることにしたのだろう。乾季になると、花で覆われる。その木は唯一リャンゴンベが水牛に襲われて瀕死《ひんし》の怪我《けが》を負った時に受け入れた木だ。赤い花は彼の血だ。女王の魂は墓の中の遺骨のそばには残っていない。赤い花が女王の霊《ウムジム》を受け入れたのだ。そこに斧《おの》をあてる者に呪いあれ。

女王の侍女がどうなったかは知らない。これはわしには言えない。もしかしたら女王に付き添ったのかもしれない。わしに聞かないでくれ。

これがわしの見たことだ。わしの知っていることだ。わしが言えることだ。わしがお前に打ち明けたのは、おまえがおそらくほんとうに女王の魂と会ったと思ったからだ。その白人は女王の霊を目覚めさせた。ウムジムを鎮めなくてはならない。死の眠りを取り戻させなければならない。女王がおまえの夢の中で苛《さいな》んでくるなら、それは侍女を探しているからかもしれない。彼女のお気に入りだった娘。常にそばにいた娘。常に彼女を支えていた娘。なぜなら女王たちは足に膝まで金属の輪をはめていて、重みでひとりで歩くのが困難だったからだ。彼女は自分の死後も、死の眠りがその魂を閉じ込めるまでずっと牛乳をくれたその侍女を探している。女王の影は死の靄に霧散してそこに再び消えてしまわなくてはならない。さもないと女王の影はずっとおまえを苛むことだろう。そしておまえだけでなく生きている者たちを苛み続ける。彼女はおまえが死の国の彼女のところにたどり着くまでずっとおまえを苛み続ける。もういちどおいで。その時すべきことをおしえてやろう」

「また来ます。でも、その女王をわたしから遠ざけるか、わたしに好意的になるようにしてくれると約束して」

「すべきことを教えてやる。そしてそのためのものをお前に渡す。わしはウムウィルなのだから」

「ずいぶんおそかったのね。もう待つのをやめてたわ。もう来ないと思ったから」

とクロティルドが言った。

「父方の伯母さんがどういうものか知ってるでしょ。わたしたちが敬意を払わなくちゃならないことを知ってるから、いろいろ好き勝手するのよ。ここに来ることは許してくれた。でも出かけようとしたら、いろいろ口実を作って自分のところにできるだけ引き留めようとしたの。自分がわたしたちに対して強く出られるのだということを思い知らせるような方法よね。父方の伯母さんの意志に対してはこちらはなんにもできないのよ」

出発の二日前の夜、ヴィルジニアはクロティルドに別れを告げる許しをスコラスティカにもらった。「おまえがそんなにクロティルドとやらに執着してるとは思わなかったよ」と伯母は疑いと忌々《いまいま》しさが混じった声で言った。「でもまあこんなに学のある娘に反対するのもねぇ、おまえは自分が何をしているかわかってるわけだから。なら帰る前に親友に挨拶しに行っておいで」

ユーカリの小さな森を過ぎると、ヴィルジニアはふたたび沼への道に向かった。ルガジュの家の前を通ると、カブワが声をかけてきた。

「また魔術師に会いに行くのかい？　連れてってやろうか？」

「もうあんたの案内は必要ない。道はわかってるから。おまえの名前がカブワでも連れの子犬はいらない」

「それでもなんかくれよ」

「わたしが何をルバンガに頼んだか知ってるでしょ。もししゃべったら呪われるよ。でもまあ、それでもこの硬貨をあげよう」

「わかった。約束する。何も言わない。おまえにも会わなかった」

ヴィルジニアはパピルスの間を縫って入り、さまざまな音にびくびくしながら進んだ。ごぼごぼする音、何かがこすれる音、飛び立つ音、跳びはねる音など、沼をいっぱいにしている様々な音で生命の存在を身近に感じていたけれど、その姿を見ることはできなかった。彼女はようやく小山にたどり着いた。そのてっぺんにルバンガは住んでいるのだ。

ルバンガは最初の時と同じように小屋の前でしゃがんでいたが、今回鼻ばさみは付けていなかった。

「待ってたよ。来る日がわかっていたからね。わしらウムウィルは占い師、アバプフムでもあるんだ。来てくれてよかった。おまえのためにね。でも特に女王のウムジムのためによかった。かわいそうに。女王は苦しんでいる。白人が骨を見つけた時、同時に女王は死の眠りから目覚めてしまった。それで女王はおまえの夢の中に逃げ込んだんだ。おまえの夢の中でさまよっている。おまえが選ばれたのは侍女にするためだ。一番のお気に入りの侍女に。女王はおまえに死の国まで連れて行ってもらおうとしている。彼女に寄り添って欲しいと思っている。でもおまえは死の国に行くにはまだ若すぎる。だからわしはお前の代わりに誰も行ってはならないところに行ってきた。これから言うことは、大きな秘密だ。少なくとも大きな秘密の一部だ。おまえにこの話をしたら、おまえはウムウィルになる。まあ完全なウムウィルではないがな。女のウムウィルはいないから。でも少しだけ秘密を分かち合うことになる。だからウムウィルが秘密を守るために飲まなくてはならないものを用意した」

彼は小さなひょうたんとストローを差し出した。

「これを飲むんだ」

「なんでこれをわたしに飲ませようとするの？」

「大丈夫だ。毒ではない。まあ、まだ毒ではない。おまえが飲むのはイギハンゴだ。ウムウィル全員が飲むものだ。これを飲んだらそれでお前は守られる。でももし、秘密を打ち明けたら、イギハンゴは毒になる。病や不幸がおまえとお前の家族に襲いかかるだろう。おまえが秘密を破壊したら秘密がお前を破壊するだろう」

「あんたを信じる。選択の余地がないし。ひょうたんをちょうだい。秘密を壊さない」

ヴィルジニアが吸うと、渋《しぶ》くて焼けるような液体が口いっぱいに広がった。なんとか泣かないようにした。

「よし。心が強いね。それではよく聞くんだ。わしはお前の代わりにおまえと女王のウムジムのために沼の中に行った。ニャバロンゴの底なし沼だ。道はない。入り込んだら、歩けども歩けども絶対に抜け出すことができない。でもわしは、どうやったら小屋まで行けるかを知っている。ただの小屋じゃないぞ。狩人《かりゅうど》の小屋に似てるけど太鼓の住まいだ。小屋に入っても太鼓は見えない。太鼓は見ることができない。太鼓は土の中にいる。おまえの下の土の奥深くにある。それはカリンガ、王の太鼓、ルワンダの太鼓、ルワンダの根。カリンガのはらわたの中にルワンダ全体がある。カリンガがうめくのを聞いたことがあるか？　カリンガが轟くときにルワンダ全体がある。カリンガはほかの太鼓のように打つものではないからだ、カリンガは自ら轟く……というのもカリンガはほかの太鼓のように打つものではないからだ、カリンガは自ら轟くのだ……ルワンダ全体がその音を聞いた。空の下にあるあらゆるものが太鼓の音を聞いたという。その時、女たちは鍬の上にかがみこんで動かなくなった。男たちの手は甕の上で止まった。弓を引いていた狩人はその矢を放つことができなくなった。笛を吹いていた牧童は息ができなくなった、牛たちは草をはむことを忘れ、母親は子どもに乳を与えることを忘れた。カリンガが唸るのをやめると、国はまるで大きな魔法から覚めたようになった。誰もどのくらいの間カリンガが鳴っていたかを言うことができなかった。敵たちはカリンガを追い求め、燃やそうとした。するとカリンガは地中にもぐった。敵たちはカリンガを探したが見つけられなかった。いつかカリンガは地上に現れるかもしれない。誰もそれがいつになるか知らない。でも土の中に埋もれて、カリンガは常にルワンダを見守っている。なぜなら誰も太鼓の腹の中にあるものを明かしてはいないからだ。わしも知らん。カリンガの心臓を見た者はいない。それが秘密の中の秘密だ」

ルバンガの声は太鼓の名を発するとき、震えていた。彼は長い間黙った。

「よし……ということでわしがお前と女王のウムジムのために何をしたかをよく聞くんだ。わしは太鼓が埋まっている場所の真上に身を横たえた。すると夢の中で太鼓は女王のウムジムのためにすべきことを教えてくれた。おまえが女王のウムジムのためにすべきことだ。おまえは白人たちの学校に行っていた。しかし処女のままだ。それでわしはデイコの木でこの小さな牛乳の甕を彫った。子どものためのような小さな牛乳の甕だ。死者たちはあまり貪欲ではない。数滴で満足する。この枝と葉をおまえにやろう。ウムレンベだ。ウムレンベは死者を鎮める植物だ。なぜなら棘がないからだ。かつて、宣教師たちが来る前には、死者の手にこの葉を握らせたものだ。おまえはその白人のところにこの小さな甕と葉っぱを持って戻るんだ。まずこの小さな甕に牛乳をいっぱい入れる。イニャンボ牛の乳だ。いいかね、ほかの牛の乳ではだめだ。乳しぼりはたくましい若い戦士である必要がある。イントレだ。墓のまわりのキガビロまで行く。木の中にはデイコの木がある。わしは夢で見たのだ。葉っぱを牛乳で浸し、デイコの木にかけて言うのだ。『棘を持たずに戻ってください、ウムレンベのように』と。甕が空になったら、それを木の根元に埋める。しかし気を付けるのだぞ。その時までは甕は絶対に土に触れてはならない。土に触れたら甕はその威力を失う。このことを心にしっかりしまっておけ」

「ねえ、相変わらずあの狂った白人のところで女神をやってるの？」とヴィルジニアが聞いた。

「いけない？」とヴェロニカが答える。「あいつ、わたしにエジプト人みたいな服を着せるの。わたしに香水をつけたり、お香をたいたり、写真を撮ったりする。わたしの絵を描くこともある。スケッチしたりも。あいつはわたしに触れない。わたしはあいつの像で、人形で女神なの。わたしそっくりに描いた絵の前でわたしは踊る。時々別世界に運ばれたような気になる」

「フォントナイユの狂気があなたにも乗り移ったみたいね。なんか怖いわ。これがあなたにとってどういう結末になるのか心配よ」

「わたしが何を失うって言うのよ。あなたとわたしがこのリセで勉強し続けることにどんな意味があるのかってよく思うの。彼らが言うには、女性エリートを育てるって言うんでしょ。でもわたしたちの成績がいいのは、わたしたちが一番頭がいいからではなくて、それでもわたしたちはいちばんいい成績を取らなきゃならない。そのいい成績を取ることがわたしたちを守ってくれると信じるふりをしているだけじゃない。そのおかげで将来に少しは希望を持てるってね。他の子たちを見てよ。彼女たちの中には、授業に出ることが形式的なものにすぎないって子もいる。もうすでにお免状を持ってるかのよう、大臣の奥さんでもあるかのようにね。あの娘たちは公務員が役所に来るような感じで授業に出てるんだわ。成績は二の次なのよ。そこに彼女たちの関心はない。でもわたしたちは、どうなるの？　ツチのお免状はフツの娘のお免状とは違うわ。ほんとうのお免状じゃないのよ。お免状はまるで身分証明書のようなもの。ツチって書いてあれば、絶対に仕事なんか見つからない。白人のところでだって。クオータ制があるからね」

「そんなことはぜんぶ知ってる。だから丘の上で畑仕事していた方がよかったんじゃないかってよく思うもの。でも母さんはお免状がすべてを救ってくれるって思ってるの。わたしも家族も。で、相変わらずあの白人のところに行ってるわけね」

「そうよ。あのひと、描いたわたしの肖像画をヨーロッパに送ったんだって。それがとても評判になったって。写真も送ったらしい。そのおかげでずいぶんお金が入ったって言ってた。わたしのことを本物の女神だなんて言うのよ。彼に幸運を運んでいるんだって。そしてそのお金はわたしのものでもあるから、ヨーロッパで勉強するときに使ってくれるって。今ではわたしはヨーロッパでも知られていて、みんなわたしが来るのを待ってるって言うの。もしかしたらわたし、スターになれるかもしれない。映画みたいに。フォントナイユは狂ってるかもしれないけど、自分の妄想を実現した狂人。そしてわたしの夢も実現してくれるかもしれない。彼は自分の夢の中で生きてる。彼は国家試験に落ちたり、クオータ制のせいで正規の職に就けなかった若者を雇ってるの。彼はそういう若者たちにかつてのツチのように暮らしてほしいと言ってる。かつて宮廷に仕えていた人まで雇って彼らに踊りを教えさせたりもしてるのよ。それが彼の牧童や踊り手、イントレ、彼のエジプトの戦士なの。少年たちはそれを受け入れてる。彼は賃金も弾むし、いつか彼らに学校を見つけてやるなんて約束までしてるのよ。どうやってってのはわからないんだけどね。それまでは、彼らに長々と彼らのエジプトの出自を語るのよ。そのうち彼らが本当にそのことを信じるんじゃないかと心配なんだけどね。彼自身は自分が何者なのかもうわからなくなってる。ある時には偉大なツチの長、ある時はイシスに仕える司祭、あと、ヨーロッパからジャーナリストが、彼と彼の神殿についてのルポルタージュをするために来るなんて話もしてたわ。なんか短い映画も撮ったりするから、そこにわたしも出るんだって。わたしは女神になるの。スターになるのよ。彼らが連れてってくれないかなぁ」

「あなたも夢見てるじゃない。フォントナイユの狂気があなたを飲み込んでしまうかもしれない。気を付けるのよ。でも今度の日曜日、わたしがフォントナイユのところに行く」

「あなたも彼の狂気の中で演じるってわけね。いいわ。彼もあなたを待ってる。いつも聞かれるのよ。女王カンダケはどこだって。また来るのかって。あなたが来たら、彼は大喜びするわ。そしてカンダケの衣装を着せる。あなたが来るのを待っている衣装も見せてくれたのよ」

「わたしが行くのは、女王カンダケの扮装《ふんそう》をするためじゃない。あなたにも言えないことのために行くの。ひとりっきりで行かなくちゃならないの。お願いだから怒らないでね。わたしはあなたの場所を取るつもりはない。毎週日曜日に女王カンダケを演《や》るつもりはないの。でも一度だけあの場所にひとりで行かなくちゃならないの」

「何が何だかわからないわ。でもあなたはわたしの友だちだから、あなたを信じる。わたしをだますつもりがないことはわかるし。フォントナイユのところに行くのがあなたにとって、とても重要なことなのね。でもずいぶん謎が多いわね。日曜日にルタレの岩場に行くといいわ。ジープが待ってるから。フォントナイユ宛《あて》の手紙を渡すわね。わたしが病気で代わりにあなたに行ってもらうと書くわ。きっと彼は女王カンダケが来るから喜ぶとは思うけど、それにしても何が何だかわからない」

「何も言えないの。言ったら、ふたりに不幸が訪れるのよ」

「ああ、わたしのカンダケだ」とヴィルジニアがジープから降りるのを見てフォントナイユは声を上げた。ヴィルジニアはカバンをしっかりと胸に抱いていた。「待ってたよ。きっと必ず来るって信じてた。でもイシスはどこだ？」

「ヴェロニカは病気なの。あなた宛の手紙を預かっている」

フォントナイユは手紙を読んだ。ある種の困惑が顔に浮かんだ。

「ご心配なく。ヴェロニカはずっとあなたのイシスですよ。来週の日曜日には来ます。そして今日はわたしがあなたの女王カンダケになってもいいわ。でも一つ条件があるの」

「条件？」

「あなたの領地に本物の女王がいるの。その遺骨の上にピラミッドを建てましたよね。だからここに別の女王がいるのは我慢ならないことなのじゃないかしら。わたしたちルワンダ人は、ご存じの通り、死者の魂をとても恐れてるんです。彼らを冒瀆《ぼうとく》すると、ものすごく悪意を持つんです。わたしは本当の女王ではありません。もしニイラマヴゴがわたしが女王を装っているのを見たら、その魂は怒りに満ちます。わたしを追いかけてきて、そしてあなたも一緒に復讐されます。だからわたしはまず捧げものをして彼女を納得させたいのです」

フォントナイユは一瞬ためらい、どういう意味かを理解しようとした。ヴィルジニアの言葉が何を隠しているのか。そして突然興奮が彼を襲ったかのようだった。

「うん、うん、そうだ。わたしの女王。わたしの女王を拝むべきだ。もちろん、かつての女王を拝むべきだ。女王カンダケたちのピラミッドの下に眠る女王のことだね。そしてメロエの柱で見たおまえが、時の鎖を繋げてくれるんだね」

フォントナイユは目をつむった。まるである光景の放つ輝きのまぶしさに耐えきれなくなったように。彼の両手は震えていた。ヴィルジニアにとって終わらなく感じられるほど長い時間の後、彼はようやく落ち着きを取り戻した。

「それで何をしたいのかね、女王？　おまえの言うことをなんでもしよう」

「ルワンダ人にとって一番貴重なものを捧げるだけです。牛乳です。女王にふさわしい牛乳がありますよね。イニャンボ牛の乳です」

ヴィルジニアはカバンから小さな牛乳の甕とウムレンベの葉の付いた枝を取り出した。

「この甕をいっぱいにしなくちゃならないんです。女王にはそれだけが必要なのです」

「おいで、うちの牧童がその甕に朝搾った乳を入れてくれるよ。そして女王の墓まで行こう。きみは女王に対してすべきことをしたらいい」

フォントナイユが墓の茂みに入ろうとすると、ヴィルジニアが声をかけた。

「ムッシュー・ド・フォントナイユ、お願いですからわたしのことを怒らないでくださいね。でもキガビロにはわたし一人で行かなくてはならないんです。ここは禁忌の森です。たぶんあなたは木を倒しましたよね。土も掘った。女王の遺骨を地上に晒した。その上にあなたの建造物を建てた。あなたは白人です。それでもキガビロを冒瀆したのです。あなたがわたしのそばにいると、女王はもしかしたらわたしからの捧げものを受け取ってくれないかもしれません。死者の怒りを買えば、その悪意を受ける危険があるのです。もしかしたらあなたたち白人たちには関係ないかもしれない。でも復讐はわたしのところに来ます。ですから、お願いですから、怒らないでください」

「いやいや、カンダケ、わたしは怒らないよ。むしろ逆だ。わかるよ。わたしは儀式を護る。家に戻ったら、女王カンダケの衣装を着てくれ。きみの絵を描くよ。イシス、カンダケ、証拠が増えてきたな。ツチが消え去る運命であってもわたしは彼らの伝説の守り人になるのだ」


ヴィルジニアは古い無花果の木々の曲がった幹の間をすり抜け、ピラミッドが建っている土地を避け、不気味な深い茂みの中に赤い花の木を探した。ふとある考えが浮かんだ。「もしへビが枝の後ろからわたしを見ていたら……」彼女は足を速め、森の奥の端までたどり着いた。「ルバンガはわたしを騙したんだわ。ただの詐欺師《さぎし》じゃない」と思った。でも茂みから出るとさほど遠くないところに一本の木がひっそりと立っているのを見つけた。赤い花が咲いているわけではなかった（花は乾季にしか咲かないことはわかっていた）。でもそのくぼみのある幹、曲がりくねった枝で自分が探していた木だとわかった。デイコだ。ウムリンジ、守り神と敬意を持って呼ばなくてはならない木。ウムウィルたちがずっと大昔に女王のウムジムを迎えるようにと選んだ木。ヴィルジニアは木の周りを歩き、ウムレンベの枝を甕の中に浸し、女王のウムリンジに牛乳の雫を振りかけた。振りかけながら唱えた。「棘を持たずにお戻りください、ウムレンベのように」小さな甕が空になると、ヴィルジニアは木の根元にひざまずき、平らな石で穴を掘り、そこにその小さな甕とウムレンベの枝を埋めた。立ちあがったとき、彼女はデイコの葉が震えたような気がして、自分も静かな力に満たされるような気がした。「これで、女王のウムジムはわたしの恵みになるんだわ。わたしは彼女のお気に入り。でもこの世に生きているお気に入りね」

ふたりが館のほうに下りていくと、ボーイがひとり息せき切って駆け寄り、客が来ていると伝えた。

「旦那《だんな》さま、旦那さま、お客様です。年取ったパードレが、あの髭の長いパードレです。イピキピキに乗ってきました」

「あの老神父パンタールか。まだあの歳《とし》でバイクに乗っているとは。またわたしを聖書の素晴らしさに目覚めさせようとしてるのだな。きっときみも改宗させようとする。もう二十年も続けてる。あいつの話を聞くんじゃない。きみがどこから来たかを教えたのが誰かを忘れるなよ。メロエから来たんだ。きみを女王カンダケとして見つけたんだからな」

ペール・パンタールは大広間で待っていた。彼が座っていた小さな竹の椅子はその巨大な体格に押しつぶされそうになっていた。泥まみれの白い法衣にはまるで狩人がその弾入れですることに大きな玉のロザリオがかけられていた。一族の長のような長いひげがヴィルジニアに強烈な印象を植え付けた。

「フォントナイユ。相変わらず純朴な若い娘を悪魔の礼拝堂に連れて行ってるようだな。おまえの変態性もたいがいだが、それでわしは少し安心している。なにしろおまえはもうそういう年齢ではないだろうし、おまえのお気に入りは四千年前の女王たちなのだからな」

「どうかお恵みを、神父さま、わたしはたくさん罪を犯しました」とフォントナイユは笑いながら言った。「この若い娘はヴィルジニアという名前です。わたしは彼女の絵を描いているのですが、同時にそれは二千年前の女王の肖像画でもあるのですよ」

「お嬢さん、このフォントナイユの話を聞くのではない。わたしの話を聞きなさい。おそらくおまえはツチだろう。なにしろフォントナイユのところにはツチしかいないのだからな。わしがルワンダに来た時、もう四十年前になるが、司祭もベルギー人も大事なのはツチだけだった。ある時王を代えなくてはならなくなり、新しい王に洗礼を授けようとしたのだよ。われわれが望んだのはあのコンスタンタンだった。だがベルギー人と司祭たちは豹変《ひょうへん》して、大事なのはフツだと言い出した。民主的な心優しい農民たち、主のひたむきな仔羊《こひつじ》たち。まあ、わしには何も言うことはできない。わしは大司教さまに従うだけだし、若い宣教師たちは多数派の民主主義者たちが言うことを鵜呑みにしておる。でもわしはもう四十年もの間研究してきた。こちらに聖書、こちらにツチ。すべてが聖書のなかにある。ツチの歴史もほかの物語もすべてだ」

「パンタール、パンタール、おまえの理論にはもううんざりだ。ヴィルジニアは何も聞かないだろうよ」

しかしペール・パンタールも聞く耳を持たなかった。彼は引き続きヴィルジニアに向かって話し続けた。彼の話は終わりのない独演会で演説とも説教とも言えた。ノアにまでさかのぼることなく、モーゼから始めてもよかった。ヘブライ人たちはエジプトを脱出した。モーゼは紅海の水を杖で真っ二つに割った。でも中には道を間違えた者もいたのだ。彼らは南の方に向かった。彼らはクーシの国にたどり着いた。それが最初のツチだった。その後サバの女王が現れたが、彼女もまたツチだった。彼女はソロモンを訪問して、戻ってきた時には大王との間にできた子どもを抱えていたのだが、その息子は後に皇帝になった。その国ではユダヤ人がツチになっていてファラシャと呼ばれていた。その話を聞いてもヴィルジニアにはその話の最後になぜすべてがルワンダで終わって、そこではツチが真のユダヤ人でソロモン王の鉱山の秘密を知っているウムウィルの話になってくるのか、どうしてもわからなかった。

フォントナイユは笑っていた。両手を天に上げ、そしてウィスキーを注いで、客に勧めたが、客のほうはそれを断っていた。だがそのうち、その断り方がどんどんゆるくなり、とうとう最後には受け取ったのだった。ヴィルジニアはペール・パンタールの話の腰を折ることができないでいたが、日がじきに沈むと見えたとき、フォントナイユの耳にささやいた。

「もう遅いわ。もうリセに戻らなくては。送ってください」

「神父、わるいがね」とフォントナイユは割って入り、言った。「ヴィルジニアはリセに戻らなきゃならないんだ。運転手に彼女を送るように言ってくるよ。ヴィルジニア、また日曜日に来て欲しい。きみを女王カンダケとしての姿で見たいんだ」

「お嬢さん、わしが言ったことについてよく考えなさい。あなたの民の不幸への何らかの慰めになるでしょう」

とパンタールが言った。

「ねえ、ヴィルジニア、フォントナイユのところで女王をちゃんとやったの?」とヴェロニカが聞いた。

「わたしはすべきことをした。でもツチが人間じゃないことも学んだ。ここではわたしたちはイニェンジ——ゴキブリなのよ。あとヘビとか、害のある生き物。白人たちのところでは彼らの伝説の英雄だけれどね」

ボードワン国王の娘

イースター休暇が明けた新学期、修道院長は寄宿生の自由をどれくらいまで認められるかを示そうとしたのか、彼女たちの「部屋」の仕切りに飾り付けをすることを許可した。「趣味よく、控えめに」と付け加えて、ナイルの聖母の御絵をベッドのヘッドの上の飾り用に配った。グロリオザはみんながナイルの聖母の御絵の横に大統領の写真を飾ったことを確認した。ルワンダでは、すべての人々の活動は大統領閣下の写真のもとで行われる。どんな質素な店でも、国家元首の写真は埃で真っ赤になっていたが、棚の上から見守っていた。その棚には塩の袋やマッチ箱、ニドのミルク缶が三個並んでいたりする。最も下品なキャバレーでも写真はバナナ・ビールの甕とひと箱だけあるプリムスの瓶のケースの上で揺れていた。裕福なひとたちや権力者たちの家の広間では写真の大きさが競われていた。大統領の写真の大きさは多数派の民の解放者に対する役人や商人の忠誠心の表れだった。家の女主人は毎朝かいがいしく愛すべきリーダーの写真からわずかな埃までを払うが、それを怠《おこ》たりでもしたら大変なことになる。

敬愛される写真を批判することができたのはゴレッティだけだった。「わたしは大統領が大好きよ。でもこの写真については、大統領らしい服を着て欲しかったな。ケピ帽をかぶってすてきな肩章のついた軍服を着て。袖には何本もラインが入っているの。上着にはメダルがいっぱい。ほかの大統領はみんなそうしてるのに、うちの大統領は背広着て、まるで神学生みたい」彼女の周囲で誰もが聞こえないふりをしていた。グロリオザの反応を待っていたのだ。彼女がなかなか応じずに比較的穏やかな口調で話しだしたのにはみんなが驚いた。「わたしたちの大統領が民衆に語りかけるのに制服なんていらないのよ。彼のことはみんなが理解できる。そこがあんたのお父さんの大佐と違うところね」火山のふもとに住んでいてゴリラの隣人だという北の人々の話し方をあざ笑うことはあまりにも定番のジョークだったので、そのことで衝撃を受ける者は誰もいなかった。みんなが理解できなかったのは、グロリオザがいつものように激しい攻撃をしてこなかったことだ。党の要請、そして特にグロリオザの父親の要請に対してここまで明らかに否定的なことを言っていたのに……。鋭い洞察力を持つ子たちはそこから、軍人、特に北部の軍人はよっぽど力を付けてきたのね、大統領でさえ彼らのことを無視できなくなってるんだわという結論に至ったのだった。するとたんにゴレッティの態度からも急にぎごちなさが消え、言葉遣いも下品でなくなったように見えた。彼女たちはいつものあざけりの言葉を飲み込み、ゴレッティに対して好意的な態度を示したが、ゴレッティはまたそれを見下すようなあたたかさで受け入れるのだった。

生徒たちにとってそれぞれの寝室の仕切りを修道院長の指示に従って飾り付けるというのはなかなか難しいことだった。とりあえず伝統的な幾何学模様のパネルや可愛《かわい》らしい花の刺繡《ししゅう》が施されたハンカチ、両親や一族が姉あるいはいちばん上の兄の結婚式の際に全員集合したときの写真などを飾ってみる。でも生徒たちはその出来栄えに決して満足していない。現代の新しい若い娘、植民地時代なら「進んだ」と言われる娘はこんなふうに部屋を飾らない。何が必要かを彼女たちは知っていた。写真だ。それも長い髪の若者、「サングラス」と言われるメガネをかけた歌手とか、金髪の女の子、本物のブロンドの女の子でマダム・ド・デッケルよりもブロンドの娘たち、フランス文化センターで観られる映画に出てくるような水着姿で浜辺にいる長いブロンドの髪の娘たち、そんな写真が必要だった。もちろんそんな写真はナイルの聖母《リセ・ノートルダム・デュ・》学園《ニル》にはない。でももしかしたら、とイマキュレが提案する。フランス人の先生たちなら持ってるかもしれない。彼らは若くて独身だし、特にムッシュー・ルグランなら、髭面でギターも弾く。グロリオザがヴェロニカに、ルグラン先生のところに行って生徒たちのために雑誌を数冊もらってくる役を命じた。「あんたみたいなツチの娘は白人たちの扱い方を知っているからね。今回は共和国の悪口を言うためじゃないし」ヴェロニカの頼みにルグラン先生は気をよくしたみたいで、翌日すぐに授業に雑誌の山を持ってきた。パリ・マッチ、サリュ・レ・コパン、などだ。「もっと欲しければ、またぼくのところに来てもらえれば」とルグランは言い、幾人かはその誘いが特に自分に向けられたものだと確信した。

雑誌は熱心にめくられた。長い時間かけて話し合い、交渉して、写真は切り抜かれ、分配された。かなり激しく競われたのはジョニー・アリデイ、ビートルズやクロード・フランソワの写真で、女性たちについてはフランソワーズ・アルディがギターと写っているのはちょっと寂しげだと感じられ、ティナ・ターナーとミリアム・マケバのはその肌の色でみんなの関心がよせられた。だが、一番人気があったのはナナ・ムスクーリで、それはそのメガネのおかげだった。みんなブリジット・バルドーの写真を欲しがったが、足りなかった。グロリオザがその数枚を彼女の取り巻きに分け与えた。わずか数人が慎重さからか、あるいは真の信心からか、教皇の写真とルルドの風景、ローマのサン・ピエトロ寺院あるいはパリのサクレ・クール寺院の写真にとどめていた。

修道院長が「部屋」の点検に来ると、思わず「まあ、なんてこと」と声に出さずにいられなかった。その「まあ」には驚きと憤慨と怒りとが込められていた。

「見てください」と一緒に見回りについてきたペール・エルメネジルドに言った。「わたしたちが世の中の悪からこの子たちを守ろうとしているのに、世の中のほうがわたしたちの扉を押し開けてきたのですわ。でもこの忌《い》まわしいものを誰が与えたかわかるような気がします。厳しく言ってやりましょう」

「悪魔はあらゆる顔を持つのです。この善良な国ルワンダも本当に脅かされているように思えますね。心配です」と司祭は答えた。

修道院長は厳しく生徒たちを叱り、日曜日の外出を二回禁止にした。もちろん教皇様の写真を貼《は》った子たちはその限りではなかった。彼女はまた生徒たちに自分たちでそのはしたない写真をはがしてペール・エルメネジルドに渡すように命じた。それでも少しは自由を尊重しているところを見せるために、アダモとナナ・ムスクーリの写真だけは対象外とした。司祭はこれ見よがしに男性の歌手の写真を破り捨てたが、ブリジット・バルドーの写真は見逃されて、数枚がこっそりと法衣のポケットに滑りこんでいったのをみんなは気づいていた。

　修道院長とペール・エルメネジルドは明らかにゴドリーヴの部屋にはまったく関心を見せていなかった。とはいえ、仲間たちはゴドリーヴの飾りつけにはずいぶんと戸惑っていたのだ。聖母と大統領の肖像という規則で決まった写真のほかには一枚しか写真が飾られていなかった。それがベルギーの国王夫妻、ボードワン国王とファビオラ王妃の全身の写真だった。また国王夫妻の写真は雑誌から切り抜かれたものではなく、本物の写真であることもみんな気づいていた。なぜこの写真を選んだのか、またどのようにして手に入れたのかを聞かれても、ゴドリーヴは思わせぶりに謎めいた態度になり、誰にも言えないというだけだった。じきにわかるとも言った。グロリオザは何もわからないことに苛立《いらだ》ち、ゴドリーヴが礼拝堂の掃除当番でいないときにそのトランクをこじ開けようともしたが、鍵はしっかりかかってびくともしなかった。

　数日後、修道院長が自習室に全生徒と教職員全員を集めた。壇上に上がる時、彼女はとても感動しているように見えた。いつになく母親のような温かさで生徒たちを眺め、言った。「娘たち、わたしたちは大きな出来ごとに立ち会うことになります。歴史的な事件と言ってもいいでしょう。わが校、ナイルの聖母学園がベルギーの王妃をお迎えする栄誉を授かりました。ファビオラ王妃です。このたびボードワン国王とお妃《きさき》さまがルワンダを公式訪問されます。大統領と国王さまが政治と発展の話をなさっている間、王妃様はキガリのプルミエール・ダムの孤児院を訪問されますが、同時にルワンダ政府の女性の地位向上政策にも敬意を払い、奨励されることを強く望まれました。その政策の一番の例がわたしたちのリセです。ご存じの通り、ファビオラ王妃はとても心が広く信心深い方です。それでこのリセを訪問してくださることになりました。わたしたちは王妃様にルワンダのありのままの姿にふさわしい歓迎をしなくてはなりません。平和的で善良なルワンダです。王妃様に随行するのは女性の地位向上大臣、もしかしたら大統領夫人もお見えになるかもしれませんが、まだそれはわかりません。当校での滞在時間は　日か半日、まだ正式なスケジュールを受け取っていませんが。とにかくわたしたちはこの素晴らしい行事を一ヵ月で準備するのです。必要なら授業は少し軽くしましょう。みなさんにお願いします、特に先生方、男性の先生方、わたしたちの記憶に永遠に刻まれることになるその日が成功するように情熱を持って貢献してくださるようお願いします」

王妃訪問の準備期間の楽しげな喧騒《けんそう》は生徒全員を魅了した。みんながあちこちに行ったり来たり、叫び、騒ぎ、ボーイたちも廊下、教室、食堂、礼拝堂の壁を塗りなおすのに大忙しだった。大自習室の机は移動され、壁は大統領とベルギー国王の肖像画が施された布で覆われた。授業はしばしば中断された。突然フレール・オーグジルが、コーラスの練習をするからと聖歌隊のメンバーを呼びに来たり、そのすぐ後にキニャルワンダの先生が踊り手を選ぶと言って現れたりもした。ほぼ毎日、キガリから代表がやってきて指令を出したり、準備が滞りなく進んでいるか確認したり、警備措置などを決定したりした。文部大臣が官房長を、大司教がその配下の司祭のひとりを、ベルギー大使が一等書記官を送り込んできた。大統領府の儀典局長は自ら出向き、長い間修道院長と市長と話し込んだ。最近市長はいつもリセにいて、息を切らして汗を拭きふき、廊下で、階段で訪問者から訪問者へと渡り歩き、儀礼に従っていつも修道院長に先んじようとしていた。突然ランドローバー、あるいは軍の車が到着すると、生徒たちは窓辺に駆け寄り、必ず誰かが公用車から降りてくる中に兄とか隣人とか、友人がいると騒ぐのだった。そして許可を待たずに、教師たちの無力な叱責《しっせき》にもかかわらず、彼女たちは教室から出て訪問者に挨拶しに行くのだった。

リセは異常時の活動でてんやわんやの大騒ぎだった。女性の解放がいかに進んでいるかを示すために、修道院長の躊躇《ちゅうちょ》をよそに、そして女性の地位向上大臣の要請を受けて、制服のスカート丈《たけ》を短くした。この女大臣はまた白いシャツも送ってきて、それまでの黄色いシャツと替えさせた。シャツはほとんど透けていて、それにペール・エルメネジルドは満足げだった。とはいえ、彼も修道院長の前ではあからさまに渋い顔をしてはいたのだった。ある日の午後などはずっと、ボレロにルワンダとベルギーを表す色の紋章を縫い付ける作業と試着に費やされた。右にベルギーの紋章、左の心臓のところにはルワンダの紋章。一年生の生徒たちは王妃に送るために籐で編んだパネルを作り、そこに赤と黒の糸で「王妃様バンザイ、大統領バンザイ、ベルギーとルワンダの友好が長く続きますように」と刺繍した。フレール・オーグジル作曲の歌は市長と特に党のお目付け役のグロリオザの検閲にかかった。グロリオザの言い分は、あまりにも王や王妃をほめたたえるのは共和国にふさわしくない、特に近年バミと貴族階級の圧政から解放されたこの国でいかがなものかというものだった。だから作曲家は農民の鍬と平和な発展を歌うように。また、この国がようやく民衆の手に渡ったのは、大統領の英知とベルギーの支援もあってのことだ。そしてどうしてもと言うなら、イマーナの明らかな守護と聖母マリアの庇護《ひご》のもとと付け加えてもいい。フレール・オーグジルは懸命に言われたとおりに歌を書いた。しかし生徒たちはルワンダ国歌の後に彼が歌うことを提案したブラバントの歌（ベルギー国歌）を歌うことはきっぱりと拒絶したのだった。

　ニャミノンベの住民たちは王妃を歓迎するために動員された。もちろん王妃にはリセから三キロメートルも離れたこの地区を訪れる時間はない。でもすべての住民は、敬意を払うために列を作って道路の脇《わき》で小さなルワンダとベルギーの国旗を振ることになっていた。そして今はその旗が配達されるのを待つばかりになっていた。民衆は王妃の行列が通ったら「ファビオラ、オイェ、大統領、オイェ」と叫ぶことになっていた。女王、ウムワミカジ、という言葉は禁止した。突然誰かに懐かしさを芽生えさせないためだ。イミガンダ、公的事業は公道の轍《わだち》を埋めることに費やされた。あちこちにあるユーカリのそばにはバナナの木を植えた。一般的にはバナナの木はこのあたりの高地には生えず、通常公式の行列が通る低い場所に生えている。軍の部隊がリセの近くに駐屯し、見回りも頻繁になされた。まさか王妃がナイルの源泉まで足を延ばしたいなどとは言わないだろうと若干懸念した（そもそもその予定はない）。というのも最近悪天候で少し見すぼらしくなっていた聖母像をきれいにする時間も資金もなかったからだ。

ゴドリーヴの態度は相変わらず謎めいていた。彼女はしたり顔で王妃の訪問の準備を見守っていたが、できるだけそこには参加せず、またいかなる質問にも答えなかった。それは仲間たちをひどく苛つかせた。しかしながら彼女はほかの生徒よりもはるかに熱心にリセの校庭に入ってくる車を見守り、門扉が開く音に毎回びくっと身体を震わせていた。彼女が荷物すべてをトランクにしまい、まるでリセから出るつもりであるようだとみんなは気づいていた。その大事な日の一週間前、ゴドリーヴは修道院長の執務室に呼ばれた。最終学年《テルミナル》の生徒たちは彼女が出てくるのを待ちかまえ、彼女の部屋までついてきた。ゴドリーヴはベッドに腰かけ、長い沈黙の後、仲間たちが絶対にそこから動くことはないと知ってとうとう話し始めた。

「みんな聞いて。みんなとお別れしなくてはならないの。わたしはここから出ていく。そして多分長いこと戻ってこない」

「何処《どこ》に行くの？」

「ベルギー。王妃様と一緒に」

「あんたが王妃様と一緒にここを出るって？」

そこにいた生徒の間を驚きのささやきが走った。

「これは秘密なの。これから話すけど、みんな誰にも言わないでね。誰にも。特に、ほかのクラスの子たちには。誓って」

みんな厳粛に沈黙を守る約束をした。

「みんなも知っている通り、ボードワン国王とファビオラ王妃の間にお子さんはいないの。ふたりには子どもはできない。それが彼のせいなのか彼女のせいかは知らないけど。子どもができないなんて悲しいわよね。特に国王と王妃にとっては。彼らは絶望しているの。だから大統領は考えたの。お二人が大統領のお招きでルワンダにお見えになるのなら、おふたりに最高の贈り物をしようと。それは子どもを差し上げることだと思ったのね。わたしたちの国ではそういうことをするってみんな知ってるでしょ。子どものいない家族は家族じゃないもの。そんな不幸な状態のままにはしておけない。だから兄弟とか、親戚とか、ご近所の人で、子だくさんの人がいたら、ひとり子どもをあげなくちゃならないの。そうしないってことは、その家族を軽蔑しているってことで、彼らに悪意を持つってことになるのよね。自分の子どもをあげれば、その子は別の家族の子になる。それでも自分の子に変わりはない。別の家族を助けたからその家族は自分にずっと敬意を払って、感謝する。そういうことを大統領はしようとしているの。大統領は自分の娘を国王に差しあげるつもりなの。ルワンダのために」

「それで、あんたがベルギー国王に差し出されるっていうの？　その年で？　あんたみたいに太った子が。あんたのあの成績で？　もうファビオラの娘になるつもり？」

「違うわよ。大統領は自分の娘のひとり、次女のメルシアナをあげるの。彼女は九歳で、肌の色もとても薄いの。彼女はとても母親に似ていて、まるで白人みたいなのよ」

「ならあんたは、その話の中でどうなってるのよ」

「わたしはベルギーまでメルシアナのお供をするの。だって彼女がホームシックにかからないように誰かキニャルワンダで話せる人が必要でしょ。そして欲しがったときにバナナとかマニヨックの料理をできるように」

「ああ、じゃあんたは彼女のボイエスになるのね。それならわかる」

「あなたたちは賢いつもりのようだけど、ほんとになにも知らないのね。王妃や王女っていうのはみんな侍女がいるのよ。わたしたちの国でもかつてはそうだった。とても身分が高い人たちで、良家の子女たちだったのよ。みんな身分の高い貴族から選ばれたの。そのひとたちは『お付き』と呼ばれてた。王妃や王女のお付きになるのはとても名誉あることなのよ」

「ならなんで大統領はあんたを選んだのよ」

「うちの父親は政治家ではないの。みんなも知ってるように銀行家なのね。父はとてもお金持ちで、ずいぶん前から大統領とは知り合いなの。ふたりはレジオ・マリエで一緒だったの。だから信頼があるの。大統領が父に言ったの。『ルワンダの最高のリセで教育を受けたきみの娘なら、わたしは安心だ。わたしの可愛いメルシアナの面倒をよく見てくれるに違いない。わたしはこれをルワンダのためにする。わたしの娘を捧げることで、ルワンダを貧困から救うことになる。子どもの代わりに白人たちはわれわれを援助しなくてはならなくなる。われわれは彼らの一族になる。これは血の契約以上のものだ。メルシアナには父親がふたりできる。わたしとボードワン国王だ。われわれは子どもを介して繋がる』って。だから父もためらわなかった。それでわたしが大統領の娘に随行することになったの。それにわたしもベルギーで生まれているし、何も覚えてなくても少しはベルギー人なのかもしれない。順応するにはそのほうがいいでしょ。もういいかしら。荷物をまとめなくちゃならないの」

クラスの全員がすぐさま図書室に集まった。ゴドリーヴの打ち明け話について語るためだ。この議論のわずかでも誰にも聞かれないように、こっそりと資料室に閉じこもることにした。ゴレッティはすぐにゴドリーヴの言ったことを一つも信じないと言った。なんか作り話をしていると。大統領が本当に自分の子どもを捧げるなら、なんでリセでいちばん醜《みにく》くて一番バカな子を選んだのよ。娘の友になるための子を。もしかしたら彼女の父親がそのためにお金を払ったのかしら。それとも何か特別な約束をしたとか。グロリオザは憤慨を隠そうともしなかった。

「また、大統領の悪口を言うのね。あんたによくないことが起きるわよ。ゴドリーヴは言ったでしょ。大統領が娘を捧げるのは国のためよ。メルシアナはもしかしたら女王にならないかもしれない。でもベルギーの王族にはなるのよ。きっとどこかの王子と結婚させる。ベルギー人はわたしたちを援助せざるを得ない。彼らにとっても不名誉なことじゃないかしら。その国の王女のひとりの故郷がずっと貧乏だなんて。それにゴドリーヴは本物のルワンダ人よ。それは間違いない。そういうことは成績とか、美しいかどうかなんてなおさら関係ないわ。彼女なら多数派をちゃんと代表してくれるわ」

モデスタが言った。

「でももしファビオラが不妊症なら、なぜボードワンは別の妻をめとらないのかしら？　王様ならそういうこともできるでしょ。だって絶対に跡継ぎが必要だもの」

「ボードワンは敬虔《けいけん》なカトリック教徒なの。離婚はできない」

「でも教皇様と話し合うことはできると思うの。王様ならできる。だって普通の人じゃないもの。彼らならお金を払って、マタビシュを渡す。そしたら教皇様は前の結婚は成立しないって言えばいいのよ」

「いい、いいこと教えてあげる」と言ったのはイマキュレだ。「不妊症なのはファビオラじゃないの。ボードワンが不能なのよ」

「ちょっとどこからそんな情報出してくるのよ。恥ずかしくないの？　お母さんに聞かれたら……」

「うちの父が言ってたのよ。これはいつも友だちなんかに言ってることなの。いつか広間でお客様にプリムスをお出ししているときに話しているのを聞いちゃったの。みんなすごく笑ってた。父はコンゴ独立の日にキンシャサにいたの。当時はまだレオポルドヴィルだった。父が話したことを全部見ていたのか、人から聞いた話かはわからないんだけど、こういう話なの。

空港に着いたボードワン国王は、アメリカ製の大きなオープンカーに立って乗っていた。映画で見るような大きな車ね。ボードワンは銅像のように直立不動で、真っ白な素敵な制服を着て、大きなケピ帽をかぶっていた。彼のそばには金の飾りがいっぱい付いた大きな剣があった。王様の剣よ。いっぽう隣にいたコンゴ大統領のカサヴブはとても小さく見えた。大通りにはひとがいっぱいいて、大勢の警官もいた。そしたら人ごみの中からひとりの男が出てきた。背広にネクタイというきちんとした身なりの若者だった。彼がどうやったのかはわからないけど、警官たちのバリケードを越えて、ゆっくり走っていた国王の車を追いかけたの。そして突然ひょいっと剣を手にしたらしいの。王様の剣を盗《と》ったのよ。そして頭上高く振りかざして、彼が本当にベルギー人の王の剣を盗んだことを人々に見せたの。車は引き続き進んでいたんだけど、王は相変わらず微動だにせず立っていて、何も起きてなかったかのように、何にも気づかなかったかのようだった。何かにとり憑《つ》かれているようにも見えたって。しばらくして、王の剣を持った男は捕らえられたんだけど、みんなが言うには、剣を盗ったのはその男じゃなかったって。本当の泥棒はマフングだった。人間じゃないの。霊、ウムジム。修道院長様なら悪魔っておっしゃるかもしれない。マフングは、人だか、霊だか、マフングの霊に憑かれたひとだか知らないけど、偉大な魔術師だった。彼は王の剣に毒《ダワ》を仕込んだのね。剣はボードワンに返されたんだけど、それからボードワンは不能になったの。治すためにあらゆることがなされて、ヨーロッパとアメリカのあらゆる医者に診てもらった。でもダワのほうが何よりも強かった。白人の医者たちは何もできなかった。ブリュッセルにタンザニア、ブハからも魔術師を呼び寄せたりもしたそうよ。でもこのことについてはたぶん父は大げさに言ってるんだと思う。確かなのは、ボードワンには子どもができないってこと。これが父が語っていることよ」

クラスの生徒全員がイマキュレの話に同意した。ゴレッティはみんなの感想をまとめた。

「そうね、いつも気を付けなくちゃ。いつだってわたしたちを不妊にしようとする毒盛りがいる。わたしもそういう人を知っているわ。ファビオラにはあまり近づかないほうがいいわね。おそらく彼女も毒を盛られている。そしてそれは伝染するかもしれない」

その後の日々、みんなの関心は大統領府の車がゴドリーヴを迎えに来るのか、それとも彼女が王妃の訪問の後に一緒に出ていくのかだった。ゴドリーヴはもう誰とも言葉を交わさず、高慢な微笑みで彼女に話しかける娘たちに対応するのにとどまった。ゴレッティは引き続きそれらはすべて嘘と自慢だと確信していた。グロリオザは党から何も指示を受けていなかったので、慎重にしていたが、それでもルワンダの利益のためにはもっと「政治的にふさわしい」娘を選んだ方がよかったのではないかと言っていた。それはまだ幼いメルシアナに助言を与える役回りだったからだ。ゴドリーヴはイマキュレだけを自分の「部屋」に呼んだ。イマキュレはリセ全体から優雅さの番人とみなされていて、白人たちの美貌の秘密を熟知しているという評判だったのだ。

クラスのほかの子たちに話していることによると、ゴドリーヴはメイクとヘアメイクについて質問をしてきたらしい。マダム・ド・デッケルの爪が赤いことに気づき、マニキュアについてもすべて知りたがり、足の指の爪についてもどうしたらいいのか聞いてきた。また、唇に塗るものもないのかと尋ねた。香水についても聞かれた。パキスタン人の商人のところで買えるアマラシではなく、本物の香水。パリから届いて白人の女性たちが身に振りかけるあれは何と言うのか。でも特に聞きたかったのは肌の色を白くするための製品だった。市場で買うミロのヴィーナス印のチューブ入りクリームよりもずっと効果のある製品。彼女は見たのだ。ルグラン先生がくれた雑誌の中で多分アメリカ人と思わしき黒人の女性たちの肌がほとんど白くなっていて、髪の毛もまっすぐで黒々と輝いていた。さらに、ゴドリーヴがどのようにしたらそうなるのかを疑問に思っていたのが、その女性たちの中には金髪になっている人もいたことだった。

ゴドリーヴはとても不安だった。周りが全員ブロンドの白人で香水を振りかけている女性たちの中にあって、彼女はどのように見られるのだろうか。イマキュレの話はクラス中を笑わせたが、王妃の訪問の二日前、大きな黒い車が朝早くにゴドリーヴをこっそり迎えにきた。寝間着姿のまま駆け付けた生徒たちも門扉から出ていくメルセデス・ベンツしか見ることができなかった。ゴドリーヴは後ろの窓から大きな身振りで手を振っていた。ある者は彼女たちに別れを告げたのだと言い、他の者は自分たちをあざ笑っているのだと言った。

同じ日、大きな失望がもたらされた。市長が息せき切ってやってきて、電話で受けたばかりの大統領府からの指示を修道院長に伝えた。修道院長は教職員たちと職員を全員集め、状況と新たにすべきことを伝えた。その後そのことを生徒たちには慎重に知らせることになる。ファビオラ王妃のスケジュールはとてもつまっていた。大統領夫人の孤児院のほか、王妃はガタガラにある障害を持つ子どもたちの受け入れセンターに寄付もしなくてはならなかったし、ベネビキラ・マリア修道会の修練所も訪問予定に入っていた。もちろんナイルの聖母学園は引き続き予定に入っていたが、一時間以上の滞在は不可能だった。それに王妃は絶対に生徒たちの学習の時間割の邪魔をしたくないと言っていた。でも少しだけ授業を見学して生徒たちを励まして、また女性教育のために政府がしている努力にも敬意を払おうとしていた。だから歓迎のあいさつを短くして、フレール・オーグジルのほとんどすべての歌を諦めざるを得なかった。踊りも短縮しなくてはならない。大自習室に回ってからという移動はできなくなるので、天気が許せば王妃をお迎えするのは校庭でということになった。天気が悪ければ、玄関口に引っ込む。王妃は少しだけ——市長が言うには十分程度——スール・リドウィヌの地理の授業を見学することが決まった。授業内容はルワンダの農業についてだ。午後予行演習をすることになった。ファビオラ王妃がなさるであろう質問を予想し、それに対する答えも準備する。王妃が学校を発《た》つ直前に最終学年の生徒たちがプレゼントをしてフレール・オーグジルの聖歌隊が国歌と、もし時間が許せばほかの歌を歌う。

ベルギー人の教師たちは抗議した。王妃にはひとりひとりが紹介され、個人的に少しの間お話ができると約束されていたのだ。その甲斐《かい》あって、彼らは教室の前の廊下で待機することが許された。ファビオラが通ったら、挨拶ができるように。そうしたらファビオラも一言二言は声をかけることだろう。フランス人教師たちは自分たちには関係ないけど、記念に何枚か写真を撮ろうかなどと言っていた。市長はそれを厳しく禁止した。

その翌日、つまり王妃訪問の前日はさらに騒ぎが大きくなった。治安維持の職員がやってきた。彼らとともにダークスーツに身を固めた五人の白人の男性——おそらくベルギー人が現れた。彼らはせかせかとしていて、ものすごい速さで歩くものだから、市長はふうふう言いながらようやく彼らの後についていた。彼らは修道院長と執務室で話し込み、生徒たちの精神状態について聞き、教職員の名簿を調べ、若いフランス人の兵役免除《コオペラン》についてもう少し詳しく聞いた。彼らはまた市長に地域の状態を尋ね、市長は今までにないほどの静けさですと答えた。民衆の精神状態もとてもよく、この訪問を待ち遠しく思っていて、王妃様も熱烈な歓迎を受けることだろう、と彼自身があらゆる準備を見守り、一ヵ月前から毎日、夜明けから日没まで、そして時々夜の大部分も費やして、確認していたと答えた。しかし白人というのはまったく礼儀知らずで、彼の言葉を遮り、手短にするよう促した。それでも数軒のツチの住まいを監視することを助言するだけの時間を取った。そのことは警官たちも賛成した。そして警官たちはリセのあらゆる場所を隅々まで調べた。物資管理係のスールは彼女以外は入れない倉庫の扉まで彼らのために開けなくてはならなかった。彼らがコンビーフの缶詰の山やジャムの箱の裏を探しているとき、彼女は抗議するように鍵束の音を鳴らし続けていた。警官たちは市長と修道院長に指示を出した。彼らのうち二人、ルワンダ人一人とベルギー人一人がリセに残った。彼らには客人用のバンガローが提供された。

治安維持のジープが出発したと思ったら、マイクロバスががたがたいわせながら校庭に入ってきた。短パンとカーキ色の上着に入植者の帽子といういで立ちの三人の白人が降りる。彼らの後からワイシャツに真っ赤なネクタイをしめた黒人がひとりついてきた。黒人はラジオ・ルワンダの記者だった。彼らは修道院長に面会を申し込むと、これ見よがしに情報大臣からの撮影の許可証を差し出し、同行の人たちを紹介した。彼らはベルギーの新聞やフランスの週刊誌のために仕事をしている有名なリポーターだという。彼らはナイルの聖母学園のルポルタージュのために来ていた。このリセはベルギーをはじめとする多くの国でも有名で、中央アフリカの女性の地位向上プログラムを推進するためのモデルケースとして認識されている。先生たちの写真を撮ってインタビューをしたい。そしてこれが特に大事なことなのだが、可能なら生徒たちにもインタビューをしたい。当然、修道院長その人にも取材をしたいと言った。修道院長は嬉しかったが少し不安だった。そして彼らにできるだけ静かにするように頼み、案内人と助言役としてペール・エルメネジルドを付けた。記者たちはマイクロバスに向かい、戻ってきた時にはカメラとテープレコーダーを携えていた。

記者たちの興味津々な態度と慎みのなさにペール・エルメネジルドは衝撃を受けた。白人たちは何でもかんでも見たがり、録音したがった。彼らは礼拝堂や教室での授業風景（事前にスール・リドウィヌに説明して王妃のために準備した講義をするように言っておいた）だけでなく、寄宿舎にも行きたがった。大部屋や最終学年の個室とその飾り付けを見て、ベッドを触り、どこにシャワーがあるのかを尋ね、さらに台所にまで入って鍋のふたを開け、スール・キジトが用意していた煮豆まで味見した。彼らはペール・エルメネジルドの話にも、この国の若い娘の教育に対する政府のたゆまない努力のたまものですなどという演説にもまったく関心を示さなかった。それよりも彼らは生徒たちに突拍子もないぶしつけな質問をした。食べ物に不満はないのか？　孤立していると思わないか？　外出の時には何をするのか？　恋人はいるか？　家族計画についての意見は？　彼女たちの将来の夫は親が選ぶのか？　彼女たちはフツなのか、ツチなのか？　リセにはフツが何人、ツチが何人いるのか？　ペール・エルメネジルドは彼女たちに質問に答えないように合図を送ったが、生徒たちはマイクに向かって話すのが嬉しくてしどろもどろになりながらも長々と答え、最後に「わたしの声、ラジオで流れるんですか？」と聞くのだった。

彼らが絶対に撮りたがったので、踊り子たちも集めなくてはならなかった。体育館で、彼らは（最終学年がいた）体操服の若い娘を見てとても喜んだ。ヴェロニカは明らかにカメラを引き付けていた。記者たちは彼女に壇上に上がるように促し、ひとりでポーズをとるように頼んだ。正面から、横から。「いいですね、いい、とてもいい、この子なら表紙になるね」と彼らは言った。グロリオザがなぜ彼らはヴェロニカにしか関心を持たないのかと聞いた。彼らは大笑いして、「いいよ、きみの写真も撮ってあげよう」と言うのだった。

すると彼らが車に戻ろうとしているのを、ペール・エルメネジルドが呼び止めて、修道院長にもインタビューをすることになっているがと言った。「もう時間がない。必要なものはそろってます。修道院長にはよろしくおっしゃってください。あと、ナイルの源泉まで行きたいのですが、誰か案内してもらえますか？」ペール・エルメネジルドは、彼らの態度に憤慨し、その仕返しに、長い時間をかけてそれはできないことを説明した。「地滑りがあって、道がなくなってしまったのですよ。それに、もう雨が降り始めています。もうお帰りください。首都までの道が寸断されてしまいますよ」ラジオの記者と運転手はペール・エルメネジルドの助言に強くうなずいた。マイクロバスがエンジンをふかし、司祭はようやく安堵したのだった。

みんな王妃を待っていた。長い間。丘の一つ一つにその区域の長が健康な民衆を集めていたが、多くの者はうんざりしていた。特に女性たちが。彼女たちには常に耕すべき豆やヒエの畑があって、そういう作物は待つことができないのだ。それに具合のとても悪い赤ん坊もいて、負ぶわれて炎天下、あるいは大雨の中に一日中いるのなんて無理な話だ。最終的に下の方の道の両側を埋めるだけの人をなんとか集めることができた。市役所近くの小学校の子どもたちにはベルギーとルワンダの旗を配った。生徒監督がどのように振るかを示し、王妃を歓迎するために作った歌をもう一度練習させた。「大統領に旗を振る時と同じようにすればいいからね」と彼は言った。

リセは熱気に溢れていた。一部の生徒は前の夜、睡もできなくて、起床の鐘と門のきしみ音よりも早く起きだしてきた。みんな鏡の前を争い、櫛《くし》やミロのヴィーナス印のクリームを貸し借りした。必死になって髪をとかし、ちぢれが取れている人たちを羨ましがった。ひとりひとりがどのようにしたら王妃の目に留まるのか、さらにもっと大事なことで、王妃についてくる大臣の目に留まるかを考えた。でもどうすればいいのだろうか。みんな同じ制服を着ているのに。合図をしたりはできないし、目配せなどは論外だ。みんなが賞賛と熱意のこもった笑みを浮かべることに熱心に挑んだ。中には肌の色の薄さとまっすぐな髪の毛であることを頼りにする者もいたが、ほとんどが偶然に頼るしかなかった。王妃が自分の前で足を止め、一言二言声をかけてくれるかもしれない。そうなったら王妃はその娘たちのことを忘れないだろう。しかし、それはもう奇跡で、それを決めるのはナイルの聖母だけなのだ。

朝食には物資管理係のスールが巡礼の遠足か司教の来訪の時など、特別な日に出す大きなジャムの瓶を開けた。でも生徒たちは後ろ髪を引かれるように、食堂から教室に向かわなくてはならなかった。王妃が通常の活動の中でのリセを見たいとおっしゃっていたからだ。スール・リドウィヌは飽きもせず先日と同じ地理の授業をして、生徒たちが自ら自然に想定問答に応《こた》えるのを確認した。他の先生たちは早々に授業をするのを諦めた。生徒たちが待ち焦がれた一行の到着を告げる音が聞こえたと思うと、すぐに窓辺に駆け寄るからだ。ベルギー人の先生方は椅子にじっと身動きせずにいた。着ている服にしわが寄ったり、チョークの粉で汚れるのを恐れていたのだった。選ばれた歌い手と踊り手たちは体育館で待機してフレール・オーグジルの合図があればすぐに校庭に出られるように準備していた。ふたりの警官は廊下を歩き回っていた。市長は、息を切らしながら何度も道路とリセの間を行き来していた。ペール・エルメネジルドは礼拝堂の入り口で、大きな身振りとともに歓迎のあいさつを声に出して何度も繰り返していた。修道院長はあらゆる場所にいた。教室の秩序を取り戻そうとしたり、シャツの襟をはだけてやってきたフランス人の先生に部屋からネクタイを取っていらっしゃいと言い、寄宿舎の大部屋のベッドの並びをなおし、ボーイを呼びつけて食堂のテーブルをもう一度ふくように言いつけ、シャワー室にモップをかけさせ、小さなくぼみに目に見えない蜘蛛《くも》の巣《す》を発見し、図書室の本の上を指でなでて付いてきた埃を見せた。スール・キジトにはマニョックの揚げ物の基本的なサイズをもう一度確認させた。

王妃は九時半に到着するということだった。十時に来たのは雨のほうだった。それまで山の頂上に張り付いていた雲が斜面全体を覆い始め、リセを飲み込んだ。道路の両側の群衆の中には雨をいいことに抜け出すものも大勢いた。霧は少しずつ晴れて、儚《はかな》い筋になって消えて行ったが、大きな雲は動かず、その大雨を落としだした。

十時半少し前に、スール・ジェルトリュードが走ってくるのが見えた。「いらっしゃいました。いらっしゃいました」と叫んでいた。修道院長の厳しい叱責にようやく席に着いていた生徒たちは全員同時に窓に駆け寄った。雨が流れるガラス越しに見えたのは校門の両側にピタッと止まった二台の幌付きの軍用ジープだった。そして四台のレンジローバーが泥まみれになってエントランスホールの扉に続く四段の階段の前にピタッと止まった。車両から乗客が降り立つ。少なくとも十二人くらいはいたわよと生徒たちが数えた。同じくらいの人数の男性と女性、そして同じくらいの人数の黒人と白人。そのうちのふたりが階段のすぐ近くに止まった車に駆け寄り、大きな傘を開き、ドアを開けた。王妃だ。それは王妃に違いなかった。それから大臣が現れた。そうよ、あれが大臣よ。車から出たふたりは、傘の下に身を寄せた。でも雨合羽のフードの下の顔はなかなか確認できなかった。階段の上で待っていた修道院長、ペール・エルメネジルド、市長が丁寧に礼をしたが、王妃と大臣とその随行員たちは彼らに応えもせずにエントランスホールに滑り込んだ。

雨のせいでホールに詰め込まれていた歌い手と踊り手たちが仲間たちに歓迎の状況を話した。修道院長がひとこと、歓迎の言葉をその素晴らしい訪問者に唱えた。こんな山奥にひっそりとたたずむナイルの聖母学園を訪問してくださるとは、なんて名誉なことでしょうと。そしてペール・エルメネジルドは直前まで何度も繰り返し、修正してきた挨拶の言葉を唱えた。しかし王妃は、ずっと時計を気にしていた随行員の合図で、神父のいつまで続くともわからない長い演説にやんわりと礼を言って止めた。王妃はリセに入ってくるとすぐにフードを外し、今では大きな帽子をかぶっていた。王妃は、ナイルの聖母学園を訪問できたことが誇らしく、またとても幸せです、と言った。この学校はキリスト教と民主主義の精神をもとに、この国の女性エリートを育てているのですね。その目的のために生徒たち、先生たちそして政府の方々が努力してきたことを直接自分で讃えに来たかったのです、とも言った。そこに大臣が強く付け加えた。多数派の民に支持されている大統領がいかに休みなく国の発展のために働いているか。その発展は女性の力を借りなければ実現することができないもので、キリスト教の道徳と民主主義の原則による女性の教育は、大統領にとっても優先事項の一つなのです、と。

随行員のふたりのカメラマンによるフラッシュが市長を飛び上がらせた。彼は一瞬テロではないかと思ったのだった。常に時計を見ていた男が修道院長の耳に何かささやき、修道院長は王妃と大臣によろしければ生徒と先生方のいる教室に参りましょうと促した。それは修道院長が願っていたことだった。フレール・オーグジルとは四曲準備していたのに、と聖歌隊の子たちは不満をもらした。結局歌えたのは一曲だけで、それも一行が階段を上がってくるときにだけ歌ったので、王妃と大臣に聞こえたのかどうかもわからないと嘆いた。

最終的に王妃はすべての教室の訪問を希望した。各教室で先生は自己紹介をして、それに王妃は応じた。そして生徒たちを褒め、励ました。王妃はまるで動かない微笑みの仮面をかぶっているみたいだったが、時計の男に一瞥するときだけはその表情が変わった。デッケル先生の教室では一緒に来ていた妻のレヴェランスの仕方に全員が驚いた。ファビオラは予定通りスール・リドウィヌのクラスには数分多く残り、スールに生徒たちに質問を三つさせ、その答えに満足して、将来何になりたいのか聞いた。看護婦、社会福祉士、助産婦とか？　王妃をがっかりさせないために、質問された生徒たちは提示された三種類の仕事の中からあてずっぽうに一つを選んで答えた。時計の男はいら立ちを見せていた。王妃と大臣と一行は急いでエントランスホールに戻った。そこには最終学年の生徒たちが、ファビオラがスール・リドウィヌの教室にいる間に下りてきていて、待っていた。プレゼントをするために。グロリオザとゴレッティが刺繡された帯とナプキンを渡した。それをすてきねと眺めた後、王妃はお付きの人に渡し、二人の生徒に厚く感謝し二人の名前を聞いた。そしてふたりの両頰にキスをした。グロリオザとゴレッティに挟まれる形で王妃は話し始めた。この訪問のことは忘れられない思い出になります。自分の気持ちとしては短すぎたけれど、ナイルの聖母学園で見たことにとても感動し、女性の教育と地位向上に向けたこの美しい国の努力に対してできる限りのことをしたいとも思うのでみなさん安心してください、と言うのだった。修道院長とペール・エルメネジルドと市長に挨拶すると、ファビオラ王妃と大臣は傘に護られて泥だらけのレンジローバーに向かい、その他の者たちはばらばらとほかの車両に乗り込んだ。

二台の軍用ジープに先導され、一行は門を通り、公道に進み雨の幕の向こうに消え去った。


　ファビオラ王妃の訪問はその後しばらくの間、生徒たちの会話の種となった。訪問時間があんなに短かったこと、あんなに長い間心を込めて準備してきた様々なプログラムが予定通り行われなかったことは残念だった。聖歌隊とダンスチームの生徒たちは最も残念がった。なんで王妃はあんなに急いでいたのか？　まず王妃の振る舞いとしてはかなり衝撃的だった。王妃があんなに速く歩くものなの？　王妃でなくても尊敬されるべき女性であっても、だ。ああいうところが白人たちの悪いところよね。ヴェロニカはかつての女王《バミカジ》の例を出した。彼女たちは威《い》厳《げん》たっぷりにゆっくりと歩いたものだ。まるで一歩一歩数えているかのように。彼女たちに急ぐように言うなんてことを考える者もいなかった。ところが時計の男は王妃を急がせていた。時間というのは王妃たちが決めるものだった。するとグロリオザがかつての女王たちってみんなツチで、みんな怠け者で鍬なんか触れたことのない人たちよね、と言った。貧しい民の苦役に依存している寄生虫みたいな人たち。そんな人たちを民衆が養っていたのよね。だからそういうことはほんもののルワンダ女性にふさわしくないわと。

　モデスタは、それにあれだけたくさんの腕輪や、足にもたくさんの輪を付けたりしてたら、きっと重みで歩けなかったろうし、みんなが支えなくちゃならなかったのかもしれない、と言った。

話は特にファビオラの美しさについてなされた。ほとんどの生徒たちが彼女をとても美しいと思い、マダム・ド・デッケルよりももっと美しいと思った。彼女よりもずっと白くて、首都にいるすべての白人女性よりもずっと白かった。それに王妃のあらゆるものが白かった。着ていたドレスが白かった。上着も白かった。男性用の上着みたいだった。白い靴はどうしてそんなことができたのかわからなかったが、ずっと真っ白のままだった。生徒たちの中には裾の長いドレスを着ていなかったことを残念がる者たちもいた。ベールが付いていて、歴史の教科書のイラストで見るような本物の王妃のドレス。シンデレラのドレスだ。イマキュレがもったいぶって説明した。王妃が着ていたのは、スーツって言ってね、今じゃ白人たちはみんなヨーロッパではああいう服を着てるのよ、と。

「でも王妃ジカンダほどはきれいじゃなかった」

と思わずヴェロニカが言った。

「あんたのかつての王妃はね、その美貌とやらもあまり役に立たなかったじゃない」と返したのはグロリオザだった。「あのひとはブタレの館に幽閉されてるけど、まあ、将来はあまりいい目を見ないでしょうね。そしてあんたたちツチはいつも自分たちが世の中でいちばん美しいと思ってるようだけど、美しさというのも付く側を変えるものなのよ。あんたたちご自慢の美貌もあんたたちに不幸しかもたらさない」

そしてあの大きな帽子があった。帽子の謎。大きな帽子で、もちろん白くて、絹のピンク色のリボンが結ばれていた。羽根飾りと花飾りもあってまるで庭だった。きっとペール・エルメネジルドならエデンの園だと言うだろう。どうやって雨をしのぐためにファビオラがかぶっていたフードの下に隠されていたのだろう？　それともエントランスホールに入る前に傘の下にあったのだろうか？　それが謎だった。とりあえず、みんなが一致したのは、あれこそが本物の王妃の帽子で、冠よりよっぽど素敵で、ルワンダではあんなもの見たことないということだった。あんな大仰なものを頭に載せることができるのは王妃しかいないと。

みんなゴドリーヴのその後についてのニュースを待ちわびていた。国王と王妃は大統領の娘を連れて行ったのだろうか？　本当に実子のように彼女を養女にしたのだろうか。彼女はほんとうに王の娘のようになるのだろうか。そして侍女のゴドリーヴは、同じ飛行機に乗って行ったのだろうか？　ラジオを聴いているスール・ジェルトリュードに何か聞きませんでしたかと尋ねたりした。ラジオでは何も言ってなかった。みんな首都にいる知り合い、特に女性の知り合いに手紙を書いた。いろんな話の欠片を繋ぎ合わせた。そしてこれが真実だということとしてわかったことは、大統領が確かにベルギー国王夫妻に自分の娘を贈ろうとしたこと。大統領は子どものいない国王を哀れに思い、本心から善意で国王の血筋を救うために自分の娘のひとりを捧げたのだった。そうすることで、ベルギー人たちは常に、独立の時と同じように、多数派の民の味方になってくれるだろう思ったのだった。大統領は家族の一員になる。共通の子どもの名誉のために、絶対に裏切られることはないだろう。しかし国王と王妃は理解しなかった。白人には決して理解できないことがあるのだ。ベルギー人たちは大統領の娘がベルギーで勉強することには何も心配することはないと請け合った。当然のことです、と。でも子どもの贈りものという話は、まるで聞こえなかった、あるいは理解しなかったかのようだった。大統領の娘は国にとどまり、ゴドリーヴも残った。

「ほらね、単なる噂話だったのよ。ゴドリーヴはほんとにバカだから、自分の嘘をほんとうに信じちゃったのね」とゴレッティが言った。

他の生徒たちは「戻ってきたらどんな話をするかでわかるわね」と慎重に言った。

ゴドリーヴは二度とリセに戻ってこなかった。彼女はあまりにも屈辱を感じていて、仲間たちの嘲笑に向き合う力がなかったのだ。ゴドリーヴはそれでもベルギーに渡った。父親が高級な寄宿舎を見つけた。そのことについては、どうやらここの修道院長も一枚かんでいるらしい。

聖母の鼻

グロリオザが言った。

「ねえ、モデスタ。聖母の顔をちゃんと見た？」

「どの聖母？」

「ナイルの聖母の像の顔よ」

「うん、それがどうしたの？　たしかにほかのマリア様とは違うわね。彼女は黒い。白人たちが黒く塗ったのよ。おそらくわたしたちルワンダ人を喜ばせようとしたんでしょうね。礼拝堂にいる息子のほうは白いままだけどね」

「彼女の鼻を見た？　鼻筋がすっと通ってるの。あれはツチの鼻よ」

「だってもともと白い聖母だったのよ。それを黒く塗った。だから白人の鼻のまま」

「そうね。でも今じゃ黒いから、ツチの鼻になってるの」

「あのね。当時は白人たちや宣教師たちはみんなツチ側だったの。だから黒い聖母がツチの鼻なのは彼らにとってむしろよかったんじゃないかしら」

「そう。でもわたしは、ツチの鼻の聖母はイヤなの。ツチの鼻の像の前なんかでお祈りをしたくない」

「じゃあどうしたらいいのよ。修道院長様や司教さまが、もしあなたが頼みに行ったら、マリア像を変えてくれるとでも思ってるの？　まあ、お父さんにでも頼んだら別かもしれないけど」

「もちろん父さんにも話すわよ。それに父も言ってた。これからは学校や役所を脱ツチ化するって。もうキガリとブタレの大学では始まってる。わたしたちはまず聖母を脱ツチ化するのよ。わたしが鼻をなおしてやる。そしたら忠告を理解する者たちが出てくる」

「聖母像の鼻を壊すの？　あなたがしたってことがわかったら、いくらなんでも退学させられちゃうわよ」

「なによ。わたしはみんなにどうしてそういうことをしたのか説明する。これは政治活動なの。むしろ褒められるわ。それに父さんだって」

「まあいいわ。で、どうするつもり？」

「簡単よ。マリア像の鼻を壊して、新しい鼻をくっつければいい。日曜日にトワのところに行きましょ。カナジにいるわ。粘土を準備するの。ちゃんとこねてつぶした粘土。彼らが壺を作る時に使うものよ。それでマリア像に新しい鼻を作る」

「で、その新しい鼻はいつくっつけるの？」

「夜ね。巡礼の前夜。そしたら次の日、みんながナイルの聖母の新しい鼻を見ることになる。本物のルワンダ人の鼻ね。多数派の民の鼻。みんなの気に入ることになるわ。修道院長様にだって説明なんかする必要ないわ。うん、むしろしたほうがいいかな。わたしがみんなに説明する。きっと何人かはうつむくことになるわよ。自分の小さな鼻を隠そうとしてね。最初に下を向くのはきっと、あんた、モデスタね。だってあんたはお母さんの鼻を受け継いでるものね。でもあなたは友だちよ。だから手伝って」

「グロリオザ。こわいよ。きっと大変なことになる。そしてもしわたしが手伝ったって知られたら、わたしだって」

「そんなことないわよ。言ったでしょ。わたしたちは活動家なんだって。これからすることはれっきとした政治活動なの。そして父親がいるから、誰も何も言おうとなんてしないわ。みんな像を変えざるをえなくなる。別のに。今度は本物のルワンダ人の聖母像よ。党もわたしたちを褒めてくれるわ。わたしたちは女性政治家になるのよ。いずれ大臣になるわよ」

「あなたはそうでしょうね。でもわたしはたぶんならない」

　グロリオザの計画はモデスタを不安にさせた。もう彼女がそんなことを考えないで欲しいと願った。そんな計画を諦めてくれることを。一ヵ月後には巡礼がある。それまでの間にグロリオザは忘れるかもしれない。彼女が言ったことは、冗談だ。ただのお話、暇つぶしをしたかっただけ。なぜならナイルの聖母学園《リセ・ノートルダム・デュ・ニル》はとても退屈で、時にはおかしな考えがよぎったりするものなのだ。生徒の中には白人の先生が自分に恋焦《こいこ》がれてしまって、彼女たちを連れて行って、誘拐しようとしている。なぜなら授業中も彼はその生徒のことばかり見つめているから。そして一緒にサベナ航空の飛行機で出ていくなどと考える子もいる。ほかにも夜になると聖母が話しに来て、マリア様が言ったことをノートに書き留めている子もいた。かつての女王になったつもりの娘もいる。彼女たちには触れてはならない。なぜなら彼女たちはとても大事な人たちで、とても傷つきやすくて、すぐ気絶したりするからだ。ほかにも、誰かに毒を盛られたからもうじき死んでしまうのだとか。それで、毒を盛られたのは彼女たちがあまりにもきれいだからとか、ほかの人たち全員よりもずっときれいだから、そして嫉妬深い娘たちがあらゆる呪いで彼女たちを追い詰めるのだとか……。ということで彼女たちは何も食べない、ありとあらゆるところに毒があるからだという。そういったイヤな考えはいつも彼女たちの頭の中をめぐり、ぶつかり、時には残り、ときにはどこかに行ってしまう。モデスタはグロリオザの悪い考えがほかの悪い考えのようにどこかに消えてしまうことを願った。

その次の日曜日、ミサの後、グロリオザがモデスタに言った。

「急いで。これから泉に行くわよ。場所の下見をしたいの。どうやったらナイルの聖母の小屋に登れるか調べないと。どうやったらちゃんと登れるかきちんと知っておかないとね」

「この前言ったことをまだしようとしてるの？」

「もちろん。いまだかつてないくらいにやる気まんまんよ。そしてあんたがわたしとずっと友だちでいたいなら、頼りにしているからね」

モデスタはため息をついた。

「なんか怖いわ。わたしにはあなたのような父親がいない。それでもあなたを手伝うわ。友だちだって言ったから」

雨が降っていた。公道の上で、グロリオザとモデスタはミサ帰りの女の人たちを何人か追い越した。彼女たちはそれぞれ頭の上に小さな椅子を載せていた。

「本当に、わたしたちって雲の中に住んでいるのね」とモデスタが言う。

「わたしは、この雨が好き」とグロリオザが答えた。「わたしが欲しかった雨だもの。そしてわたしには雨を降らせるのにニャミロンギなんていらない。ナイルの聖母に祈りを捧げに来る人なんか誰もいない。テストでいい点をお願いしにくる子もいない。そんな危険は冒さないわ」

ふたりは泉まで登る急な坂道を進んだ。雨の流れの中で足をくじき、すべらないように低い木々につかまった。ふたりは泉の水がその運命の川にそそぐ前に溜まる小さな池の前で止まった。聖母像はとても高い所にあって、そこまではたどり着けそうにないように感じられた。小さな神殿のトタンの屋根がどのようにしてそうなっているのかはわからないのだが、ふたつの巨大な岩の間にしっかり挟まっていた。この屋根があっても、雨季はマリア像にその痕跡《こんせき》を残していた。黒い顔には白いヒビが現れていて、合わせられた両手と裸足《はだし》の足にも同じ色の染みが散らばっていた。

「これじゃシマウマの聖母だわ」とグロリオザが笑った。「ほらね、だから塗りなおさなきゃダメなのよ。というか取り換えなくちゃならないの。そしてあの鼻、やっぱりツチの鼻だわ。でもアルビノのツチね」

「ちょっとやめてよ。そんなこと言うもんじゃないわ。罰が当たるわよ」

ふたりは石だらけの小山を登り、大きな岩を回りこんだ。岩はとてもすべすべしていて光っていた。その窪《くぼ》みには四本の柱が苔《こけ》と水藻に覆われた板を支えていた。その上に聖母像の座が設置されていたのだった。

「ほらやっぱり高すぎるわ。梯子《はしご》がいるわね」とモデスタが言った。

「あんたが梯子になるのよ。わたしを肩に乗せてくれたら板につかまってよじ登る。そのときあんたはわたしを支えて、押し上げるのよ。できるわよ」

モデスタが台の下でしゃがんだ。グロリオザは彼女にまたがって、肩に乗った。

「わたしの言うとおりにするのよ。わたしの友だちでいたいんでしょ。なら逆《さか》らわないで」

「グロリオザ、ばかなことを」

「さあ、立って」

「無理よ。あなた、重すぎるんだもの。それにあなたの大きなお尻で何も見えない」

「柱につかまるのよ」

モデスタは柱につかまり、少しずつグロリオザを持ち上げた。グロリオザは掛け声をかける。

「さあ、行って、もうじきよ、あとちょっと。ふう、やった。板の上に肘《ひじ》を置くことができたわ。気をつけて、立ち上がるから。あんたしっかり立っててよ」

グロリオザは岩とトタン板の間の細い隙間になんとか入り込むことができた。そこで立ち上がり、小屋の方に向かった。モデスタには彼女の姿が見えなくなった。

「やった。聖母像に触れる。わたし、聖母像より大きいのよ。だから簡単。鼻に一撃すればいい」

グロリオザはまた小屋と岩の間に滑り込んだ。

「気を付けて。飛び降りるから受け止めてよ」

グロリオザが飛び降りた。モデスタの上に落ち、ふたりは一緒に倒れた。

「見てよ。ひどいことになってる」立ち上がりながらモデスタが言った。「スカートが泥だらけで破れちゃった。ほら、脇の方で裂けちゃって足も傷だらけ。舎監になんて言ったらいいのよ」

「ナイルの聖母にお祈りしに行ったときに滑って転んじゃったって言えばいいのよ。みんなわたしたちをかわいそうに思うだろうし、わたしたちの信仰の厚さを褒めてくれるわ。それとも強盗に襲われたって言った方がいいかな。わたしたちに乱暴するために襲ってきたって。でもわたしたちは逃げ出した。こっちのほうが好きかな。わたしたちは勇気のある女の子なんだから。襲ってきたのはイニェンジたちで、山にはそういうのがいつもいるものなのよ」

「もうイニェンジなんていないって知ってるでしょ。イニェンジ、つまりツチたちはブジュンブラかカンパラで商売してるわ、今じゃ」

「父さんがいつも言うの。いまだにイニェンジがいる、いつだって戻ってこようとしている、入り込んできているのもいて、こっちに残ったツチたちは彼らを待ち焦がれてる。あんたみたいな半分ツチの人たちもそうだって。そういうことを繰り返し言いつづけなければいけないんだって。父さんは常に民衆を怖がらせなくちゃいけないって言ってる」

グロリオザは舎監に話すことに信憑性《しんぴょうせい》を与えるためには、日が暮れてからリセに戻るほうがいいと思った。ふたりは公道の下方のレメラにある放置された牧童の小屋に入った。そこで最近新しくされたと思われる、厚い草の寝床に身を横たえた。「ほら、この小屋にも人が来るのよ。寝床はこれからすることのためには少し硬いけど……。いつか、ここに誰が来てるのか突き止めてやるわ」彼女は寝床に横たわった。「さあ、わたしの横に来て寝て、そしてスカートをめくるの。結婚の準備のために何をするか知ってるでしょ。お母さんたちがずっとしてきたことよ」

「どうしたんです、かわいそうに」とスール・ジェルトリュードがグロリオザとモデスタを見るなり声をあげた。ふたりの服は破れて、泥まみれになっていた。
「襲われたんです」と感情が高ぶって震える声でグロリオザが言った。「黒い布切れで顔を隠した男たちでした。何人いたのかわかりません。わたしたちに襲いかかって乱暴しようとしたんだと思います。そしてその後殺そうと。でもわたしたちは抵抗しました。石をつかんで、大声を出しました。トヨタが来るのが聞こえたんで彼らは恐れて逃げ出したんです。でも誰か知ってます。彼らが言っていたことが聞こえました。イニェンジです。いつも山に隠れているんです。父から聞いたんですけど、彼らはブルンジから来て、隙《すき》あらばわたしたちを襲おうとします。そして彼らには仲間がいるんです。このあたりのツチです。修道院長様に言わないと」

ふたりの学生は修道院長の執務室に通された。グロリオザがふたたび襲撃の話をしたが、新たな話では物事はさらに深刻な様相を示していた。イニェンジの数が常に増加していた。彼らが襲おうとしていたのはリセだった。彼らは生徒たち全員に乱暴しようとして、とんでもなく残酷な拷問の後、殺すことにしていた。修道女たちも免れることはない。白人たちであっても。モデスタは黙っていた。グロリオザの指示通りなんとか泣いたりうめいたりしようとしていた。「早くしてください。もう時間を無駄にできません。わたしたちはみんな危険に晒されてるのです。イニェンジはもうそこまで来ています。彼らはあらゆる場所にいるのです」

修道院長はすべき決断をした。彼女はペール・エルメネジルド、スール・ジェルトリュード、物資管理係のスールを作戦会議に招聘《しょうへい》した。またフレール・オーグジルにトラックで村まで行かせた。彼は市長とふたりの警官と一緒に戻ってくるはずだ。修道院長は礼拝堂に生徒たちを集め、ペール・エルメネジルドはその理由をあまり説明せずに、何度も聖歌を歌わせ、十連以上もロザリオの祈りをさせた。物資管理係のスールは台所の包丁をボーイたちに配り、その数をきちんとノートに付けた。そしてリセの門にいる衛兵たちの指揮をとった。夜は更けていた。物資管理係のスールは次の巡礼のために備蓄していたビスケットを全部配ることにした。礼拝堂ではペール・エルメネジルドが頑《かたく》なに聖歌と祈りを何度も繰り返させていたが、噂のほうが勝った。ひそひそと、大統領が暗殺されたのだ、イニェンジたちが湖を越えてきた、ロシア人が彼らにとんでもなく恐ろしい武器を与えたのだ、彼らがみんなを殺しに来る、娘たちまで、凌辱《りょうじょく》した後に殺される……と。泣いている者も大勢いた。神父に告解をしてくれるように頼んでくる者までいた。何人かはなぜかわからないし、どのようにしてかもわからないが、きっと殺されず、凌辱もされないだろうと思っていた。

フレール・オーグジルのトラックの音が聞こえた。疑い深い衛兵たち（彼らはトラックも罠にかかったのではないかと恐れていたのだった）が運転手のボーイのいらいらしたクラクション音にもかかわらず、ゆっくりと門を開けた。みんながほっとしたのは、フレール・オーグジルが市長と銃を持った警官二人を連れてきただけでなく、一緒にマチェットを携えた二十人ばかりの活動家を連れてきたことだった。

作戦会議がふたたび修道院長の執務室で開かれた。参加していたのは、修道院長、市長、物資管理係のスール、ペール・エルメネジルドで、生徒たちはスール・ジェルトリュードに託された。グロリオザは証人と被害者として参加するように言われた。彼女は市長のためにまた襲撃の話をした。彼女が言うイニェンジの数はさらに多くなり、そしてより暴力的になっていた。彼女はスカートを太ももの上までたくし上げ、そこにいた全員に何本もの引っかき傷があるのを見せた。モデスタはずっと黙っていたが、今回は本当に泣き出して、保健室に連れていかれた。スール・アンジェリックが彼女の面倒を見るだろう。市長が知事と連絡がとれたと言い、知事のほうで軍部に報告したと言った。大佐は緊急にガクバ少尉の指揮の下、兵士を五十人派遣することにした。その間、活動家たちを戦略的なポイントに集め、同時に小さな商業センターに数人の活動家を兵士の一団とともに派遣することにする。生徒たちは寄宿舎に戻ってもいいと言われた。修道院長はすぐに床に就くようにと指示したが、服は着たままでと付け加えた。

待った。その夜は特別に暗く、山々は静かだった。軍の部隊は小さな村から戻ってきた。パトロールは数匹の犬の目を覚ましただけで犬たちは不満げにあるいは怒り狂って吠《ほ》えたて、それがおさまるまでにかなりの時間を要した。夜中の十二時を少し過ぎたころ、兵士で満杯になった二台のトラックが到着した。彼らはすぐにリセの周りで位置に着いた。彼らを指揮していた若い少尉が大執務室で修道院長と市長と会議に入った。グロリオザがまた同じ話をした。今回は襲ってきた者たちの中に知っている声が聞こえたような気がしたと付け加えた。完全に確信はしていないけど、でもジャン・ビジマナの声のような気がした。市場で小さな店を出しているツチ、ガテラの息子だ。少尉はツチは常にイニェンジたちの仲間で、明らかに国外からやってきた賊たちは彼らのもとにかくまわれているのだと言った。彼は部隊を送り込んで彼らの住まいを調査するという。活動家たちが案内してくれるだろう。ただちにジャン・ビジマナ逮捕に向かった。「イニェンジ相手に絶対に時間を無駄にはできない」と少尉は息まいた。

少尉が決断した作戦は即座に実行された、パトロール隊の隊長たちが一時間後に報告に戻ってきた。彼らは修道院長、市長とグロリオザの前で報告した。グロリオザは用意された客人用の部屋で待つことを断っていたのだった。用意された部屋はここでいちばんいい部屋で、司教の部屋だったのにもかかわらずだ。ジャン・ビジマナは抵抗せずに捕らえられた。両親、兄弟姉妹たちが泣き叫んでいた。兵士たちは必要な厳しさで尋問して共犯者の名を挙げさせようとした。彼は何も言わなかった。彼は国の北にある大刑務所に連行されることになった。「もう彼がこの地域でうろつく可能性はないだろうな」と笑いながら市長は言った。

そして軍人たちはツチがいまだに住んでいるという数少ない小屋を捜査した。彼らは注意ぶかく納屋の中身を掃き出し、壺を壊し、そこにいた人たちを尋問した。子どもたちに至るまで。しかし何も出てこなかった。イニェンジたちは何も持たずに既に逃亡していたのだ。少尉が言った。「そうか、ということは二人の勇気ある娘たちが彼らを逃亡に至らせたのだな。とはいえ、何人かは捕まえたかったがな。それだけが残念だ。しかしこれはいい作戦だ。ツチたちには常に自分たちがゴキブリ、イニェンジだということを思い出させなくてはならないからな、ルワンダでは」

グロリオザは司教の部屋を、巡礼の日まで使わせてくださいと頼み、数週の間使用した。あれほどの勇気を見せた娘には何も拒否することはない。ペール・エルメネジルドもその説教の中で、彼女のことをジャンヌ・ダルクと並べたのだった。ふたりの生徒たちの、特にグロリオザの偉業は党の最高峰でも称えられた。「ふたりの英雄のような女学生が国に混乱を生じさせようとやってきた危険な犯罪者を逃亡に追いやった」と新聞の見出しにもなった。グロリオザはリセを救った英雄になり、もしかしたら国も救ったのかもしれなかった。修道女や先生方も彼女に言葉をかける時には最大級の礼儀を尽くした。彼女のもとに駆け寄る取り巻きは大きな輪になり、その輪は日に日に大きくなった。しかし中には彼女とあまり長く話さないようにしている者もいた。というのも何か過ちを犯すかもしれないのが怖かったのだ。ただひとりゴレッティだけは距離を置いていた。そして彼女に忠実な仲間たちの前では、グロリオザの業績について暗に信憑性を疑うようなことも言っていた。

モデスタは欺いて勝ち取ったその高名を台無しにすることを恐れて、グロリオザがナイルの聖母像を傷つけるという計画を諦めることを願っていた。しかしスール・リドウィヌの授業の時、グロリオザは言ってきた。「忘れないで。日曜日にはトワのところに行くからね」と。

十軒ほどの手入れの行き届いてない藁葺きの小屋がまばらなバナナ畑にポツンポツンと散らばっている。それがトワの村だった。きれいに整地された地面の上の黒ずんだ円が、市の日の数日前に壺が焼かれるかまどの位置を示していた。その周りにまるで小さなピラミッドが倒壊したかのように壺の欠片の山が積まれていた。

ふたりの若い娘が近づくと、裸の子どもの群れが叫びながら逃げ出した。彼らの腹は粘土が流れた跡で真っ白で、小さなボールのように膨れていた。村には誰もいないかのようだった。奇妙に静かだった。小屋に向かう小道を進んでいくうちに、ようやく壺のようなものを作っている女がいた。壊れた土器の底の上に粘土を置いて、その上にまた粘土を重ねる。そうしているうちに鍋のような形になり、そのすべすべとした丸い腹ができてきた。壺の女は仕事に集中してグロリオザとモデスタが近づいても顔を上げなかった。ふたりは咳ばらいをして彼女の注意を引こうとした。女は作業の手を休めずに、また彼女たちの顔も見ようともせずにとうとうつぶやいた。「壺を買うなら、まだできてないよ。いま乾かしてるんだ。市場においで。そこにいるから。そこで好きな壺を、どんな壺でも買えるよ」

ふたりの学生が来た時に逃げ出した子どもたちが、少しずつ隠れていた場所から顔を出してきた。ふたりに近寄り、取り囲み、迫ってきて、触ろうとさえした。大人たち、髭面の男たちやおしゃべりな女たちが子どもたちにまじってきた。「この子たちに向こうに行けって言ってよ」とグロリオザがスカートを握りしめて壺の女に言った。「彼らに触られるのはイヤなの。みんなどけ」と彼女が言うと、白いひげの老人が小屋から出てきて、より乱暴に子どもたちを棒でおいやった。彼は壺の女のそばに座り込んだ。グロリオザは自分が何を欲しいかを説明した。リセの先生が粘土を少し分けて欲しいと言ってる、と。壺の女と老人は意味が分からないようだった。グロリオザはまた同じことを頼んだ。

「おまえは壺を作りたいのだな」と大笑いしながら老人が言った。「おまえはわしらのようにしたいのか、トワのように。おまえもトワか？　トワにしてはデカいな」

「あんたの粘土のひと固まりをちょうだいよ。大きな壺の分だけお金を払うわよ、甕の値段でもいい、大きな甕でも」

女と老人は長いこと考えて、低い声で相談して、時々グロリオザとモデスタを観察しあざ笑うような表情を浮かべた。

「甕二つ分だね」と壺の女が言った。「ビールの大甕二つ分。そしたら粘土をやるよ。二十フラン。二十フランになるよ」

グロリオザは二十フラン紙幣を一枚差し出すと、壺の女はそれをくしゃくしゃに丸めて自分のパーニュの結び目の中に押し込んだ。彼女は子どもを呼んで草を持ってこさせた。それで網のようなものを編み、それに壺を作るのに使っていた粘土の塊を包んだ。

「ほれ、だけど、そこに何が入ってるのか言うんじゃないよ。言ったら、おまえはトワになったと言われるからね」

グロリオザとモデスタはできるだけ急いで村から離れた。ふたりの後を大勢の人たちが大笑いしながら叫び歌い、踊って公道に出るまでついてきた。

ようやく二人きりになると、グロリオザは草の包みを開き、まじまじと粘土の塊を見つめた。

「見て、ルワンダ中の聖母の鼻を作り直すくらいあるわ」

「この袋の中に今夜必要なものが全部入ってる」とグロリオザが言った。

グロリオザは袋を開き、モデスタはその中に金槌《かなづち》とやすりと懐中電灯が入っているのを見た。

「どうやって手に入れたの？」

「ブティシから。ほら作業員の。彼がフレール・オーグジルの工房からわたしのために借りてきてくれた」

「お金を渡したの？」

「そんな必要ないわ。わたしが何者かを知ってるもの。少しでもわたしの役に立てて、喜んでるに決まってる」

「それで、どうやって夜にリセから抜け出すの？」

「わたしがいる客用の部屋に来てよ。だって、あんたは寄宿舎に戻ったんだから。だれもあんたを止めたりはしない。それは、わたしから頼んであげる。客用のバンガローの裏からは塀を乗り越えるのはそんなに難しくない。ひび割れている場所があるのを見つけたから」

「この前言ったことをまだやるつもりなの？」

「これまでよりも強く決意してる。わたしは今じゃ英雄なのよ。それにあんたもね。こんどもまた、わたしたちの偉業だって言われる。事実、これは偉業よ」

「あなただってこれがすべて嘘の上に成り立ってること知ってるじゃない」

「あれは嘘じゃないの。政治よ」

「みんなが寝静まったら出発しましょう」とグロリオザは言った。ふたりはリセが眠りと夜の闇《やみ》に沈み切るのを待った。まず生徒たちがやがやと寄宿舎に戻る音がした。ざわめき。床にはいる前につぶやく祈りの声。鐘の音。大門がきしんで閉まる音が消灯の合図だ。三十分後、発電機のぶんぶんという音が消えた。マチェットや槍を持った番人たちが最後の見回りの後毛布にくるまって門のそばにいたが、指令にもかかわらず眠りこんでしまっていた。修道院長の執務室の窓にも灯はともっていなかった。「さあ、行くわよ」とグロリオザが言った。

ふたりは庭の奥の塀を簡単に乗り越え、パーニュに身を包んだ。「ほら、あんたはこの袋を持って、わたしが先に行くわ」とグロリオザが言った。ふたりは公道のそばで少し迷った。いつもの日印を夜が消していたのだった。暗い闇のせいで山が大きくなったような気がしたし、その闇がめまいがしそうな深い谷まで入りこんで行ってるようだった。その奥には小さな湖が垣間見《かいまみ》えるはずなのだ。

「道に迷ってしまうわ、懐中電灯を点けて」とモデスタが言った。

「危険が大きすぎる。まだ兵士たちがパトロールしているかもしれないし、活動家たちがいるかもしれない。わたし、彼らをイニェンジの話で怖がらせちゃったから」

ふたりは手探りでなんとか公道に沿って進んだ。ようやく駐車場に着いた。その下に泉はあるのだ。下りていく小道は整地され、石も敷き詰められていた。おそらく巡礼のために準備されたのだろう。グロリオザが懐中電灯を点けた。ふたりは大岩を回りこんだ。驚いたことに台に梯子がかけられていた。「ほらね。運はわたしたちについている。わたしたちが愛国的な行動を起こしているって証拠ね。マリアさまの台を掃除して花を飾りに来た庭師が梯子を忘れたんだわ」

グロリオザは台の上に登り、金槌とやすりと粘土の塊、そしてモデスタが差し出した懐中電灯を手に、マリア像の前にすべり込んだが、花が生けられた花瓶にぶつかり、それを泉の水が流れ込む池に落としてしまった。そして台の縁でバランスを崩しそうになったグロリオザは、聖母の鼻を金槌で強く打ってしまい、像の頭部が割れてしまった。彼女は急いで台から降り、寒さと不安に凍《こご》えているモデスタに伝えた。

「マリアさまの頭を壊しちゃった。もう鼻を作り直すことはできない。でもこれで像を取り換えなくてはならなくなるわね」

「わたしたちどうなるの？　なんて酷い罪」とモデスタはうめいた。「いつかわたしたちがやったことがわかったら」

「あんたっていつも心配ばかり。わたしはもう何をすべきかわかってる」

日の光が昇ると、リセは楽しげな熱気に包まれた。今日は大切な日。巡礼の日だ。みんな新しい制服に袖を通した。それは王妃の訪問のために卸したものだったが、ボレロからはベルギーの色の紋章を取り外し、ペール・エルメネジルドから配布された別の紋章に付け替えた。それはイエスとマリアの御心が組み合わさっている絵柄の紋章だった。

校庭の礼拝堂前に全員が集合した。クラスごとに幟《のぼり》の後ろに並んだ。幟は生徒たちが新学期に入ってからずっと裁縫の授業で刺繡してきたものだ。ペール・エルメネジルドが幟に祝福を授け、フレール・オーグジルもガリ版印刷された新しい聖歌を配り、物資管理係のスールはサーディンやコンビーフの缶詰、クラフト・チーズやジャムを数えて大きな籠の中に詰めた。それをボーイたちが頭の上に載せて運ぶのだった。礼拝堂の入り口に修道院長が市長と、肩に銃を掛けたふたりの警官とともに現れると沈黙が流れた。そして教職員全員が続いた。修道院長は短いスピーチでナイルの聖母の物語をし、全員に最大の信仰を奨励し、最後に市長のほうを向くと今年は特に黒い聖母に、この美しい国の千の丘に平和と協調がなされることをお願いするのだと言った。

巡礼の行列が動き出し、活動家たちが見張る柵を越え、公道を斜面沿いに進み小道を下りると、学年ごとに泉の前に集まった。突然恐ろしい叫び声が上がる。聖母には頭がなかった。それどころか残っていたものはむしろ壊れた陶器のように見えた。聖母の顔が粉々に壊され、その欠片が台の上に散らばっていた。池には花が浮かんでいた。底の排水口を花瓶の一つがふさいでいたため、泉の水は縁から溢れそうになっていた。

「冒瀆です。なんという冒瀆」と修道院長が叫んだ。

「異端の仕業です」とペール・エルメネジルドが追い打ちをかけ、悪魔祓《ばら》いをするように何度も祝福の所作をした。

「破壊行動ですね」とつぶやいたのは市長だった。彼は即座に岩の後ろに向かったが、その直後頭のない聖母像の後ろから黒い球を持っている手が見えた。

「手榴弾《しゅりゅうだん》だ」と白人の教師が叫び、すぐに小道に駆け出した。後に同僚の先生たちが続く。彼らの身のこなしはとても素早かった。それまで彼らにそんな能力があるなどと誰も思っていなかった。警官のひとりが銃を構え、谷底のシダの茂みの下を隠れるように流れている小川に向かって発砲した。

生徒たちはパニックに襲われた。みんなぶつかり合い、足踏みし、一目散に逃げだした。それには足を長い服に取られた修道院長の叱責も懇願《こんがん》も効果がなかった。法衣をたくし上げたペール・エルメネジルドも、息を切らした市長も彼女たちを止めることはできなかった。市長は黒い球を振りかざしながら叫んだ。

「なんでもない、大丈夫。ただの粘土だ」

ボーイたちは預けられた食料の籠を放り出す。缶詰が山の斜面を転がり落ちていき、物資管理係のスールは絶望的になったが、すぐに追いかけるのを諦めざるを得なかった。

逃げ出した全員がリセの校庭に集まった。みんな息を整える。「礼拝堂に」と修道院長が指示した。全員が椅子に座ると、彼女は口を開いた。

「みなさん、みなさんは酷い冒瀆の目撃者となりました。不信心の手が、その手が誰のものかわたしは知りたくもありませんが、わたしたちの保護者、ナイルの聖母マリアさまのやさしいお顔を傷つけたのです。神に対するこの罪を償うのはわたしたちの使命です。今日は、断食をしましょう。口にしていいのはゆでた豆だけです。どうか神様がこのような罪を犯したものをお許しになりますように」

すると席の列からグロリオザが抜け出し、祭壇の階段のほうに向かうのが見えた。彼女は市長の耳元に何かささやき、市長が修道院長に近づいた。ふたりは低い声で話し合っていた。ようやく修道院長が、少しぎこちなく口を開いた。

「グロリオザが皆さんに言いたいことがあるそうです」

グロリオザは祭壇の前の最上段に上がった。仲間たちを眺めまわし、いたずらっぽい笑みで数人を見つめたり、満足げに見据えたりした。彼女が口を開いたとき、その声は大きく響き、生徒たちを驚かせた。

「みなさん、わたしが話をさせてくださいとお願いしたのは、わたしの名においてということではありません。これは党の名において、多数派の民の党の名においてお話ししています。わたしたちの敬愛する修道院長様はナイルの聖母の頭を誰が破壊したのかを知りたくないとおっしゃいました。でもわたしたちはよく知っています。この罪を犯した人たち、それはわたしたちの昔からの敵です。わたしたちの父や祖父たちを殺した人たち、イニェンジたちです。彼らは共産主義者、無神論者です。彼らは悪魔の命を受けているのです。ソ連でも同じことが起きています。彼らは教会を焼いてしまおうとしています。司祭や修道女たちを殺し、すべてのキリスト教徒を迫害しようとしています。彼らは侵入し、あらゆる場所にいます。わたしはここにもいるのではないかと心配しています。わたしたちの中に。このリセの中に。でもわたしは市長さんとその部隊を信頼しています。彼らはきっと自分たちの仕事を全《まっと》うしてくださるでしょう。わたしが皆さんに言いたかったのは、ここに新しいナイルの聖母像が来るということです。それは本物のルワンダ人、多数派の民の顔をした聖母です。フツのマリアです。そのことをわたしたちは誇りに思うでしょう。わたしはこれから父に手紙を書きます。父には彫刻家の知り合いがいます。近日中にわたしたちのもとに真のナイルの聖母が来ます。ルワンダの女性にふさわしい、わたしたちが遠回りしなくても祈りを捧げられ、わたしたちのルワンダを護ってくださる聖母です。でも、わたしたちのリセは、みなさんもご存じのようにまだ寄生虫でいっぱいです。不純物、汚物がこのリセを真のナイルの聖母を受け入れるのにふさわしくない場所としているのです。わたしたちは急いで任務に携わらなければなりません。あらゆる場所の隅々まで清掃するのです。この作業は誰も嫌がることは許しません。真の活動家の仕事なのです。これがわたしが言いたかったことのすべてです。それでは国歌を歌いましょう」
生徒たち全員が拍手をして、市長が歌い始め、みんなが声を合わせた。

ルワンダ　ルワク　ルワンダ　ギフグ　チャンビヤイエ
ンダクラタナ　イシャカ　ンウブトワリ
イヨ　ニブツェ　イビグイ　ワジゲ　クゲザ　ウブ
ンシミラ　アバルワナシャカ
バザニェ　レプブリカ　イダヒニュカ
トウェセ　ハムウェ　トゥウンゼ　ウブムウェ　ドゥテレ　インベレ　コ
ルワンダ、われらがルワンダ　われらに日を与えたルワンダ
われ、おまえを崇め、ああ、勇敢で英雄的な国よ
多くの試練の道をおまえが通ったのを覚えてる

活動家に敬意を払おう
ゆるぎない共和国を建国した者たちよ
共に、行こう。行こう、前進しよう

「ほらね、ここではもうわたしは大臣よ」と自分の席に戻るとグロリオザはモデスタに言うのだった。

学校は終わった

ナイルの聖母への攻撃が起きた翌月のリセの活動は、新しい真の大河《ナイル》の聖母《マドンナ》を大々的に迎える準備が中心となった。古い像は容赦なくその台座から降ろされた。それをどうしたらいいものか誰にもわからなかった。破壊するのはもしかしたら危険かもしれない。長い間崇め、祈りを捧げた方の復讐を恐れた。結局幌をかぶせて、庭の奥の発電機がある小屋に預けることにした。長い間、年取ったスール・キジトがときどき杖を突いて祈りを捧げているのではないかと疑われた。なにしろ彼女は、厳粛に熱気の中でその像が泉の上に置かれたのを見た人なのだ。

グロリオザは勝利した。活動家としての祝福と、ペール・エルメネジルドの支援を受けて、彼女は自ら真のナイルの聖母の建立委員会の議長と名乗ったらしい。ペール・エルメネジルドとふたりだけで図書室を占拠し、そこを大本営としたが、そこには彼ら二人の許可なしには誰も入ることができなくなった。電話はそれまで修道院長専用だったが、そこに設置されることになった。グロリオザはほとんど授業に出席しなくなった。ペール・エルメネジルドを伴って、時にはほかの教師の授業を中断させ、キニャルワンダで二重の意味を持つような短い文章のスローガンを唱えた。そして彼女は驚くほどゴレッティと和解し、彼女を委員会の執務室に迎えた。しかし、ゴレッティはグロリオザの行動力を認め、称えながらも提示された副委員長の役目は固辞し、ほかの生徒たちの前では慎重な控えめな態度を示していた。修道院長はもうその執務室から出てこなくなった。出てきても、学校に蔓延《まんえん》している混乱を見ないふりをした。ペール・エルメネジルドがその序列を重んじながらも、隠しきれない不遜《ふそん》さを醸し出し委員会の活動報告をしに来ても、修道院長はただこう対応するのみだった。

「はい、はい、いいですよ。あなたは何をすべきかわかってらっしゃるのですから。ルワンダは独立国ですし、ええ、独立国ですからね。でもお忘れなく。わたしたちに託された責任は、若い娘たちに対するものです。若い娘たちだけに対する責任です」

そして修道院長は物資管理係のスールに頼んでいた帳簿の点検に戻るのだった。それは翌年の準備のためだった。

グロリオザとペール・エルメネジルドは出張で数日間キガリとブタレに向かった。大きなメルセデスがグロリオザの父親から用意され、ふたりをリセまで迎えに来た。ふたりが戻ってくると、すぐに委員会のメンバーを執務室に集め、修道院長に報告したのち、大自習室に全生徒と全教職員を集めて全体会を開いた。グロリオザはまずペール・エルメネジルドに言葉を譲った。彼は政府と党の強い要請によって、ナイルの聖母の設置に合わせてルワンダ青年活動家（ＪＭＲ）が集結することになったことを発表した。ＪＭＲは今現在も国のあらゆる場所で親世代の社会革命を続けているのだった。中学生や大学生がマイクロバスに乗ってニャミノンベまでやってくることになる。予想では五十人くらいが来るだろうということだった。彼らは青年活動家の中でも最も優秀なメンバーで、彼らは軍が支給するテントを泉の平地に立ててそこに滞在することになる。なぜなら男子学生をリセの中、若い娘たちの近くに宿泊させるわけにはいかないからだ。式典は宗教的なものと愛国的なものになるはずだ。ペール・エルメネジルドはその演説をキニャルワンダで結び、ルワンダの若者たちがナイルの聖母に誓いを立てる。ナイルの聖母はこれから真のルワンダ女性の象徴となり、常に横暴な侵略者たちによって数世紀もの間奴隷とされたことを思い出し、社会革命で得たものを護り、外部のだけでなく、特に内部に残った多数派の民の冷酷な敵と戦いつづけることを誓うのだと宣言した。グロリオザも引き続きキニャルワンダで付け加えた。ナイルの聖母学園《リセ・ノートルダム・デュ・ニル》はじきに勇敢な活動家たちを見習うことだろう。彼らは学校や役所で国からイニェンジたちの仲間を排除するために果敢に立ち上がったのだ。ナイルの聖母学園の生徒たち、ルワンダの女性エリートたちは、その親の勇気にふさわしくあることを証明できるだろうし、彼女自身、ニイラマスカも自分の名前にふさわしい態度をとることになると誓ったのだった。

　会場の全員が拍手した。ただひとりルグラン先生がおそるおそる小さく疑問を呈《てい》する。

「でも、そんなお祭り騒ぎでどのように課程を終わらすことができるのでしょうか。認定を拒絶されて、その結果一年を棒に振ることにでもなったりしたら……」

　ペール・エルメネジルドが慇懃に答えた。外国人の先生方と友人の方々は何も心配することはありません。これはみなさんにはまったく関係のないことなのですから。ナイルの聖母学園はこの国でいちばんいい学校とされているわけですから、何も心配することはないのです。例年通り年度末の試験は国によって認定されることでしょう。

「ヴィルジニア、近づいてきたわ。あなたも気づいてるでしょ。わたしたちが優遇されているリセにいるからといって免れるわけじゃない。むしろ逆かもしれない。わたしたちは彼らにとって一番の過誤なの。それをもうじき修復しに来るわ。グロリオザはそのためにすべて計画してきたのよ。イニェンジの亡霊の話、マリア像に対する破壊活動、フツの新しいマドンナ、すべてが準備されていた。あとはJMRの集結を待つばかり。そして彼らが来るときはマリアさまの栄光の聖歌を歌いながらやってくるわけじゃない。彼らは太い棒や、槌を持ってやってくる。もしかしたらマチェットまで持って、彼らのナイルの聖母を崇めに来るかもしれない。たぶん新入生たちはわたしたちに何が起こるかをちゃんとわかったと思う。でももしリセに入ったことで大喜びして、まだ将来大臣の妻になるという幻想にしがみついているのだとしたら、ちゃんと知らせなくちゃね。こっそりと。いま集まるのはとても危険よ。陰謀を想像してよ。ツチの集会なんて。そして逃げなくちゃならない時が来たら、追跡を混乱させるためにひとりひとりばらばらに逃げなくちゃならない。何人かはつかまるでしょう。でも何人かは、きっと逃げ切れると願うわ」

「わたしは卒業証書なしではリセを離れない。あと少しでお免状が取れるのに、絶対にダメ。わたしの母にとってどれほど大事なことか、あの紙切れに託した大きな夢が。それにわたしはわたしたちと同じくらい成績が良くて、なんならわたしたち以上に成績がよかったのに、あのクオータ制のせいで排除された人たちのことも考えるの。彼女たちはただの農民になることを受け入れたの。一生貧しい農民でいるのよ。彼女たちのためにもわたしはこのお免状が欲しい。たとえルワンダではなんの役にも立たなかったとしても。それにわたしたちが脅かされるのは何も今回が初めてのことじゃないし、それがわたしたちの日常ってことよ。資格を取れるのを待って、もしここを出なくちゃならないなら、何か方法を見つけるわ」とヴィルジニアが言った。

「わたしはそんなことは確信できないと思ってるの。全国規模でツチの役人や学生を迫害し始めたことは知ってるでしょ。そのうち、ナイルの聖母学園の番になる。なぜわたしたちが免れられるのかしら。淘汰は女性エリートのリセで華々しく終わりを告げる。わたしたちを待っているのが何かはわかってるはずよ。わたしたちがかつて受けていたこと、そして今でも毎日予言のように言われていることを忘れたの？　一九五九年にはわたしの家族の半分がブルンジに逃げた。三人の叔父が殺された。一九六三年に父は殺されはしなかった。キガリでは彼らが望むほどは殺せなかったからね、国連がいたから。でもほかの大勢の人と一緒に投獄された。可能な限り彼は叩かれた。そして解放された時、それも大統領が白人たちに自分がいかに平和主義者かということを見せたかったからなんだけど、高額の罰金を払わされたの。その上、父が持っていたトラックとタクシーを没収された。おまけに彼はイニェンジのスパイで共犯者だという書類に署名させられた。父は怖がっている。その書類は今でも警察に保管されているから。そのせいでもしかしたら父は今日殺されるかもしれない」

「わたしたちの親が殺されたら、わたしたちも殺されたほうがいい。教会に逃げたときに何が起きたか知ってる？　ものすごくたくさん孤児たちがいたの。父親や母親はみんな殺されていた。そしたら知事がやってきて、フツの家族で子どもたちを引き取ってもいいって言ってるのがいるって伝えに来たの。彼は宣教師たちの前で大仰な言葉を使っていた。キリスト教徒の慈悲の心とか、社会的団結とか……。父が同じ言葉を使って怒りだして、母は泣き出した。彼らは孤児たちをみんなで分けた。男の子たち、つまり畑で働ける子たち。そして若い娘たち。彼女たちはみんなとても人気があった。何故だかわかるでしょ？　ＪＭＲがグロリオザの言うようにやってきたら、彼らが何をしにくるかわかっている。だからずっと隠れて家族のところに行ってそのあとブルンジに行けばいい」

「わたしはフォントナイユのところに行く。彼ならわたしを守ってくれる。絶対にわたしに乱暴するような人たちや殺そうとする人たちに渡さない。彼にとってわたしはイシスなの。それにあなた以外にわたしがあそこに行ってることを知っている人はいない」

「それは本当に確か？　誰にも後をつけられたりしなかった？　モデスタにも何も言ってない？　時々わたしは疑問に思うの。なんで彼女は親友に隠れてまで、わたしたちツチと話したがるのかしら。それは彼女が半分ツチだからなのか、それともスパイをしているからなのか。彼女も哀れね。なんでそんなに複雑なことになってるんだろ」

「わからない。言うのは難しいわね。もしかしたら彼女は何か気づいたのかもしれない。ときどきわたしが日曜日に何をしているのか聞くの。そして笑いながら、あの狂った白人のじいさんのことをほのめかすのよ。あの美しいツチの娘を描くのがとても好きなひとねって」

「気をつけてね。お母さんがツチでも、彼女が結局はどっち側につくかわかるでしょ？」

「でも、ヴィルジニア、もし本当に逃げなくてはならないのなら、どうしたらいい？ リセは、ニャミノンベではとても目立っている。リセはあらゆるところから囲まれている。わたしは確信しているけど、市長と彼の配下の警官たちや活動家たちはもうすごく近くで見張っていると思うの。そしてその時が来たら、彼らは公道に検問所を設けるわよ。トヨタに乗って年取った農民のふりをしてもニャミノンベから出られるわけがない。そしてリセの中では誰も当てにはできないわよ。修道院長様はもうすでに執務室に引きこもって何も見ないようにしているし、ベルギー人の先生たちはこれからもずっと変わらず授業を続けるでしょう。フランス人の先生たちは、時どきわたしたちに好意を見せるけど、それはおそらくわたしたちの見栄えのせいだと思う。でも彼らも大使館の指示に従うわ。介入はしないことってね。もし誰かがわたしたちに飛びかかって殺そうとしたらきっと言うわ。アフリカではずっと前からこうだったたって。未開人たちの殺し合いなんて何もわからない。そしてもしかしたら中には部屋に籠《こ》もって泣くような人がいるかもしれない。でもその涙はわたしたちを助けてはくれないわ。でもわたしには希望がある。フォントナイユよ。知ってるでしょ。彼はわたしの肖像画をヨーロッパに送ったの。だからわたしは向こうで知られてるの。彼は何度も言ったわ。ヨーロッパではみんながわたしのことを待っているって。だから彼は何もせずにわたしを殺させたりはしない。だからあなたもわたしと一緒に来て。あなただって彼の女王カンダケじゃない。彼はその女神と女王を救わなくちゃならないのよ」

「あなたの白人のところに隠れには行かないわ。不思議ね。わたしは怖くないの。まるで絶対になんとかなるってわかってるみたいなの。まるで何か、誰かがそう約束してくれたみたいに」

「それ誰なの？」

「わたしにもわからない」

ヴィルジニアは、ツチの学生たちが逃れられない運命に導かれるその日までの日数を数えていた。もはや疑いもなくペール・エルメネジルドの計画はひとつひとつ細かいところまで実現するだろう。でも彼女は彼女の胸の奥底にある確信をぬぐいさることができなかった。そしてそのことで動揺していた。きっと自分は助かる。この間グロリオザはリセの絶対的権力者になっていた。彼女は食堂まで支配下に置いた。小さな台の上にあるテーブルにはもともとスール・ジェルトリュードと生徒監督がいて、そこから生徒たちの様子を見守るのだが、今ではそのテーブルには誰もいなかった。グロリオザはもうイニェンジの前では口を開きたくないと言った。今後、イニェンジたちは真のルワンダ人たちの後に食事をすることになる。食料のクオータもちゃんと確保して多数派の民がまだ寄生虫に与えることが許されている分だけは残してやる。食事のテーブルに着いていた生徒たち全員が彼女にならった。グロリオザはまたツチ・

イニェンジには話しかけてはならない、そしてイニェンジたちが仲間内で話すのも阻止しなくてはならないと言った。真の活動家たちが常に監視して、疑わしいと思われたことや行動はすぐに彼女に伝えられることになっていた。ヴィルジニアはそれでもイマキュレが席を最後に立って出ていく時には、こっそりと彼女の分の大部分を残していくことに気づいた。

ヴィルジニアはもう眠れなくなり、眠りたくもなくなっていた。彼女は物音に注意し、怯《おび》えながら門のきしみ音、エンジンの唸り音、あるいはタイヤがこすれる音を待っていた。それが殺しに来る者たちの侵入を予告するものだった。その後には暴力的な怒鳴り声、叫び声、脅し、階段に響くスパイクのついた靴の音、闘争の混乱が続く……。

ヴィルジニアはそれが夜起きることを願っていた。そのほうが殺人者たちをリセの廊下で撒《ま》くことが容易にできると思ったからだ。台所に続く階段から庭に出て、壁を乗り越え、そして走る。山まで走る。その後、何が起こるかはどうしても想像できなかった。とにかくそれは絶対に月のない夜に起きることが大事だった。

逃走のイメージは、いつも同じで、常にヴィルジニアの頭の中を駆け巡ったが、ある夜、彼女は眠気に耐えきれず、夢を見た。そして目が覚めると、ふたたび彼女が免れるだろうという確信はさらに強くなったが、その説明はつかなかった。夢の中で、彼女は自分が大きな館の迷路をさまよっている姿を見た。かつての王たちのために建てられたような館。中庭の入り口を囲っていた竹の棒の下に、男がいた。彼は若くて、背がとても高く、その顔立ちはまったく欠点のない美しさだった。男は彼女を待っていた。「わたしのことがわからないのか？　わたしの家に来たことがあるのに？　ウムウィルのルバンガがわからないか？」彼はヴィルジニアに大きな乳甕を差し出した。「これを女王に持っていくのだ。女王はお前を待っている。お前を待っている」ヴィルジニアは再び何重にもなっている囲いの間の道に戻り、ようやく大きな庭園に出た。そこでは美しい娘たちがゆったりとしたリズムで踊っていた。その歌は母親が好んで歌っていた子守唄《こもりうた》を思い出させた。すると女王が大きな家から出てきた。その顔はビーズの覆いで隠されていた。ヴィルジニアは彼女の前でひざまずき、乳甕を差し出した。女王は心地よい緩慢さで味わうようにそれを飲み、甕を侍女のひとりに渡すと、ヴィルジニアに言った。「よくわたしに仕えてくれたね、ムタムリザ、おまえはわたしのお気に入り。ほら、これが褒美だ」ヴィルジニアには二人の牧童が真っ白な子牛（未出産のメス牛）を連れてくるのが見えた。「おまえのためだ。名前はガタレ。この名前を覚えておくのだよ、ガタレだ」と女王は言った。

ヴィルジニアは突然門のきしみ音で目を覚まし、飛び起きた。殺人者たちか？　と思ったが、目覚ましの音で安堵した。この日もほかの日と同じように始まった。夢の記憶が頭から離れなかった。彼女はその思いの中に逃げ込み、目に見えない保護下にいるように感じた。そしておまじないのように夢の子牛の名前を唱えた。「ガタレ、ガタレ」と。ずっと夢の中にいつづけていたかった。

新しいナイルの聖母像はシートがかぶされた小型トラックで運ばれてやってきた。像をすぐに生徒たちの一団が囲んだが、彼女たちは間もなく落胆した。聖母像は木の箱に入っていて、それをボーイたちがペール・エルメネジルドのびくびくした指示に従い、肩に担いで礼拝堂まで運んだ。司祭はグロリオザとともに礼拝堂に閉じこもり、他の者に入ることを禁じた。ボーイたちが木箱を壊す金槌の音が聞こえ、グロリオザが礼拝堂から出てきて言った。「とても美しい像です。本当に美しい、本当に黒くて。でもリセがこの聖母像を受け入れるのにふさわしくなり、司教さまが祝福を与えられるまでは誰の目にも触れさせてはなりません」それでも生徒たちは礼拝堂の中に駆け込んだが、祭壇の前の大きなルワンダ国旗に覆われた何かわからない形のものを見ることしかできなかった。

ヴィルジニアは懸命にヴェロニカを探したが見つけることができなかった。彼女は授業にも出ないで、食堂にも来なかった。最終学年《テルミナル》の生徒たちはまるで彼女がいないことに気づかないふうを装っていた。ただグロリオザだけがヴィルジニアに聞こえるように大きな声で言った。「大丈夫。心配ない。ヴェロニカはあまり遠くには行ってない。この中に彼女がどこにいるか知っているひとがいるのをわたしは知ってるわ。わたしも信頼できる情報源からそのことを聞いてるんだけどね」とモデスタを見た。寄宿舎に戻る時、階段の混雑の中で、モデスタはようやくヴィルジニアに声をかけることができた。「絶対にあの年寄りの白人のところに行こうとしないでよ。ほかの方法を探して。あそこだけはダメ」

夜中、ヴィルジニアはどのようにしてヴェロニカに知らせようか考えた。聖母像が届いたときに、彼女はきっとフォントナイユのところに行ったのだ。それが彼女の唯一の計画だったから。でもこのことはもはや秘密でもなんでもなくて、ここの全員が彼女の隠れる場所を知っていたのだ。ヴィルジニアは怒り、辛かったが、必死に涙をこらえた。翌朝、「ほらね、せっかく美しい名前を持ってても、やっぱり泣かせることができるのね」と誰かにあざけられずに済ますためだった。

日々大きくなる混乱にもかかわらず、教師たちは引き続き普段通り授業を行っていた。時間割、教師たちの存在と授業が時間通りに行われる正確さが、唯一修道院長が守らせることができていた規律だった。それも数人の生徒たちの度重なる欠席に何度か目をつぶればの話だったが。授業の間、ルグラン先生が先日採点のために集めたノートを職員室の自分の棚に忘れたので誰か取りに行ってくれないかと言ったとき、イマキュレはほかの生徒たちよりもいち早く率先して自分が行くと言った。戻ってきた時、イマキュレはノートを生徒たちにそれぞれ返した。ヴィルジニアはそのノートの中に小さな紙片が入ってるのを見つけた。そこには「JMRが来たら（明日来るらしい）、ほかの子たちのように逃げないで。寄宿舎に戻ってわたしの部屋で待ってて。わたしを信じて。あとで説明するから。この紙はやぶいて。必要なら飲み込んで。イマキュレ・ムカガタレ」と書かれていた。

ヴィルジニアは手の中の紙を何度も繰り返し読んだ。イマキュレのプランはもしかしたら素晴らしいものかもしれない。でも彼女を信じてもいいのだろうか。イマキュレは彼女にとって本当の友だちとは言えなかった。もちろん、彼女はグロリオザの仲間ではなかった。彼女は政治のことをバカにして、特にグロリオザのことをバカにしているようだった。彼女は自分の美貌にしか関心がないように見えた。それならなんでツチを救うためにそんな危険を冒すのか。彼女の部屋に隠れるということは、彼女に完全に身をゆだねるということだ。その後、彼女はどうするのだろう。しかしそこにイマキュレの名前があった。彼女の父親が付けた本当の名前だ。ムカガタレ。ガタレ、白いもの、純粋なもの？　目に見えない保護下にある感覚が再び彼女をとらえた。そうだ。イマキュレの示す計画に乗ってみよう。ムカガタレ。何を失うというのか？

それはヴィルジニアが想定したようにすぎた。二台のマイクロバスが大音量で柵を越え、大門のテラスの正面にぴったりと止まった。とても若い男たちが降りてきて大きなこん棒を振り回していた。すぐさまツチの生徒たちは廊下に出て散り散りに逃げ出した。他の生徒たちは彼女たちを追いかけたが、彼女たちを捕まえることはできなかった。ヴィルジニアは教室の一室に誰もいないことに気づいた。そこに入り、教卓の下に身を隠した。追跡者の一団が叫びながら通り過ぎた。廊下に誰もいないことを確認すると、ヴィルジニアは中庭に面している窓からのぞくのを我慢できなかった。するとそこにはグロリオザがおそらく活動家の長と思われる若者に指図しているのが見えた。彼女はグロリオザが考えた計画を容易に想像することができた。生徒たちがツチの同級生たちを庭のほうに追いつめ、そこにはＪＭＲがこん棒を持って待ち構えているのだ。ヴィルジニアは教室の扉を少し開けた。廊下にはもう誰もいなかった。彼女は慎重に廊下に出た。がらんとした教室で、ベルギー人の教師たちが教卓に残り、明らかにこのような場合、どのような態度が一番ふさわしいのかを模索していた。フランス人の教師たちは集まって熱心に議論していた。ヴィルジニアはまるで静けさに包まれたように寄宿舎に続く階段を上った。そして誰にも会わずにイマキュレの部屋に入った。もし危険になったら、ベッドの下にもぐればいいと思い、安心した。彼女は待った。わずかな音にも警戒した。叫び声や怒鳴り声が建物の裏から上がってきていた。庭からだ、と震えながら思った。しばらくして足音が聞こえ、彼女はベッドの下に飛び込んだ。

「そこにいるの?」とイマキュレが聞いた。

「あなたなのね、イマキュレ。わたしをどうするというの?」

「説明してる場合じゃない。むしろよく聞いて。ベッドの下にパーニュがある。それに身を包んで。そしてニャミロンギ、雨降らし女のところに行くのよ。わたしがすべて準備した。カガボを頼みに行かせた。カガボによると、雨降らし女は難なく承諾したって。あそこまであなたを探しに来る人はいない。わたしたちを乗せる車が来たら、カガボをあなたのところに知らせにやる。必要なら車のトランクにあなたを入れる。急いで。カガボが待ってる。彼のことは何も心配しなくていい。わたしがじゅうぶんにお金を与えたし、どっちみち、魔術師たちはあまり当局と親しくしたがらないの。わたしが先に行くわね。危険があれば知らせるから」

イマキュレが言った。「カガボは市場であなたを待っている」と。午後のこの時間、市場はずっと前に終わっていた。やせ細った数匹の犬がカラスや鷹などとわずかな残りかすの山を取り合っていた。古い錆び付いた缶のバリケードの後ろで、「おい、こっちからだ」と言う低い声が聞こえた。彼女はカガボが薪の束の近くでしゃがんでいるのを見つけた。カガボは愉快そうにヴィルジニアを見た。

「おまえのパーニュは農民の女のふりをするには新しすぎるな。ちょっとよこせ」

彼は立ち上がってパーニュをとった。くしゃくしゃにしてから、埃にまみれさせ、地面を流れる臭い水の流れでてきた三角州にごしごしこすった。

「よし。これでいいだろう。靴を脱いでこっちにおいで」

彼はヴィルジニアの顔を土で真っ赤になった両手ではさみ、頬をゴシゴシこすり、髪を覆うための汚い布切れを渡した。

「よし、これでおまえは本物の農民の女のように化けた。この木の束を頭の上に載せてゆっくり歩くんだ。ゆっくり、ゆっくり。ほんものの農民のように。何も怖がることはない。みんな怖がっている。何が起きているのかがまったくわかってない。みんな外に出たがらない。商人たちも店じまいをした。そしてわしがお前を護っている。毒盛りに近づくのはよくないからな」

ヴィルジニアが煙った小屋に入ると、目に入ったのは囲炉裏の炎が作る影と、光の交差しては現れ消えるさまだった。藁葺きの天井の下に暗い部屋があり、そこには中心の灯が届かなかった。そこから弱々しい声がした。

「来たね。ムタムリザ、待ってたよ。こっちにおいで」

ヴィルジニアは小屋の奥に進み出て、ようやく茶色い毛布に頭からくるまった年老いた女の姿が見えた。そこからしわくちゃの顔が浮かび上がり、その顔はヴィルジニアに小猿たちを思い出させた。そのサルたちはよく母のトウモロコシ畑を荒らしに来たものだった。

「こっちにおいで。怖がらなくていいよ。お前が来ることはわかってた。カガボがおまえが来るって言ったからじゃないよ。彼よりもずっと前から、そしておまえを預かってくれるようにカガボをここによこした娘よりもずっと前から知っていた。誰がお前をよこしたのかも知ってるよ。そしてその誰かのためにわたしはおまえを迎えることにしたんだからね」

「ニャミロンギ、どう感謝したらいいか。あなたはわたしの命を救ってくれたのに、わたしはその代わりに何もあげられない。わたしはリセに自分の持ってるものすべてを置いてきた。でもおそらくカガボがわたしの友人がわたしの代わりに預けたものを渡してくれたんでしょうね」

「カガボは持ってきたよ。でもわたしは要らないって言ったんだ。わたしがこうするのはおまえの友だちのためじゃない。だからあの子が払うことはないんだ。影の向こうにいるお方のお気に入りを迎えたら、その方がわたしにもいいことをしてくれるからだよ。わかっている」

「じゃあ、あなたにはわたしの夢が見えるの？」

「わたしは白い子牛を見た。そしておまえにそれを与えた人も見た。でもわたしが見たのは夢の中ではない。わたしが見たのは魂に影の向こう側に連れて行かれた時だよ。おまえは影たちのお気に入りだ。さあ、ニャミロンギのもとへようこそ」

ヴィルジニアはニャミロンギのそばに座った。彼女は毎日ソルゴのお粥を作った。ニャミロンギは気に入ったようだった。ヴィルジニアは小屋の後ろにある納屋はさまざまなものでいっぱいだということに気づいた。ニャミロンギには「客」がたくさんいるのだろう。夜が更けると、彼女は火の近くにしゃがみ、右腕を伸ばし、長い爪の人差し指で四方向を指し、そしてまた毛布の下にくるまり、ただ頷《うなず》きながらなにやらヴィルジニアの理解できない言葉をつぶやくのだった。一週間が過ぎた。ヴィルジニアはますます不安になった。リセで何が起きたのか？ヴェロニカはどうしたのだろう？　そしてほかの生徒たちは？　何人かは逃れることができただろうか？　と努めて考えてみた。イマキュレは彼女のことを忘れたのだろうか。岩の陰に隠れて、ヴィルジニアはリセに下りる斜面をずっと見ていた。

だがある夕方、ニャミロンギの腕が、その人差し指と長い爪が震えだした。腕を下ろすのに左手の助けを借りなければならなかった。彼女は眼を光らせてヴィルジニアに言った。

「雨がもう去ると言っている。雨はしきたりにしたがって埃っぽい日々に場所を譲らなければならない。そしてこうも言ってる。下のほうで、ルワンダで、人間の季節も変わったと。でもまだ信じてはいけないとも言っている。静かな時を信じる者は赤土に不意を突かれることになるだろう。彼らは雷に打たれ、滅ぶ。おまえはもうじきわたしから離れる。明日、お前のために占いをしてやろう」

ニャミロンギは夜明け前にヴィルジニアを起こした。そして残り火の上に薪を足して火を復活させた。

「おいで。日が昇る前に占いをしなくてはならない。太陽がいると、魂は返事をしなくなるからね」

彼女は大きなふるいを手にして、無花果の繊維で作られた小さな袋から七本の小骨を取り出した。

「羊が運勢を知るためにくれた骨だよ。だから食べてはならないよ」

ニャミロンギは目をつぶり、七本の小骨を大きなふるいの上に放り投げた。目を開いて何も言わずに長い間、骨が描いた形を眺めた。

「何が見えるの？」と少し不安になってヴィルジニアが聞いた。

「おまえはルワンダから遠く離れたところに行く。そして白人たちの秘密を習うことになる。そしておまえには息子が生まれる。その子にンガルカと名付けなさい。『わたしは戻る』という意味だ」

「ご覧」とカガボが言った。「お前の友だちがあそこで待っている。車の中だ」

ランドローバーの後ろのドアが開き、ヴィルジニアは車に乗るように合図するイマキュレを見た。「早く、こっちに。戻るよ。もう隠れなくてもいい。でもあまり目立たないようにしてね」

「わからない」とヴィルジニアが言う。「どうしたのか説明して」

「ニャミロンギは雲と話すけど、トランジスターラジオは持ってないのね。クーデターが起きたの。軍が政権を取った。前の大統領は公邸で監視下に置かれている。そのニュースを知ると、活動家たちはマイクロバスに急いで乗り込んでものすごい勢いで去って行った。いつもラジオを聴いているスール・ジェルトリュードがこのニュースを教えてくれたの。グロリオザの父親がどこにいるのかわからない。逃亡しているのかもしれない。投獄されたのかもしれない。みんながグロリオザに反旗を翻《ひるがえ》した。そして彼女を罵倒しだした。彼女がすべてを計画してたの。混乱も狼藉《ろうぜき》も。彼女のせいで高校卒業の免状は認められなくなってたかもしれない。この一年が無駄になるところだった。すべてはあの野心家のせいで。その父親が今ではもしかしたら牢屋にいるかもしれない。ゴレッティが長い演説で、グロリオザに聞くように強制した。今や本物のフツが国を救うために政権を取った。あらゆる植民地主義、ツチ、ドイツ、ベルギーの支配に抵抗した者たちだ。ツチのやりくちをまねしていた者たちは本物のキニャルワンダを話すべきだ。火山のふもとで話されている言葉をって。いまではみんながゴレッティの言うことを難なく理解できるようになっていた。そして彼女の話し方をまねする者たちも出てきた。ついに軍の車がグロリオザを迎えに来たんだけど、彼女がどうなったか誰も知らない。でもわたしは彼女についてはあまり心配していない。あれほどの野心家なら――グロリオザ・ニイラマスカ。政治の道に彼女の将来はあるわ。きっとまた会える。きっと目的を達せられる。そして修道院長さまがやってきて、夏休みが一週間前倒しになったと伝えた。大使館は兵役免除《コオペラン》を首都に呼び戻した。リセは門を閉めなくてはならなくなった。親たちには娘を迎えに来るように伝えられ、迎えが来ない生徒たちのためにはマイクロバスを借りてくださった。ペール・エルメネジルドが新しいナイルの聖母像の除幕式は新学期に延ばされると言った。その時に国家の団結も祝おうという話。わたしは父親に知らせることができた。それで運転手をよこしたの。さあ、行きましょう」

「で、リセのほかの子たちはどうなったの？　逃げられたの？　えっ？　殺されたの？」

「ううん。少なくとも全員は殺されていない。あのね、グロリオザ以外は本当に自分の手でクラスメイトを殺したいと思っていた子はさほどいないのよ。リセから追い出すことだけなら、そうね、あそこがツチの居場所ではないという意見には賛成してたかもしれないけど。わたしが校庭に戻ったとき、ペール・エルメネジルドが活動家にこんなことを言っていたの。『ツチをリセから追い出しなさい。でも自分たちの手を汚すことはありません。何人かを捕まえて、まあひとしきり棒で叩いたら、もう学ぼうなんて気持ちは失《う》せるでしょう。彼女たちは山の中で寒さと飢えで死ぬでしょう。野良犬や野生の動物たちに食われるかもしれない。そしてそれでも生きのびて国境を越えることができた娘たちはあれほど自慢にしていたその身体を市場のトマトくらいの値段で売ることになるでしょうね。恥は死よりも酷いものです。神の裁きにゆだねましょう』わたしの考えでは多くの娘たちが逃げおおせたと思うの。彼女たちは教会に救いを求めることができたと思う。白人の宣教師たちがかくまってくれたわ、きっと。彼らはツチが彼らのお気に入りの信者だった時代に郷愁を持っているし。あるいは教会から追われたツチの神父さまたちと出会って、その人たちに救われたかもしれない。そして一緒に国境を越えることができたかもしれない。それに農民たちも彼らとは関係ない学校の問題を理由に、教育を受けた若い娘を殺そうとはしないでしょう。彼女たちは今ブジュンブラとかブカヴとかほかの場所にいるんじゃないかしら。わたしは死んだ人の話は聞いていない。リセの生徒たちのなかにいたのかどうかは。グロリオザはそのことを自慢しないはずがないもの。でもあなたとヴェロニカのことは、グロリオザは本当に殺したいと思っていたのよ。彼女はあの厳粛な卒業証書授与式の時に、あなたたち二人が近くにいるだろうことが我慢ならなかった」

「で、ヴェロニカは？　ヴェロニカはどこにいるの？　ヴェロニカには何が起きたの？」

「知らない。それは聞かないで」

「いえ、あなたは知ってるわ」

「言いたくない」

「いや話して。話さなきゃダメ」

「話すのが恥ずかしいの。今ではすべての人間がほんとうに怖い。一人一人の人間は、その中に何か酷いものを持っている。わたしの恋人だって、もう会いたくない。彼が手紙で、いい活動家として行動したことを誇りに思うって書いてきたの。自分の学校のツチをたたいたって。彼が殺したかどうかまでは知らない、でも自分が与えた打撃で不具になる者が出ることを願っているって。もう彼には会いたくない。それでもまだヴェロニカが何をされたか知りたい？　それなら聞いて。でもわたしの前で泣かないでね。あなたはムタムリザ。泣かしていけない娘なの。もしあなたを泣かしたらわたしに不幸が訪れるから。

だからＪＭＲがツチを追い出した時、グロリオザが言ったの。二人足りないって。ひとりはどこにいるか知っている。でももうひとりはリセのどこかに隠れてるはず。彼女を見つけなくてはならない。徹底的にやって。そして彼女には身体中の涙を流してほしいの。ムタムリザなんて！　と。わたしたち学生のことをまともに扱って欲しいのよ。彼らはあなたのことをあらゆる場所まで探した。リセのあらゆる場所を探した。その頃もうあなたは遠くにいたから。グロリオザは怒り狂っていた。だからいつものように犬のようについていきていたモデスタに襲いかかった。それで罵倒し始めた。『このゲス！　さすが汚い血が混じってるだけあるわね！　あんたがヴィルジニアに知らせたんでしょ。逃げなさいなんて言ったんでしょ。あんたの友だちだもんね。本当の友だち。あんたはあいつのスパイでわたしのそばにいた。だから寄生虫のようなあんたには罰を与える。わたしにずっとくっついていてわたしを騙してたんだものね。実際、あんたは母親の娘だわ。あんたがイニェンジの半分しか渡さないなら、わたしがね、あんたの半分のツチの部分をきれいにしてあげる。それがあんたにわたしを裏切らせたんだからね』彼女は三人の活動家を呼んだの。活動家は教室にモデスタを連れていった。泣き声や、懇願、叫び声、うめき声が聞こえた。そんな時間がかなり過ぎて、モデスタが血まみれの制服に身を包んでよろよろと礼拝堂に向かった。するとグロリオザが活動家に言ったの。『まだひとりイニェンジがいる。ほんもののイニェンジよ。彼女は自分をツチの女王だと思ってる。どこに逃げたか知ってるわ。そんなに遠くない。白人の老人のところよ。こいつは絶対に逃がしちゃダメよ。白人の男はイニェンジの仲間なの。彼は自分のコーヒー農園を彼らの拠点にしたの。多数派の民を攻撃するための拠点にね。彼はツチの若者も雇って、まるで部隊のように訓練してるの。その間彼は悪魔を呼んで、彼のツチ娘を崇めている。その娘の名前はヴェロニカ。彼女は老白人の悪魔になって、ふたりで忌まわしいことをしているの。カンジョゲラ女王のように。わたしの父が言ってたけど、彼女は毎朝、食欲増進のために四人のフツを殺してたんだって。ヴェロニカは悪魔の前で踊っている。もうあの悪魔たちとは終わりにしなくてはならない。だから急いで』

二十人ほどの活動家が一台のマイクロバスに乗り込んだ。ニャミノンベの活動家もガイドとして一緒に乗り込んだ。彼らが戻ってきたのは夜も更けたころだったわ。彼らは興奮して叫んでいた。『やった。やった』って。彼らはプリムスの瓶に突進した。グロリオザが団長にその偉業を話すように促すと、彼は喜んで話し始めた。彼らはまず邸宅を襲ったんだけど、そこに誰もいなかったので、そこにあった家具を全部壊した。そして庭に向かった。そこで彼らは悪魔の礼拝堂を見つけたわけ。中に入ると、そこの壁に全裸のツチの娘の行列が描かれていて、その娘たちは奥の壁に描かれているツチの娘を崇めていた。そっちはいかにもツチの娘だった。その娘は頭に悪魔の角がついた帽子をかぶっていた。足元には玉座のようなものがあって、そして玉座の上には悪魔女の角付きの帽子が置かれていた。礼拝堂の後ろから音が聞こえてきたので、彼らが駆け付けると、白人とツチの娘が竹の小屋に隠れようとしているところだった。白人は銃を持っていたけど、使う暇はなかった。みんなで彼に襲いかかって、殴りつけたんですって。彼らはヴェロニカを礼拝堂に連れ戻した。活動家の長が言うには、彼女は壁に描かれた悪魔にそっくりだったらしい。彼らは娘の服を脱がせ、棒で殴って裸で彼女にそっくりな偶像の前で踊るように強制した。その後、彼女を玉座に繋げて、頭に例の帽子を載せた。彼らは彼女の足を広げさせた。彼らが棒でなにをしたのか、その後彼女をどう殺したかは言わないことにするわ。彼らはその後狂った白人の家に火をつけた。でもフォントナイユが雇ってたイニェンジは見つけることができなかったんですって。きっとずっと前に逃げ出していたんだわ。でも牛を殺してそこにも火をつけたらしい。活動家の長は角付きの帽子を高く掲げた。彼はまだ怒り狂っていた。『ほら、イニェンジの女王の冠だ。だがもう彼女はお終《しま》いだ。彼女はその報いの罰を受けた。そしてその罰は地獄でも続く。他の者たちを全員殺せなかったのは残念だ。だが、いつか見つけることができるだろう』なんて言ってた。

翌日、市長が警官と活動家を伴ってフォントナイユを逮捕して、国外追放にすることを伝えにやってきたけど、礼拝堂でフォントナイユが首を吊っているのが発見されたの。自殺したことになったわ。ＪＭＲが殺したとしてもそれは自慢にはならないでしょ。白人を殺すというのは政府にとっていつもデリケートな話だからね。活動家の長の話を聞いていた娘たちはみんな震えていた。中には泣き出す者もいた。本当なら拍手しなくてはならなかったところなのに。『ほらね。ツチの神は悪魔なのよ』とグロリオザが言った。わたしはその悪魔の話は信じない。これもグロリオザの嘘だと思うの。ヴェロニカにしたことは酷いことよ。今ではわたしは確信してるの。ひとりひとりの人間の中に怪物が眠っているのよ。ルワンダでは誰がそれを起こしたのかは知らない。でもヴェロニカはあの白人のところで何をしていたの？　彼らは映画でも撮っていたのかしら？　あの子、とても映画が好きだったものね。あなたなら知ってるはずよね。あなたは彼女の親友だったんだから。みんな知っている。彼女はあなたには何でも言っていたって」

「知らない。もう何も言わないで。わたしを泣かしたくないのなら、もう何も聞かないで」


二人は長い間沈黙していた。ずっと道は狭い谷の間を縫っていた。バナナ畑の厚い葉の覆う斜面、ユーカリの木々が散らばっている尾根をたどり、新たな坂を上っていく。ヴィルジニアは彼女を襲い続ける残酷なイメージを追い払い、泣くまいとした。

「イマキュレ、あなたは命の恩人よ。でも今でもわからないのはなんであなたがこんなことをわたしのためにしてくれたのか。わたしはツチで、あなたとはそんなに仲がよかったわけじゃない」

「わたしは挑むのが好きなの。たぶんわたしは恋人よりも、キガリの道路を脅かすバイクのほうを気に入っていたんだと思う。わたしがゴリラのところに行ったのはグロリオザが嫌いだから。わたしはあなたたちふたり、ヴェロニカとあなたを救いたかった。ほかの人たちがあなたたちを殺そうとしていたから。そしてこれからわたしはすべての男たちに挑むの。わたしはゴリラのところに行く」

「ゴリラのところで暮らすの？」

「ほら、ゴリラを救おうとしている白人の女性、あの人がルワンダ人を雇ってアシスタントにしようとしているって聞いたの。わたしは採用されるためのすべてを備えている。わたしはルワンダ人で、知的で、たぶんきれいなほうだし、父は有名なビジネスマン。彼女にとっても、わたしはいい宣伝になると思う。だからきっと雇ってくれるはず。でもあなたはこれからどうするつもり？　お免状を諦めることはできないでしょ。軍人たちが秩序を取り戻すために政権を取ったと言ってる。彼らは煽った人たちを鎮めるらしいの。それに、彼らは自分の欲しかったものを手に入れた。ツチの場所をね。わたしは父に頼んで、必要なら介入するように言う。父がなぜわたしをルエンゲリのゴレッティのところまで送ってくれたのかわかったの。本部に自分のお金を当てにしてもいいって言いに行ったんだわ。父には誰も何も断らない。そして父親は娘の頼みごとを断らない。父は娘に弱いのよ」

「わたしはもうお免状は要らない。わたしは親のところに行って別れを告げる。そしてブルンジに行く。ザイールでもウガンダでもいい。どこでもいいから国境を越えられる場所に行く。わたしはもうこの国にいたくない。ルワンダは死の国よ。宗教の授業で言われたことを覚えている？　昼間、神様は世界をめぐっているけど、毎晩、自分のところに帰る。それがルワンダ。でも神が旅している間、死がその場所を取ってしまった。神が戻ってきたとき、死は扉を閉めた。死はわたしたちのあわれなルワンダを支配した。死には計画がある。最後までその計画を実行するつもりなのよ。わたしはふたたび命の太陽がルワンダの上に輝いたら戻ってくる。その時、きっとあなたはそこにいるでしょうね」

「もちろん、また会いましょう。ゴリラの国で会いましょう」

訳者あとがき

本書は二〇一二年にフランスのガリマール社より出版された小説"Notre-Dame du Nil"の全訳である。この小説はすぐに評判になり、その年のルノードー賞をはじめ多くの賞に輝いた。またこの小説はアフガニスタン出身のアティーク・ラヒーミー監督によって二〇一九年に映画化もされた。アフリカの小国ルワンダのミッションスクール、ナイルの聖母学園が舞台の小説だが、戦後最大のジェノサイドと称されたルワンダ動乱の前日譚ともいえる物語である。作者のスコラスティック・ムカソンガが在籍していたリセ・ノートルダム・ド・シトーがモデルといわれている。

作者ムカソンガは一九五六年生まれ。七人兄弟姉妹の五番目だった。一九九四年にルワンダを襲ったジェノサイドで家族・親族三十七人を失《な》くしたが、自身は兄とともに事前に国外に逃亡していたため難を逃れた。ジェノサイド後に初めてルワンダに戻ることができたのは十年経《た》った後のことだったが、このルワンダ滞在で、記憶の伝承をすることを決意し、二〇〇六年最初の自伝的作品『イニェンジあるいはゴキブリ Inyenzi ou les cafards』を発表する。自身の生い立ち、ルワンダからの逃亡、ジェノサイド、ルワンダへの帰還が語られている。本書『ナイルの聖母』は彼女が書いた四作目の作品で初めての長編小説だ。フィクションという形をとることでリアルな群像劇を作り上げているといえよう。ひとりひとりの生徒のキャラクターも際立っているし、それぞれの事情も提示されている。そして閉ざされた寄宿舎での空間が大人たちの社会の縮図ともなっているのが興味深い。ジェノサイドの遠因となった民族間の憎悪、植民地主義の弊害、西欧社会の傲慢《ごうまん》などがエピソードを通じてうかがわれる。

ルワンダのジェノサイドについては問題が複雑すぎてここでは語らないが、本書を読んで思うのは、西欧による植民地政策の罪深さだ。ルワンダのふたつの民族、フツとツチ間の憎しみの遠因はベルギー植民地時代の政策にあるといわれている。しかしその「作られた」憎しみがしっかりと人民の中にも植え付けられ、根付いている。また、植民地支配というのは西欧が未開の地に入植して民を啓蒙《けいもう》したというふうな考え方があるが、現地にはちゃんとした文化も伝統も作法もあり、そういったことと白人たちの文化とのせめぎ合いもあったり、また同時に肌が白い方が美しいと信じ込んでいる少女たちもいたりして、問題が一筋縄でいかないということもよくわかる。生徒たちが暮らす学校はカトリック系だが、その宗教観や信仰と土着の宗教との関係も興味深い。こういった支配された人々の容易に説明のつかない心情というのはやはりムカソンガならではの分析だろう。そして日本でも社会問題になっている学校でのいじめ問題だけでなく、現在も世界中で見られるあらゆる形の憎しみにも通じるところがあると思う。

ムカソンガには家族のことを書いた作品が多くある。『イニェンジあるいはゴキブリ』の後に書いたのは母親についての『裸足の女 La femme aux pieds nus』、ムカソンガに学問が命を守ってくれると諭し、国外に逃亡するように勧めた父親について書いた『かくも素晴らしい資格 Un si beau diplôme!』、そして本年発表した新作は妹のことを書いた『ジュリエンヌ Julienne』だ。またカトリック教会と土着信仰の関係を描いた作品（『キボゴは天に昇った Kibogo est monté au ciel』、『シスター・デボラ Sister Deborah』）やルワンダの民話集もある。『イニェンジあるいはゴキブリ』と『ナイルの聖母』には、その後の作品の種が含まれていて、少しずつ広げていっているように思える。

さて私事で恐縮だが、実は『ナイルの聖母』の舞台となったほぼ同時代に筆者はルワンダで六年間暮らしている。当時ベルギー人学校に通っていたが、ムカソンガの母校ノートルダム・ド・シトーの生徒たちをしばしば見かけたものだ。楽しげに聖歌を歌いながら列になって歩いている生徒たちの中にこれほどの確執があったのにはまったく気づかなかった。フツとツチ間の対立についても漠然と知ってはいたが、これほどまで深刻なものとはまったく思わなかった。ルワンダの日々は筆者にとって夢のように楽しく懐かしい日々だった。雨季・乾季という季節の移り変わり。赤い土埃《つちぼこり》。乾季が終わって雨が降るとすべてが洗い流され、山々が美しく鮮やかな緑に変わる。読んでいてそういう情景がよみがえった。つたない翻訳だが、お届けできたなら幸いである。

この度の翻訳に際して、多くの方々のお世話になった。特に熱心に企画を持ち込んでくださったフランス著作権事務所のミリアン・ダルトア氏、翻訳が決まった後に伴走してくださった講談社の小泉直子氏、また拙訳に丁寧な指摘を入れてくださった校閲の方々にこの場でお礼を申し上げたい。

二〇二四年　夏

大西　愛子

著者

スコラスティック・ムカソンガ

SCHOLASTIQUE MUKASONGA

ルワンダ生まれ。作家・社会福祉士。
1994年にルワンダを襲ったジェノサイドで家族・親戚37人を失うが、
自身は国外にいて助かった。10年後ルワンダに戻ったとき、
生き残った者として記憶の継承をすることを決意。
2006年、自身の体験を記した『イニェンジあるいはゴキブリ』を発表。
本書でルノードー賞受賞。
最新作は妹がモデルの小説『ジュリエンヌ』。

訳者

大西愛子

AIKO OHNISHI

東京生まれ。フランス語翻訳者・通訳。
カナレス&ガルニド『ブラックサッド』の翻訳をきっかけに、
バンド・デシネの翻訳を多く手掛ける。
おもな訳書：アルカント、ボレ、ロディエ
『LA BOMBE　原爆　科学者たちは何を夢見たのか』(平凡社)、
ボニファス&トミー『ジオストラテジクス マンガで読む地政学』
(日経ナショナル ジオグラフィック)など多数。

ナイルの聖《せい》母《ぼ》

2024年 7月16日　第1刷発行

著　者　Scholastique《スコラスティック》 Mukasonga《ムカソンガ》

訳　者　大《おお》西《にし》愛《あい》子《こ》

発行者　森田浩章

発行所　株式会社講談社
東京都文京区音羽2-12-21　郵便番号 112-8001
電話　出版 03-5395-3506
販売 03-5395-5817
業務 03-5395-3615

KODANSHA

本文データ制作　講談社デジタル製作

印刷所　株式会社KPSプロダクツ

製本所　株式会社国宝社

定価はカバーに表示してあります。
落丁本・乱丁本は購入書店名を明記のうえ、小社業務宛にお送りください。
送料小社負担にてお取り替えいたします。
なお、この本についてのお問い合わせは、文芸第三出版部宛にお願いいたします。

ISBN978-4-06-536154-2　N.D.C.994　255p　19cm